报告文学卷

王成章 主编

山顶阳光

中国书籍出版社
China Book Press

本书编委会

主　编：王成章

编　委：（按姓氏笔画排序）

　　　　王成章　李　明　赵士祥　穆文玲

文学沉积的美学追求

蔡骥鸣

晋·葛洪在《神仙传·王远》中写道:"麻姑自说云:'接待以来,已见东海三为桑田。'"

中国的东海岸,原就是一片沧海桑田的土地。连云港的云台山曾经就是大海中的岛屿。《西游记》开篇第一回是这样描述的:"这部书单表东胜神洲。海外有一国土,名曰傲来国。国近大海,海中有一座名山,唤为花果山。此山乃十洲之祖脉,三岛之来龙,自开清浊而立,鸿蒙判后而成。真个好山!"

山与海此消彼长,成就了这一片神奇浪漫的土地。所以,这个地方诞生了《西游记》《镜花缘》这样想落天外的奇书。

若干年后,我到了连云港海边的云台山上,这里处处可见海蚀的沉积岩,它们就像一本本年代久远的古籍,被老鼠咬啮得边缘参差不齐,但却给人一种沧桑古老的历史感。海蚀的沉积岩,经过海浪的冲刷,经过无数岁月的风化,变得更加奇崛,更加鲜明,更加注目。

我们常说,新鲜的东西放不久。而老的物件经无数人把玩后,形成了一层层叠加的包浆,反而更加圆润,在暗淡的光泽里透出幽幽的光,让人生出一种敬畏之感。

文学,既是一门古老的艺术,也是一门年轻的艺术。

如果没有文学,我甚至不知道人类的精神生活还有什么可值得玩味、留恋的东西；如果没有文学，我们的情感世界也仍然是一如原始时代的粗砺和愚拙。因为有了文学，我们的情感世界变得越来越丰富，越来越细腻，越来越精彩，越来越值得我们回味和咀嚼；反过来说，正是一代代优秀的文学作品，才培养了我们的情感世界，让我们不再愚钝，不再麻木，不再冷酷，不再无情。经久的文学名著，就如一壶壶老酒，香愈浓，味愈醇。

但文学又在长生长新。每天有无数的作者在探索、在求新，在想着法子把直接的语言拧成麻花，把简单的语言变得更加绕舌，把正常的语序弄得颠三倒四，把明明白白的话覆上一层面纱。每一个同时代的人都希望看见新的语汇，看见新的故事，看见新的结构，看见新的想象。但有些同时代的作者又往往被当代所嫌恶，所丢弃，而为后代所崇尚，为后面的文学指明航向。

从 1949 年到 2019 年，70 年过去了。对于一个人来说，70 岁已是古稀之年。70 年了，国家经历了很多事情，个人也味尝了很多变故，文学也经历了岁月和风浪的数轮冲刷。70 年后再回首一望，能留下来的东西不多了，而能留下来的东西就一定是个沧海桑田、层层叠叠的海蚀沉积岩，一定是个挂满包浆、油光润滑的老物件，你想说它不好都不中。那一定是个好东西，一定值得我们把玩，一定值得我们揣摩，一定值得我们回味。

把过去的作品归拢起来，既算是给生活留下一些记忆，也算是给文学留下一个供人瞻仰的碑刻。无论如何，都表明历史没有虚度、文学没有空白。

2019 年 11 月 22 日

目 录

为国聚财的人们

刘国华 江苏灌云人，中共党员，中国作家协会会员，文学创作二
级。著有诗集《海边的诗》，儿童文学集《海边游》《海洋
探奇》，小说集《海边的故事》，戏剧曲艺集《跋涉》，电
影文学剧本《没有字的信》等。

老早就听说灌云县燕尾镇税务所是市里命名的"文明税务所"，而这个所
的副所长（实际是里里外外一把手）周万才同志，又是三年一贯制的老先进，
早想来采访一番，但因诸多原因，一直未能如愿。前不久，县里一位老局长来
我家，又谈起了他的事迹，希望我来写写，于是在清明前，几个文友驱车来到
了处海之滨的燕尾镇，想先看看情况再说。

说来凑巧，车子刚进了税务所的大门，还未停妥，一辆面包车紧接而来，
从车上走下几名税务所干部。经主人介绍，方知是县税务局张副局长带人来这
里检查工作。真是巧极了！机会难得。我想，先听听县局领导同志的意见，这
对是否能写好这篇文章颇为重要。

当我向张副局长说明来意时，他客气地说："我们虽初次见面，但你的大
名我早就知道了。我不但在报刊上见到过你的大名，县财政局的何局长也经常
在我面前提起你。至于你要采写的稿子，我是完全赞同的。"接着就侃侃而谈
地向我介绍了这个所的先进事迹和周万才的感人故事。经他这一介绍，我心中
有了底，接着又采访了一些人，看了有关材料，于是就写出了下面的文章。

一

滔滔灌河，滚滚东流，在入海口的地方，有一个近万人的繁华小镇——燕尾镇。

燕尾镇，历史不长，才一百多年。早先，此地只住着几户渔民，因有一个港外形似燕尾而得名。这里，位于海州湾渔场的中部，处于临洪河、埒河、灌河、沂河、淮河入海口的汇合处，藻类、浮游生物繁茂，饵料丰富，再加上灌河口外有一个开山岛，周围礁石丛生，形成了天然的鱼窝，鱼虾在这里繁殖、生长，每年春秋，根据鱼虾蟹的洄游规律，在这里形成了汛期。附近方圆百里的渔船都聚集到这里捕捞。因此，在鱼汛季节，燕尾镇就自然而然地形成了海产品的集散地。不但附近市县的小商小贩来这里贩卖鱼虾蟹类的海产品，就连天津、山东、南京、上海、福建、浙江以至广州等地的人都纷纷来此收购，以冷藏车运出。因此，这里的海产品税收工作，在鱼汛期间就十分繁重而艰巨，但同时这也是当地一项重要的财政收入，然而它又像一条大海鳗，既肥且滑，征管难度大。周万才上任后，决心要把这条海鳗抓到手。

这个所从上到下，从官到兵，连男加女，总共只有八个人。平时，他们各有各的分工：内勤、外勤、工厂企业、个体商贩……而每到鱼汛期则全员出动进行征税工作。本来，税所人员可以坐在室内，每天八小时，按时上下班。纳税者上门交税，逃税者按章处罚，等人上门就是了。可是他们，在周万才同志的领导下，打破了每天八小时等"客"上门的惯例。而是集中力量，不论班制，人随潮汛，日夜值班，主动出击，年年超额，出色地完成了海产品税征收任务。

二

在税务所的大门两旁，笔者看到了这样的一副对联：

为国征税一身正气

替民聚财两袖清风

好！我不由得在心中暗赞一声。经了解，这副对联并不是从别的地方套来的，而是一位税务干部制作的，是结合自身工作，有针对性的创作。但说归说，做归做。他们的实际情况如何呢？若是做的和写的一样，那才不愧于一直获得先进的称号。于是我顺着这副对联，做了进一步地深入采访。

周万才，码头工人的后代。1974年，20岁的周万才应征服兵役，在空军地勤部队一干就是五年。在解放军这个大学校里，他接受了革命传统教育。1979年退伍后，他把在部队艰苦奋斗的优良作风和不怕吃苦的革命精神带到地方工作中来。1986年，他调到家乡燕尾镇，担任了税务所的领导职务。在家乡工作，地熟、人熟，这是有利条件，但对于做税务工作的他，也有不利的一面。首先是熟人难缠、亲戚故旧多，加上姓周的在当地又是个大姓，搞渔业捕捞的世家不少，贩买贩卖的更不在少数。一些人看他做了税务所所长，不由得心中暗喜。心想，亲为亲，邻为邻，关老爷为的蒲州人。你周万才总不能六亲不认吧。现在谁不是得靠就靠，得捞就捞。我有好处反正不能叫你吃亏。因此，有的倚老卖老，拖着税款不交，从而影响着整个税收工作的进行。1986年夏，正是个体捕捞户交纳定额税的时候，他的堂哥周万福就是拖着不交，其他一些个体户捕捞户则采取观望态度，他不交我也不交，看你税务所所长又能把我怎么样？只要你一碗水不端平，分出亲疏，我们就有话说。周万才面对这种情况，径直找到堂哥门上，向他宣传，依法纳税是每个公民应尽的义务，要求堂哥支持他的工作。周万福在他的说服下，如数补交了税款。其他个体捕捞户见了，不用人催，也都陆续交了税款。

这就是榜样，这就是力量！

一次，他的表叔毛有永，未开外销证，就拉着一车虾皮向青岛出发去销售。周万才知道后，毫不犹豫，大喊一声"追！"跳上车子，一直追了三十公里才把车截住，硬是让他交了押金才放行。他的行动赢得了大家的赞誉。在他的影响下，全所上下，对亲戚朋友没有一人徇情包庇的。然而事情虽然看起来简单，但是要做到这一点，又谈何容易？有次，他的叔叔被指令补税后，骂他六亲不认，不懂人情世故。还说什么，人的一辈子，谁能说不需要谁，别当了芝麻大的官，就翻脸不认人。家属也埋怨他总是得罪人，要他睁一眼闭一眼，得过且过。妻子说他，兔子还不吃窝边草，一笔写不出两个"周"字。同是地方上的人，抬头不见低头见，把人得罪光了，今后还要不要处事？

于是，某天妻子特地包了三鲜饺子还炒了几个菜犒劳他，一来看他终日劳累，让他喝两杯解解乏，二来也正好趁机说几句"开导开导"他。可周万才刚听了她的几句唠叨就沉不住气了，他把筷子一摔，冲妻子吼道："你给我少啰唆，我能拿国家的税收去做人情吗？我能拿原则去做交易吗？"妻子被他训得眼泪滑落，他仍是不让步，并同时约法三章：一、不准亲属参政；二、不准亲属说情；三、不准在税收上占国家便宜。因此，人们送了他一个"镇海神"的外号。

要收好海产品税，除了正己正人之外，更重要的是不怕吃苦。海产上市时间是随着潮汛变化而转换的，俗话说"一潮迟三刻，三潮迟到黑"。潮半个月一转头，半个月内没有一天是相同的。税所人员，若是刻板地按照作息时间上下班，那么渔船靠港、渔获上市不在这个时间内，小商小贩买了货，外路客商拖了货，岂不溜之大吉，税往何处去收？因此，他们把全所的人分成三班，随着潮涨潮落，按照渔船收港时间的变化而变化，有的在清晨，有的在黄昏，有的则在半夜。即使这样，有些刁滑的商贩还是想寻机逃税，溜上车子一走了之。更有甚者，一些外地大户商贩，还花钱雇人监视税务人员的行动情况，只要他们一离开办公室，就有人报告行踪。要想从燕尾镇运货外出，有三条路可以通行：一条是北路走海堤；一条是南路绕沂河堆；再一条是中路走公路。由于他们人少，一班只有二三人，往往顾了这头顾不了那头，顾了车站顾不了码头，顾了市场又顾不了坐地户。有的客商就钻这个空子，进行逃税。

好，你有你的翻天印，我有我的照妖镜。税务所就充分发动群众，放下"眼线"，暗中侦察，发现情况及时报告，从中截获了不少逃税偷税者。一次，一辆外地来的冷藏车，满载海产品在午夜悄悄出发，企图绕海堤逃税出境。他们得知后，周万才带着一个同志立即骑上自行车去追。逃税的人做贼心虚，连车灯都不敢久开，时明时灭，又不敢开足马力，怕加大声响，惊动人们。加之海堤道路不平，因此，车开得很慢，终于被他俩以自行车的最快速度追了上去。当脚踏车出现在冷藏车车头时，他们真的像"镇海神"似的屹立着。大檐帽上的国徽，在灯光的照射下闪闪发亮。客商一见两人一身正气威严挺拔，忙跳下车来，强装笑脸："同志们辛苦了。"说着，就递上一只饱鼓鼓的信封："交个朋友吧，一回生，二回熟。今后打交道的时间长着呢！需要什么尽管说。"周万才接过信封，打开一看，里面是六百元人民币。他那本来就不白的脸上，更黑了，冷笑着说："你少跟我来这一套，你把我看成什么人了！"

那货主未想到下了这么大的赌注，竟然没买动眼前这个个头不高、貌不惊人的普通税务人员的心。他本来估摸，这六百元足够他半年工资，在当前风气不正的情况下，这一炮是足以打中的。他只好长长地叹了口气，摇了摇头，无奈地掉转车头，去所里接受处理。

好一个"镇海神"呀！在这黄海之滨的渔镇上，它像一座镇压魔怪的铁塔，使得那些心怀鬼胎，企图偷税漏税的人，闻风丧胆、望而生畏。

三

每当繁忙的春汛到来之前，税务所就要和工商所、公安派出所共同开会，以明确全年奋斗目标及税收任务。他时常提醒大家，只要稍一松懈，成千上万的税收款就会从眼皮子底下溜走，所以必须时时保持清醒的头脑，出其不意地突然袭击，同时还要注意研究各式各样偷税者的心态。一次，一个个体商贩，拎了几十斤的海产品，装着急要赶车的样子，主动将篮子展示给税务人员查看。篮子上面盛的是几毛钱一斤的虾婆婆。税务员观其形，察其色，知道其中有诈，接过篮子稍一按弄，下面就露出了几十元一斤的大对虾。那商贩只得按章补了税，嘴里还嘀咕着说："太精了。"

是的，这是一群在业务上精益求精、在工作上极度认真、在生活上不怕吃苦的税务人。在繁忙而紧张的鱼汛期中，没人睡过一个整夜觉，没人吃过一顿滋润饭。他们要赶在第一班车开出之前来到车站，要赶在第一只渔船靠港之际来到码头。这就要求他们必须天亮就出门，只能在街头上随便买口吃的边走边吃。周万才这个矮墩结实的汉子，曾一连五天五夜未睡好觉。忽而东，忽而西，忽而车站，忽而码头，忽而又出现在路头堵截。神出鬼没，像股飘忽不定的旋风，说不定什么时候在什么地方出现。因此，人们又送他一个绰号，叫

"黑旋风"。

好一个"黑旋风"。这不仅在于他憨直的性格，还在于他对革命事业的无限忠诚上。汛期，人们经常可以看到他倚在街边墙根打盹。是的，即使是铁人，连熬五天五夜也是要累垮的。可是他那布满血丝的双眼，始终保持机灵的警惕，要想在他眼前偷税，那真要费一番脑筋。什么时候上什么潮水，渔船什么时候收港，他了如指掌；季节、行情、地形、地物他也都熟记于心。他估计什么时候，有人将从什么地方偷越关卡，逃避税收，总是八九不离十。一天夜里，下着小雨，他看到有人在门外张望后又一闪消失。这引起了他的注意，他知道这很可能是偷税者雇的探子，来偷窥他们行动的。于是他将计就计，故意大声吩咐道："今天下雨，不会有什么情况了。大家回去休息，明天早点起来吧！"话音刚落，他拉灭了灯，锁上了门装着回家的样子走了。实际上，他和另一个税务员王超，悄悄地来到了一处公路拐弯的地方，在车辆必经之地伏了下来。

雨，淅淅沥沥地下着，路上出现了小积水坑，雨衣也渐渐地潮湿了。夜，出奇的静，虽是夏季，海风吹在身上却有些凉意。眼看过了午夜十二点，仍没有动静，他身旁的王超有些沉不住气了。周万才鼓励他说："别急，胜利往往在坚持的最后一刻到来。"接着，他又分析说："下雨天，南北两路堤堆上，道路泥泞，车子是不能走的，这里是唯一的通道，耐心等着吧！"劳累了多天的周万才，由于在雨里长时间泡着，他的风湿性关节炎发作了，此时的两条腿又酸又麻，疼痛难忍，像灌了铅似的沉重。雨水仿佛穿透了雨衣直接打到了周万才的骨头里，而他却咬着牙坚持，嘴角不时抽动，他是在强忍疼痛！

"嘎！"一声清脆的海鸟的鸣叫划破了宁静的夜空。他用胳膊捣了捣身旁的王超，轻声说："海鸟报信，车子出动了。"

不久，一辆三轮车，冒着蒙蒙细雨，车轮碾着泥浆，缓慢地向他们驶来了。刚待转弯时，他俩从伏击处跳了出来，车子停住了，车上的人愣住了。客商的脑子还未转过弯来，心想：他雇的人不是说税务干部都回家了吗？这，这难道是从天上掉下来的？"黑旋风"在雨天竟也……

于是，又是塞钱，又是说好话。当然，这都无济于事，只有老老实实补税了事。

甚至有人把钱送到他的家里，以为无人知晓他就会收下，最终也宣告失败。有天晚上，一个山东客人悄悄摸到他家，送上二百元"香烟费"，企图把被工商所扣押的虾皮要回，被他狠狠地教训了一顿，只好到税所如数交了款。

　　按照常规，他们只要把陆上的海产税收好就行了，可是当他们得知有人利用船只在海上收购海鲜而逃税时，仍然非常着急，虽可不问，可税务工作者的责任心，促使他们一定要一问到底。所里本身没有船，没有船他们就跟开网的渔船出海，在风浪中，有的人晕船呕吐，可一旦发现情况时，便会马上振作起精神投入战斗。个别不法商贩，为了逃避税收，达到报复的目的，甚至会丧心病狂地动起手脚，想让他们掉下海去。一天，周万才查到一只逃税船只，当他刚跨上跳板，有人便故意按动跳板，使他打了个趔趄，险遭不测，幸亏他反应及时，才没有掉入大海。那人当即遭到了他严正的训斥，并按章缴纳税款。这种恶意报复事件，岂止在海上，在陆上也曾有人试图用车撞压他们。但人身威胁岂能吓退他们的斗志。他们迎着风浪而上，意志更加坚强。仅1989年，他们就出海查税25次，征收税款达4万多元。

四

　　鱼汛期间，税务人员是非常辛苦的。那时物质条件较差，他们用脚踏车追逃税汽车的事迹，受到了县局领导的表扬，因而也引起了上级的重视。从1988年起，每当汛期紧张之际，县税务局分管该工作的张其璨副局长就带领稽查大队的一些同志，来这里坐镇指挥，部署战斗，和大家同甘共苦，一起值班。更使大家高兴的是县里还专门派来一辆机动车辆，供值勤使用。有了它，税务人员如插上了翅膀，可以随时出动，追拦逃税货车。同时，还给他们配备了对讲机，人在外面值勤，随时随地可以和家中取得联系。现代化的装备大大方便了工作。领导的关怀，更加鼓舞了大家的斗志。对于稽查逃税者，完成税收任务，给予了有力的助力。

　　在工作实践过程中，他们体会到，要完成税收任务，必须取得兄弟单位的配合。特别是与工作关系密切的工商所和公安派出所的配合。从一开始发现情况时互相通气，到每方出人成立协调办公室，他们把海产品税和工商管理费统一收缴，这不仅简化了手续，方便了货主，也提高了工作效率，对保证税收任务的完成，也是一个主要措施。这种做法，在全市是第一家，受到了领导的肯定和赞扬。

辛勤的劳动，换来了丰硕的成果。1986年，海产品税入库达16万元，比上一年翻了一番。1987年又上升到18万元，1988年达23万元，去年又达到了26.7万元。这一年比一年增加的海产品税的收入，难道仅仅是些枯燥无味的数字吗？不，这是他们汗水的结晶，是周万才和他的战友们用无数个不眠之夜换取的，更是这里的税务工作者们对祖国、对人民一颗颗赤诚之心的体现。

1990年，他们将更上一层楼，计划海产品税入库30万元。比去年增长11%以上。这个增长幅度是不小的，但他们有信心、有决心完成这个指标。当然，要完成它也绝非轻而易举之事。这将要耗去他们多少心血？又要经历多少个不眠之夜？又要熬红多少双眼睛？又要刮多少次"黑旋风"？又要……

他们为人民聚财，为国家积累建设资金，人民没有忘记他们，国家没有忘记他们。在连续三年多的时间里，他们八人中先后就有十多人次被评为先进工作者，全所连续两次被评为"市文明税务所"，而周万才同志不仅年年被评为县先进工作者，1988年还被评为市税务所先进工作者，1990年被连云港市人民政府授予先进工作者称号。同时，被推选为灌云县政协委员。

荣誉，没有让他们产生自满，而是让他们更加清醒地认识到肩上的担子愈发光荣与艰巨。

大家表示：宁愿瘦掉几斤肉，也要完成今年30万元海产品税，确保全年90万元税收的任务。

我在这里衷心预祝他们的胜利。

期待着他们获得更大的荣誉。

选自1990年9月江苏人民出版社

报告文学集《港城财贸之星》的《海阔凭鱼跃》

蔷薇河水哺育的艺术大师

彭　云　1950年开始从事新闻工作，曾任《连云港日报》副刊部主任，连云港市作协主席，文联副主席，《连云港文学》主编。主要文献有镜花缘研究，海州文献丛书《嘉庆海州直属州志》《海州乡潭》等。

蔷薇河畔

1916年，彦涵出生于江苏省东海县富安村，姓刘，乳名宝生。

富安，多么好的名字，又富又平安。这是个有几百户人家的大庄子，老远望去，郁郁葱葱的大树，像一团团绿色的云，掩映着一片片青色的高墙大瓦房和几处突出的炮楼。这里有钱的人家不少，丁家的"南大门"、刘家的"东大门"等等，都是附近有名的富户。

按照当时的说法，他投错了胎。巍峨的大门不进去，偏偏来到一个清贫的农家。他是家中唯一的男孩子，倍受父母的疼爱。父亲原先没有名字，依照排行，人们都喊他刘六。后来常在外边走动，觉得叫这个名字不太体面，才请读书人帮忙起了个大号，叫刘晓云。人虽穷些，名字倒是挺雅的。

刘晓云不善于种地，其实也没有地可种。当时新浦是个新开的商埠，他常住那里打工，赚到几个钱，便往富安的家里送，养活妻子颜氏和自己的四个儿女。往往傍晚归家，天明又早早离去，有时又会一连半个月、一个月不回来。父亲出去做工了，但他的叹息声却一声声的回荡在小宝生的耳边。

村边有一条大河，直通新浦，叫蔷薇河，又是一个好听的名字。蔷薇河边从没长过一棵蔷薇，只有矮小丛生的巴根草、海英菜和贴着地皮的芦苇。这里离海口很近，每天涨两次潮，潮头尺把高，浪花飞溅。滔滔的河水，有时候往东流，有时候往西流。宝生和小朋友们都喜欢在河边追逐着潮头向上游跑。蔷薇河里停泊着许多准备出入海口的渔船，三条桅的、五条桅的都有。大船启航时特别有趣，船上船下忙成一片，解缆的解缆，扯篷的扯篷，嘹亮动听的号子在河面上空荡漾。船儿远去了，一个庞然大物，渐渐地变成了点点帆影，最后消失在地平线下。小宝生觉得他们是去向那遥远的天边，去向一个神秘莫测的地方。他真想哪一天能偷偷地躲进船舱，和他们一起出海，去看那海里的大鱼和海外的洋人。但想到妈妈找不到他的时候，暮色中会焦急地沿河呼喊，会痛苦地抽泣，便打消了这个可怕的念头。

春天来了，杏花开遍天涯，小宝生便知道挨饿的时候也到了。大门里与自己年龄相仿的孩子，这季节正好开始尝鲜，清水煮的大对虾，比他们的小手还大一两倍，扒开皮，一边玩耍，一边有滋有味地嚼着。而小宝生一家每天却喝不上两顿豆饼糊糊。妈妈常叮嘱他，小孩子要有出息，冻死迎风站，饿死也不去看人家吃东西。小宝生懂得妈妈的意思，只是背地里偷偷地咽着唾沫。

在这难熬的日子里，他和妈妈一齐盼望，盼望哪个舅舅到家丢下几个钱，或是托人带点钱来。他们日夜念叨，甚至到村头的小庙求签，请神仙指点舅舅们到底什么时候能来，然而神仙的话总是十回九空。好不容易来了一位舅舅，这时豆饼稀饭便会稍微厚一些，妈妈也会让他多喝一小碗撑撑肚皮。从此，小小的宝生便懂得，光着屁股挨冻的滋味好忍，夜里虽然更冷些，但还有妈妈温暖的胸脯可以依偎；而饥饿却是谁也帮不了忙的。

最使宝生羡慕的是时常到村里来的货郎担，那上面五颜六色的小玩意实在太可爱了，有泥做的小娃娃、小老虎，不但好看，吹起来还呜呜地响。挑子上的小洋铁罐里盛着紫红色的糖稀，他看到别的孩子用苇柴棒挑着一小块糖稀往嘴里送，也很想尝一尝。

"你家有破铁锅吗？拿来换。"货郎说。

宝生不作声。他家里虽然有一口破锅,拿了来,以后妈妈用什么熬稀饭?

"你家有破布吗?拿来换。"货郎说。

宝生不作声。前天裤子坏了,妈妈还是朝隔壁老奶奶求来一块旧布补的。

"你家有破鞋子吗?拿来换。"

宝生仍然不作声,他现在正赤着脚哩。

货郎担子挑走了,他留在大榆树底下发呆。

夜里,他梦见那些泥娃娃、泥老虎都向他跑来,在他的眼前飞舞,旋转,哇哇哇地直叫唤。他高兴极了,向他们扑去,可是一个也扑不到。他急了,猛然往上蹿,抓住了一只泥老虎的尾巴,正在高兴,忽然叭的一声泥老虎破裂了。他被惊醒,小手抓着的却是妈妈的膀子。"好好睡觉,别乱动。"妈妈把他的小手掰开,含糊地说。

有一次,母亲带他到大舅家去,他发现屋角有个泥娃娃,倒在那里仰脸朝天,虽然身上的颜色已经剥落,但在他看来仍然是十分可爱。他摸过来、摸过去,趁着大人不在意的时候,揣进了衣口袋。

临别的时候,小表妹堵住门不让走。大人们很奇怪,问道是什么缘故。小表姐支支吾吾,只是用手指着宝生鼓胀胀的衣袋。

宝生的脸一下子涨得通红,他的秘密被发现了,小小的希望也随之破灭了。他发疯似的从衣袋里掏出泥娃娃,狠狠往地下摔去。"啪!"泥娃娃散了一地碎片片。

他拼命地往外跑,向村边跑去,恨不得一步跑回自己的家里。

暴 动

"今天蹲在家里,哪儿也不许去!"一大早妈妈便警告宝生。

外面人声嘈杂,也不知道发生了什么事情,他从来没听过这么大的动静。趁着妈妈抱柴草的空儿,他钻出了房门,正要拔腿朝街上跑,妈妈又喊了:"回来,再动我打断你的腿!"邻居家的嫂子大娘们不断来来去去,和妈妈咬着耳朵说话。看她们那个紧张的样子,宝生更加好奇了。

外边又响起了一阵阵的吆喝声。妈妈匆匆地收拾好碗筷,换上一双半新的鞋子，带上房门，搀着宝生，对他说："跟着我，一步也不许离！"他们转了个弯来到丁家的东门口。

嗬，好热闹呀！几百号人把丁家东大门团团围住，手里有拿扁担的，有拿铁锹的，还有拿着耍把戏的大刀的。大院的门紧紧关闭，炮楼的小窗口里，不断有人朝外张望。

妈妈紧紧抓住宝生的手，勒得他有些发疼。在离大院稍远的墙角，三五成群的当庄人，围成一小团一小团，低声地议论着什么。妈妈拉着宝生，一时到这边听听，一时到那边听听。他们说的话，宝生半懂不懂，他只觉得新鲜有趣，比过年还热闹。

"这些扫盐的人胆子也太大了，乱子闹起来看怎么收场！"村西的三大爷战战兢兢地说，他是有名的老实头。

"住在家庙里的那个丈量盐池的官长，耳朵被一个手绑'腕刀'的女人割下来一只，这下可麻烦了，弄不好恐怕要赔他个人头。"另一个人接着说。

"赔就赔！怕什么？割头是死，割卵子也是死！"一个青年人说话特别冲。

"官逼民反啊！"穷教书先生悄悄地说："那些扫盐的实在活不下去了，现在又要丈量地亩加税，这不明摆着要把人逼死吗！"

"冲啊，砸他的大门！"有几个吆喝起来。但是人群并没有过大的骚动，看来不过是吓唬吓唬大院里的人罢了。

这时，小苹果经过妈妈身边，拉了她一把。说："大妈，快把兄弟领回家。里边枪一响，人慌马乱，非踩死人不可！"妈妈说："那你还在这转悠什么？"小苹果说："我是看看风头怎么样了。"妈妈亲昵地骂了他一声："小土匪，就看你能！"然后便匆匆把宝生拉回家。

小苹果是宝生的本家哥哥，十八岁便当了土匪。因为从小脸蛋长得又圆又红又嫩，女孩儿家似的，所以都叫他小苹果，大号倒省得起了。

小苹果虽然比宝生大十来岁，却是宝生的好朋友，经常带着宝生玩，到瓜地里抓蝈蝈，上树摘桑枣子。宝生光听说小苹果是土匪，却并不觉得他有什么可怕的地方，何况村子里干土匪的也不止他一个。

有一次两人在汪塘里洗澡，宝生问小苹果："大哥，你当土匪杀人不？"

"不杀人。"

"抢东西不？"

"抢！"

"你抢人家东西干什么？"

"不抢吃什么？！"小苹果狠狠地说。

大半年以后的一个晚上，妈妈悄悄地告诉宝生："你小苹果哥哥被杀头了。"

"啊！"宝生惊呆了。

"死了也好，死了就不用吃饭了。"妈妈抹了一下脸上的泪水。

上洋学堂

刘晓云一辈子没念过书，全靠跟人家讨教认识几个字，还学会了打算盘。他是跑码头的，懂得儿子如果不识字，也得像自己一样，吃苦受累一辈子，所以从小便把宝生送到私塾去念书。

宝生在私塾里，从《三字经》《百家姓》到"四书"，一本一本往下念。每天早上，先生教新课、背新课，下午写完大字，复旧课。每到这时，宝生总是把一叠十几本书往先生面前一放，背过身去，两只脚轮流着地，来回晃动着身子，边晃边背："子程子曰：大学，孔氏之遗书，而初学入德之门也……啊——伊——啊——"

先生闭着眼，身子也轻轻地左右晃动，在那儿似睡非睡，似听非听。宝生背着背着，蔷薇河的河水在他的脑海里翻腾了，船帆在游荡，泥娃娃，造反的人群，小苹果的笑容，滴着血的钢刀……恍恍惚惚，都在眼前反复闪动，渐渐地他也不知道自己嘴里在念些什么了。

"背到哪里去了？"老师呵斥道。

他赶忙理上头绪："啊——伊——啊——子曰：视而不见，听而不闻，食而不知其味……啊——伊——啊——"

后来村里办起了洋学堂，那些年轻的先生虽然身上穿的是老式的长袍大褂，嘴里讲的却全是些新道道。什么国民革命啊，打倒军阀啊，农工携手啊等等。这时，宝生似乎已经能够懂得一些了。他心想，小苹果要是在革命军里拿饷钱，也不至于被白白地砍掉了脑袋。

可惜好景不长，学校没办半年，先生们都突然消失了。后来村上的人才知道，这些年轻人都是在南方闹什么"革命党"的，吃了亏，跑到这个偏僻的地方来避风。现在风头松了些，又回去干了。村里有些老年人很为他们惋惜，叹气说："年纪不大，又有学问，怎么尽不走正道！"

下一步书怎么念，家里的意见不一致。按照刘晓云的想法还是念私塾读古书，将来好有大学问。但宝生的姐姐反对，她虽是个不识字的姑娘，却很聪明，有见地。她说宝生再在私塾里念下去，就成书迷子了，将来一点用处也没有。刘晓云想来想去，觉得也有道理，第二年便送宝生到新浦考学。

这二年，刘晓云的日子仍然很不好过，一直没能混上个正规的职业。他有个技术是数鸡蛋。每年春夏季节，四乡八镇的人拥到新浦卖鸡蛋，鸡蛋行里出出进进，忙得不可开交。这时候就显露出他的能耐来了。他两只手轮番抓蛋，一把就是五个，一个不多，一个不少。他一边往空筐里放，一边唱着数："……三十五啊，四十；四十五啊，五十……账啊，马二愣子的，七百二十六！"

一天过去，累得他腰都直不起来。这不要紧，只要能挣到钱，心里还是舒坦的。怕就怕秋风一起，鸡都插翎了，不下蛋，行里无须他数鸡蛋，只好又到街上各处转悠，挖空心思要弄到钱。

刘晓云欠了许多利账。倒三七的利，他用；驴打滚的利，他用；印子钱，他也用。在带儿子从富安去新浦的路上，刘晓云边走边对宝生说："你要好好念书，给我争口气。只要能起得到的钱，我都起！"

宝生很容易便考上了普爱小学三年级，现在该跟父亲一起生活了。刘晓云带着宝生在新浦街上骄傲地走着，他要让儿子看看新浦的大世面。他看得出来，儿子确实有出息。按照宝生的学问，看来考四年级、五年级都是能考取的，他就可以早两年接上手了，实在可惜。他讲给宝生听："小学毕了业，就等于前清秀才；中学毕业等于举人。到时候我要是能转转手头，送你上大学，那就是进士及第了！"刘晓云完全陶醉在对于未来的美好憧憬之中。沿着刚刚铺好石板的大街，他带着宝生逛了华中裕和公大商店，琳琅满目的京广杂货，把宝生给惊呆了，多大的店啊！他又带宝生到生庆公茶叶店，看那人把两个面对面的大穿衣镜，每个里面由近到远站着几十个自己和宝生的影子。接着又去看新新舞台，对儿子说，过几天买张票，让他见识见识天津卫来的名角。

天渐渐晚了，他把宝生带到六合春饭庄，一人下了一碗杂烩面。他把面条上面的菜讲给宝生听，白的是鱼圆子，红的是肉圆子，黄的是膘，黑乎乎的是海参，他叫儿子慢慢地品品滋味。

夜晚，爷儿两个进入了豪华的新华池的大门。澡堂快收生意了，池子里空荡荡的已经没有人了。爷儿俩洗了个澡。宝生问父亲："今晚我们在哪里睡觉？""就住这里。""我们住得起吗？""有你这秀才儿子，谁敢不给住！"宝生这才发现，今天的父亲好像年轻了不少。

他们果真在澡堂子里住下来了，不过不是住在那舒适的座位上，而是在座位旁边铺上草苫，打了个地铺。靠着朋友的帮助和自己的手勤腿勤，这里早已成了刘晓云的夜公馆，一个不花钱的栖身之所。现在，儿子要在这地铺上和他通腿睡觉，他觉得心里暖洋洋的。他想，待到这个小文曲星时来运转、功成名就，老太爷便可以住大瓦房了。

出外靠朋友

"在家靠父母，出外靠朋友。"这是刘晓云的口头禅。宝生对这句话的分量，越来越清楚。他在家离不开父母的照料，来到新浦，更是完全靠父亲的朋友们生活了。

自从父亲进城招待他第一次，也是最后一次"盛筵"以后，宝生便开始到李家寄食了。李家的主人是刘晓云的老同事，他们两人几年前在一起摇过绳子。那些尽是出力的活，买一捆麻，用耙齿像梳头发一样地梳，梳齐后先用小木车绕成细绳，然后再一次一次越绕越粗。刘晓云对这个营生很有兴趣，虽然累一些，每月却有一二十块钱的稳定收入。姓李的朋友却并不热心，在一起干了不到一年，便提出要散伙。老李说："你家在乡下，吃粮吃菜不花钱，这每月一二十块还顶个钱用。我一家七八口人，老老小小，抬腿就要花钱，买刀揩腚纸还得好几个铜板哩，这点收入够干什么？"

小腿别不过大腿，两个朋友终于分手了。老李做起了生意且越做越红火，走上了阳关大道；剩下刘晓云，一无本钱，二无能耐，只好一个人在独木桥上慢慢地挣扎。

听说刘晓云要把儿子放在他家寄食，凭着当年的老交情，李家大娘二话没说便应承下来。刘晓云依旧自己各处混饭吃。李家的饭食虽然不错，但宝生是上不了桌子的。他不论放学迟早，须要等人家开完了饭，李家的儿媳妇才一边收拾碗筷，一边招呼他："宝生，到锅屋吃饭。"虽然是残汤剩菜，但宝生觉得比自家的生活好得多了。别的不说，光碗口上漂的那些油花，过去便从来不曾见过。他蹲在锅台前，狼吞虎咽，把饭菜一扫而光。他觉得肚子里只有七成饱，偷偷向锅里望望，已经是底朝天了，只好放下饭碗。宝生知道，李家不会再为他点火弄饭的。

肚子里缺一点不要紧，使宝生发愁的是老会迟到。往往等他放下碗筷赶到学校时，操场上早已空空荡荡一个人影也没有了。他站在教室门口，胆怯地喊了声："报告！"

"你怎么又迟到了？"老师不高兴地拿起点名簿，在"○"上面划了一道斜杠，缺席变成了迟到。"饭吃迟了。"宝生低着头咕哝道。

"告诉家长，以后早一点弄饭。"

宝生坐了下来。前面位置上的周大眼正用演草纸画龟兔赛跑，乌龟身上写了个大大的"宝生"。画好后，从背后把纸扔给宝生，宝生看了生气地在他膀子上扭了一把。

"喔唷！"周大眼失声叫了起来。

"顽皮！——坐好！"老师回过头来望了望宝生，呵斥道。

"时间"到底是什么，这个连哲学家都说不清楚的问题，在小小年纪的宝生看来倒很简单：时间就是盼望。一天盼三顿饭，他焦急地盼望李家早点开完饭，好吃了上学；在奔往学校的途中，他估计今天又要迟到了，盼望今天不受老师的呵斥；上最后一节课的时候，他盼望早点下课，肚子已经饿得咕咕叫了。他盼望，盼望学期早点结束，盼望早点上初中，盼望早点就业。那样就可以让整天为生活奔波的父亲稍微喘一口气，让妈妈逢年过节能吃上一碗白米饭和一碗油腻腻的红烧猪肉。

在盼望中，他进入了六年级，小学中最关键的一年。他深深懂得如果考不上初中，一切的希望和幻想都会成为泡影。他现在已经习惯了半饥半饱的生活，也习惯了老师冰凉的面孔和一些同学幸灾乐祸的眼光。但是为了升学，为了把功课复习好，他不得不向父亲提出来，要在学校包饭吃。

这个要求对刘晓云说来，无异于是叫他从天上摘下个月亮。但是，人到难处求朋友，刘晓云的人生哲学又一次胜利了。他找到在学校做包饭的马师傅，此人是他的旧交。刘晓云也顾不得面子了，把自己的儿子怎样的有出息，怎样一家人勒紧肚皮供他念书，又怎样在李家寄食不方便，上学老是迟到等等，一五一十都讲给马师傅听了。马师傅很受感动，激起了他的江湖义气，把胸脯一拍，说道："刘六，你放心。我包了几十个人的饭，还怕没有孩子吃的？明天就叫他来吧！"刘宝生一步登天，在马师傅那里吃了一年不花钱的包饭。他感到自豪和幸福，他可以和老师同学们一起进入饭堂，坐在一个桌子上用餐，大家都吃一样的菜。更为可贵的是饭尽吃，要装多少装多少，吃饱为算。他从未有过这样的生活，内心中充满了对马师傅无限的感激。

恩　师

1932年，宝生十六岁的时候小学毕业，他轻而易举地考上了海师附中。这叫刘晓云又喜又忧，喜的是自己没有看走眼，儿子果然有出息；忧的是一心想读读不起，不读又不甘心。亏得宝生的姐夫吴庠铸到处张罗，叫宝生在他家吃饭，在老熟人孙二奶家睡觉。就这样才凑合着进了海师附中。报到时宝生觉得自己的名字过于土气，便随即改为"宝森"。

如果说小学打开了他生活的视野，中学便带他进入了艺术的院庭。他开始认真地学画，教室里的装饰，墙报上的画图，都是他一手搞的。有一回，校长到他们这个班听课，看到了墙报上画着一只鼓翼翱翔的海鸥。他端详了一阵子，问道身边的老师：

"这是谁画的？"

"班里的学生，叫刘宝森。"老师回答说。

"家长干什么？"

"在粮行打斗。"

"哦——鸡窝里生出个凤凰！"校长赞叹了一句。

美术教师王秉衡很喜欢宝森，王老师在海师设立霞光社画室，用以培养青年学子钻研美术，宝森是一个积极参加者。王老师有许多上海新出的书刊，徐悲鸿、刘海粟的画集，《东方杂志》，还有许多海外的画片，可以随时去看，这都是过去闻所未闻的。记得在私塾念书的时候，每年冬天，那些串学堂的书画贩子，不时串到他们的学堂里来。打开蓝布包袱，里面除了笔墨纸砚，最诱人的便是年画，花花绿绿，有苏州桃花坞的、山东潍坊的、天津杨柳青的；还有上海出的连环画，诸如《七侠五义》《火烧红莲寺》等等。这时他便把一只一只聚起来的铜板，一股脑儿全交给了画贩子。他照着买来的画临摹，希望有朝一日自己也当一个画师，也能够画出那么漂亮的画儿。现在他才知道，人外有人，天外有天，艺术的世界竟然如此博大精深。当王老师夸赞他有天赋，叫他毕业后到上海、杭州的美专去深造时，他只有暗暗地叹气。

他有个爱记笔记的习惯，每天都要在灯光下把看到的、听到的、想到的事情，记在自己的笔记本上。那上面有他的抱负和希望，仇恨和悲伤，不平和愤慨……一天晚上，笔记本突然找不到了。他记得早晨似乎塞到书包中去的，可是书包里也没有。他翻遍了床头和抽屉，又端着灯照了照床底下，都没有。他焦急，烦躁，诅咒。

三天以后，日记本出来了，拿在训育主任兼他们班级主任张松年老师的手里，他们两个在操场上相遇。

"这日记是你丢的吗？"张老师问。

"是的。"宝森不测深浅，但也无法赖账。

"尽记些什么东西，乱七八糟！"

"……"

"年轻人哪来那么多的沮丧情绪，要振作，你懂吗？"

"……"

"拿去吧，好好念书。"

宝森接过日记本，匆匆给张老师鞠了个躬，便回身往教室走去。他向周围望了一眼，还好，附近没有人听到。

这时还没上课，课堂里静悄悄的，只有寥寥几个同学坐在座位上埋头做功课。他下意识地翻了翻日记，怕丢了什么似的，突然，在一段日记的旁边，出现了两行刚劲有力的毛笔字批语："该生大有希望，前途未可预卜。"他一眼便认出这是张松年老师的笔迹。

"恩师！"他心里一热，泪水便充满了眼眶。他暗暗下了决心：老师，我决不辜负您的期望。确实，张松年对刘宝森和对待别的同学不一样。例如，每年的学杂费按理开学时要一次交清。宝森交不起那么多，每学期都是由张松年出面担保，分月交纳。平素遇上不懂的课，去求教张老师，宝森觉得他和父亲一样慈祥和耐心，给他细细地讲解，清楚地感觉出张老师对他与众不同。

时下，天下大乱，日本兵占领了东三省，报纸上天天讲的都是日本兵又干了些什么坑害中国人的事。后来这些消息越来越少，而老百姓的嘴里却越讲越多。宝森听说，这是当时的政府不准宣传。政府说，别去激怒邻邦，只要呼吁世界正义舆论同情我们，日本人就不敢侵略了。

"屁话！一天到晚正义、正义，正义都叫狗吃了！"一个同学说。

"全是汉奸理论！"宝森和同学们谈起这些事的时候，往往脸都激动得通红。

一天早上，学校里有些异样，人们三五成群，窃窃私语，气氛相当紧张。原来挂在会堂里的一副对联被人扯下来了。

这副对联颇有来历，它是江苏省教育厅厅长周佛海亲笔所书，题赠给东海师范学校的。对联上写着："读书便是救国；救国必须读书。"曹中权校长对此视为珍宝，装裱起来，挂在天天都能看到的地方，以展示学校的"殊荣"，那真比乾隆皇帝的御笔还值钱。

宝贝被人扯下来扔在泥地上，有人惋惜，有人怒骂，有人高兴，有人幸灾乐祸，有人什么表情也没有。

校长在朝会上大发雷霆。他脸都气白了："谁干的？有种你就站出来！"他觉得这两句话有失校长体统，连忙掏出手帕揩了揩鼻尖上沁出的汗水，把调子调低一点，又以长者的口吻说："学生嘛，就是读书，不读书到学校里来干什么的？做学生有学生的三从四德：在家从父母，到校从老师，毕业从党国……"

说着说着他又控制不住自己了，调子越来越高："你们救国？胎毛没脱、屁斑没褪，你懂得什么叫救国？我倒担心有些人被赤化了。海师是清净的学府，绝不允许害群之马捣乱！"

说到这里，他把讲台一拍，放在讲台边上的黑板擦，跳了两下，"啪"地一声掉落地上，全场鸦雀无声。

扯掉大人物字幅的案子还没了结，这位大人物竟然要亲临东海县了，还要向东海师范的学生宣讲他那著名的读书救国论，真是无巧不成书。

为了迎接这位大人物，校长、老师们忙了好几天，准备了学校训教方面的情况介绍，还由高三语文老师写了篇类似汉赋的欢迎辞，由号称校花的一位女同学背得滚瓜溜熟，准备到时候上台朗诵。每个教室又新添了几盆鲜花，买花的钱自然是同学们自己凑的。此外，学校还宣布：后天到海州火车站欢迎周厅长时，一律要穿干净整齐的制服。

事与愿违，两天后前往欢迎的行列中，东海师范附中的队伍最糟糕，红黄蓝白黑各色衣服都有，走起步子来也七零八落，像败兵似的。

回校以后，校长又在讲台上发了一通火，喷出了无数的唾沫星子。

解散以后，张松年把刘宝森叫到他的办公室，屋里就他们两个人。

"你们班今天为什么那么多人不穿制服？"

"不知道。"

"你自己为什么不穿？"

"我只有一身，洗了还没晒干。"

"真的吗？"

"……"

"可恶至极！"

冷场片刻，张松年点着一支烟，望了望窗外，低声问道：

"周厅长的字是谁扯下来的？"

"不知道。"

"你能不知道？"

"……"

张松年用缓和的语调意味深长地对宝森说："你家境清寒，读书上进不易，以后少闹事，多读书，你要牢牢记住我的话。"

谢天谢地，周佛海到学校视察和训话，都是一帆风顺，半点差池也没出，校方放下了心里悬的大石头。当然，谁都有数，县政府和县党部都不是吃干饭的。

国家是多事之秋，余波所及，也难免会荡漾到学校里，使学潮迭起。自从传来暑期会试的消息，学生中间便沸腾起来，说这是读书救国论的翻版，故意给学生加添麻烦，压制抗日救亡活动。于是学生纷纷向校方抗议，风口浪尖上的人物便是刘宝森。在遭到曹校长的严词训斥后，学生的情绪更加激动，怒不可遏。

这时忽然传出消息，说校方要开除刘宝森，但又不知为什么却又迟迟不见动静。许多同学替宝森撑腰，他们说，只要敢宣布开除你，我们马上罢课！

在校方强行考试的前一天夜里，刘宝林带着另一个同学，把贴在教室墙上的考试规则和座位上的编号撕扯一清。次日上午刘宝森又被叫到张松年的办公室里，张松年的脸铁青，好像刚刚和谁激烈地争辩过。他叫宝森坐下来，张松年以从来没有过的亲切语气，开始和宝森谈话了。

"宝森，我很器重你，但是你闹出乱子了。"停了一下，他吸了几口烟，似乎在斟酌着下面的话语。然后，一字一顿地告诉宝森："你必须离开这里，现在不仅校长要开除你，还有别的人也在注意你了。"

他打开抽屉，拿出一张毕业文凭递给刘宝森，轻声地说："宝森，师生一场，我只能帮你到这个份上——向校长要了张毕业证书，并且说好开除的通告也不贴了。给你个面子，你就远走高飞吧，现在已经有人盯着你了——"

尾 声

经张松年和王秉衡老师的指点，他随即去了南方，考入当时我国的最高艺术学府——国立杭州艺术专科学校。

然而，他那反抗现实的本性不变，"乖戾"的行为不改，屡屡在校内带头闹事，引起了当局的注意，以至准备把他抓起来。

1937 年，抗日战争爆发，祖国呼唤她的儿女奋起抵抗。21 岁的刘宝森，经武汉三厅介绍，于 1938 年毅然离开了艺术学府，北上延安，投入到革命的大熔炉。

在延安，他进入鲁迅艺术学院美术系学习木刻艺术，毕业后参加鲁迅艺术木刻工作团，赴晋东南敌后根据地工作，随八路军转战太行山区。解放战争时期，在华北大学教学，经常奔赴前线和参加土改工作。这时，他用彦涵为笔名，发表了大量优秀的木刻作品，以致原名渐渐少有人知。

中华人民共和国成立后，彦涵先后在浙江美术学院、中央美术学院、中国美协、北京艺术学院等单位从事教学和领导工作。他曾经出版过多种大型版画集，许多作品为国内外博物馆收藏。现在虽已年逾古稀，仍然孜孜不倦地进行版画创作。

彦涵用他的木刻刀为中国人民的解放事业做出了极有意义的贡献。他的版画作品中，不仅有一些童年的记忆和浓郁的乡情，更多的是各个革命历史时期史诗般的画卷和那些在血与火的战斗中产生的壮丽的诗篇！

选自 2011 年 10 月中国文联出版社出版的《海州乡谭》

从黑土地走来的音乐家

刘畅征　毕业于华东师范大学中文系，高级编辑、江苏省作协会
　　　　员、中华诗词学会会员，曾任市文联主席、《连云港日报》
　　　　总编辑。曾有《连云港赋》发于《光明日报》，文风朴素，
　　　　格律严谨，激情澎湃，艺术感染力强。

静谧的秋夜。

在一间斗室内，我陷入浓烈的音乐氛围之中。

旋律时而舒缓，像秋日里的山溪，明澈清悠；时而急促，像奋蹄的骏马，跳荡奔腾；时而如百鸟吟唱，时而如电闪雷鸣，时而似春风拂面，时而似瑞雪飘空……

多么醉人的民歌曲调！散溢着泥土的芬芳、生活的醇香，诉说着人生和爱情的悲欢与向往，清纯而内蕴丰厚，明丽而色彩纷繁。

听青年音乐家董自伦的民歌述唱，有一种感受到纯朴乡音的无比亲切和兴奋之感，我亦不由自主地跟着哼了起来。

初识董自伦是在 20 世纪 80 年代初。那时他在赣榆县黑林乡文化站工作。我印象中他布衣布鞋，中山装整洁合体，领口的风紧扣，扣得板板正正，质朴里时现机敏，文静中不乏粗犷。

1980 年他编剧并作曲的五场吕剧《春花泪》，初展才华，赢得观众称道，获赣榆县文艺会演二等奖。此后又编剧并作曲了吕剧《一篮稻谷》、柳琴戏

《办喜事》、黄梅戏《沉重的奖状》等等。

乍看起来，似乎有些不可思议，一个偏僻山区的农家子弟，年纪轻轻的，竟能谙熟音乐之道，个中"奥秘"何在？

启蒙教育、家庭社会环境的熏染，对一个人的成长至关重要。董自伦出生于一片贫瘠的黑土地，可家乡丰富的民间小调，给了他不尽的陶冶和滋润。他那慈祥的奶奶，从黑土地、从劳动的节律里获取了音乐的灵性，会唱《十里墩》等各种各样的小调。儿时的董自伦，依偎在奶奶的怀抱里，接受了音乐的启蒙教育。伯父会吹箫，便教他操管，二叔会拉二胡，便教他弄弦。七个孔、两根弦，变幻出那么丰富悦耳的音调，展现出那么绚丽多姿的奇妙世界，董自伦惊喜、昂奋，练得如醉如痴。

音乐是发自心灵的声音。没有灵性，没有感悟的耳朵，恐难以跨进音乐的殿堂。为了练耳，董自伦上初中时，经常利用晚上的时间向村里小学的张殿武老师学拉手风琴，用手风琴的标准音阶正音、练耳、视唱。在静寂的小山村，悠扬美妙的琴声，像山溪潺潺流淌，给生活注入了欢欣与活力。跌宕起伏、变幻无穷的琴声，像一束导火索，点燃了董自伦的音乐潜能。他渐渐地能较准确地识五调、辨七音，且日臻圆熟。

于是，奇迹产生了。不管什么音调，听上几遍他便能把主旋律和复声部的曲谱记下来。且能把一些滑音、装饰音等细微部分记准确。有这样一个故事，一位柳琴戏老琴师带着徒弟到山区巡演。听了老琴师演唱中拉的曲牌，董自伦马上记下谱，然后按谱拉了起来。老琴师听后大为惊喜，连声称赞道："好！好！我带的徒弟两三年还拉不出这个水平。"

不少喜爱音乐的读者也许还记得，电视剧《三国演义》播出后，其音乐曲谱尚未公开发表，但《连云港广播电视报》却连续发表了《滚滚长江东逝水》《历史的天空》《这一拜》的曲谱，这都是董自伦应读者要求，根据电视片的播音记谱的。

有了灵敏的耳，董自伦的民间采风如虎添翼。夏夜，乡亲们聚在一起乘凉，谈天说地唱小调，他边听边记下曲谱；在水瘦山寒的农闲日子里，他拜访会唱民歌的老人，记下各类曲调。几年下来，他搜集了"铺地锦""满江红""刮地风""叹十声""九腔十八调"等200多首民间曲调。为了搜集一些几近失传的少有曲牌，他曾到本地的牛王山、山东省的玉山等处向老道士采风。1975 年，他专程去山东省界首村，向回乡探亲的吕剧《李二嫂改嫁》的剧作者求教。当时身为山东吕剧团编剧的那位名作家，被他的一片真诚所感动，详细地讲述了作词自己曲的"秘诀"。由此二人成了忘年交。

江苏省音协主席、教授陈鹏年，对弟子广搜民歌大为赞赏，曾对董自伦说："这些民间小调够你用一辈子的。"在省文化干部管理学校学习期间，董自伦师从陈鹏年教授，对古今中外的音乐理论、经典名曲作了系统广泛的研读。如对贝多芬的《命运交响曲》，从主题意蕴到乐构乐句作了全面剖析。对我国小提琴协奏曲《梁祝》回环华美的旋律，反复赏析品味。同时还将中西音乐加以对比分析，融会贯通。

学习、继承是为了更好地创新发展。当把中西音乐熔于一炉时，董自伦在创作上便产生了新的飞跃。尽管没有专门从事音乐工作，但他充分利用业余时间进行创作。十余年来，他创作的少儿歌曲《惜别》，在中国音乐家协会主办的《儿童音乐》杂志发表后，北京市等地的一些中学生用来演唱。在江苏省少儿出版社出版的《中学生日常行为规范知与行 400 题》和《小学生日常行为规范知与行 400 题》中，收入了他创作的 7 首歌曲。他谱曲的《开拓者之歌》《腾飞吧鸿雁》分获全国工人歌曲银奖，还有一批作曲在各类评比中获奖。他为电视剧《三军司令》《共筑长城》《女交警的心曲》《绿色的东桥头堡》，广播剧《杞柳编成的鹏翅》《虎山行者》，连云港市十佳交警颁奖晚会等谱写了主题歌。他创作了 200 多首歌曲在市、省、全国报刊发表和广播、电视播出。不久前出版的《江苏省百首爱国主义歌曲》收入他写的歌曲 2 首，《在海一方——连云港市爱国主义新歌集》收入他创作的歌曲 10 首。他联系实际创作了讴歌民政干部风采的大型声乐套曲《民政组歌》，省民政厅为此授予他民政宣传先进个人称号。

透过这一首首用音符拨动心弦的艺术品，我们看到了紧紧追随时代，弘扬主旋律，讴歌祖国、讴歌社会主义、讴歌人民的一颗赤子之心。这一首首歌曲，无不是源于生活、源于民歌，融会中西音乐创作而成的。通俗歌曲《亚欧紧拥抱》在"河海共涌潮"春节文艺晚会上的演出特别引人注目，后又在省、中央电视台和南美卫星台播出。它气势雄浑，节奏明快，昂扬着一种撼人心魄的大气、豪气与激情。而这首歌曲的动机（第一二小节）取材于民间小调《满江红》中的二个乐句，又采用了西洋歌曲的旋法，最后用西洋小调式的主音结尾，既有浓郁的民歌风味，又有显著的现代生活的节律，可谓是中外音乐的合璧。又如反映盲人生活的《月亮恋歌》，汲取了我国传统民歌《小郎调》的主旋律，同时又融入西洋歌曲的调式，使整首歌曲如吟如诉，感情缠绵真挚，扣人心弦。

音乐理论产生于创作实践，而创作要有新的突破，必须有理论的指导。董自伦在音乐创作实践中总是孜孜不倦地进行着理论的探索。针对我国歌曲创作的现状，他撰写了《谫议少儿歌曲创作中的几个倾向》的论文，参加了全国儿童音乐座谈会。针对本市乐坛状况，他撰写了《港城缘何出不了毛宁杨钰莹》，点出了问题的症结所在，并提出了对策。为了引导帮助群众唱好 MTV，他先后撰写了《陌生的 MTV》《祝君"卡拉"得更"OK"》。他还撰写了《流动的艺术》，从音乐欣赏的视角提高广大群众的审美层次。为此，《连云港日报》专门为其开辟了《乐坛走笔》栏目。

在市纪念红军长征胜利 60 周年爱国主义歌曲演唱会上，董自伦创作谱写的《国旗国旗我爱你》《连云港颂歌》《连云港，可爱的家乡》《腾飞吧，连云港》《东方大港的问候》等 5 首歌曲被一些县区和单位演唱。坐在观众席上，董自伦不是在听，而是在用心去感受那来自黑土地的、从心灵里流出的旋律，他不能不有着自己的特别的激动：源于黑土地的旋律，理应奉献给人民，且要更多更好。路还长，须加倍努力，无愧于那片黑土地！

发表于 1997 年 9 月《连云港日报》

海魂（节选）

刘晶林　一级作家。出版小说、散文、诗歌、报告文学等十多部。
获紫金山文学奖、江苏戏剧文学奖、江苏省政府一等奖、
中国影视家协会优秀长篇电视片奖等。

写在前面的话

四月初，正是玉兰花盛开的季节。

作为江苏省连云港市的市花，市区主要街道两旁，一株株亭亭玉立的玉兰树，繁花似锦，争奇斗艳。那些花，如同一盏盏斟满春风的酒杯，高高地举向蓝天——它们是在以如此盛大而又隆重的仪式，为我饯行吗？

即便如此，我也知道，在这个春天，一座海滨城市用那么多花的喷芳吐艳来表达某种心意，绝不是为我，而是为了我的被采访人——荣获全国"时代楷模"称号，迄今驻守开山岛哨所 32 年的民兵王继才、王仕花夫妻。

他们，是这座城市的光荣与骄傲！

在玉兰花的夹道相送中，我驾车穿过繁华的市区，来到郊外，然后在导航仪的指引下，沿着一条国道，疾速地向着近百公里之外的燕尾港驶去。

我将从燕尾港搭乘渔船进开山岛。

半个多月前，我与王继才电话中联系采访的事。恰巧，正赶上中央电视台

7套节目的摄制组要进岛采访王继才、王仕花夫妻。考虑到央视来的人多,岛上的接待能力有限,知趣的我当然就不去凑这个热闹了。于是,我便等待。

谁知数日过后,好不容易等到央视一班人马拍摄完毕打道回府,我却被告之,海上风大,暂时没有船进岛。

无奈之下,我除了继续等待,别无选择。

电话里,王继才抱歉地对我说,岛上正在修码头,他一时半会下不了岛。言外之意,近期内我的采访,只能在岛上进行。

随后,王继才又说,等有船了,他会第一时间通知我。

接下来,每隔两到三天,我都会忍不住给王继才打电话,问有没有船?

直到打了若干个电话之后,望眼欲穿的我,终于盼来了有船进岛的好消息!

驱车前行,离城市越来越远,离海越来越近。

我之所以这么说,完全凭的是感觉。因为有风从车窗外吹来,我闻到了空气中含有的海洋特有的气息。38年前,我曾在连云港东北方向离大陆数十海里远的一座面积只有0.115公里的小岛上,度过了一段难忘的当兵的岁月。那座岛名叫达山岛。我在那座岛上,担任过一年半的连队指导员。

大凡较长时间在海岛上生活过的人,都会对海的气息特别敏感。比如我吧,我可以相隔大海数十里远,就能从空气中精确地捕捉到海的味道。其实,那味道不是一下子就能够用语言描述得清的,它似乎有鲈鱼、黄鱼、鲅鱼、石斑鱼、黑鲷、鳓鱼等混合的味道,其间还夹杂着海参、海胆、海星、海螺等呼吸的气息,以及阳光下各种海藻散发出来的淡淡的咸腥……总之,我感觉到我正在快速地接近大海。

正是这种快速地接近,让我有了一种穿越之感。我像是突然回到了当年,回到了那座名叫达山岛的小岛上,然后把一个个曾经有过的日子,以极快的速度又重新过了一遍,接着思绪便从海底似海豚般浮向水面。公路两旁的景色如同鸟群拍打着翅膀纷纷掠过车窗转眼间消失在身后,我自然而然地想到了即将要采访的王继才、王仕花夫妻,要知道,当年我在达山岛守岛时,虽说身居小岛,远离大陆,条件艰苦、交通不便、生活枯燥而又寂寞,但毕竟岛上居住着一个连队的官兵;而在面积仅为0.013平方公里的开山岛,只有由王继才、王仕花两个人组成的哨所，长年累月地肩负着海防哨兵的神圣职责，那样的生活，该是一番什么样的情景呢？更何况，我在达山岛守备连任职一年半，就自我感觉良好地以为如同钢铁淬火；而王继才、王仕花夫妻却从进驻开山岛时算起，至今已有 32 年之久，要说艰辛，要说付出，他们又该用什么来计量！

一个人的一生，若以百年计，除去他或她的童年、幼年、少年时期，再刨除老年阶段，这样掐头去尾地屈指一算，充其量，最具青春活力，最为成熟的人生，也不过四五十年！那么，王继才、王仕花夫妻为了国防事业的需要，在远离大陆、四周波涛簇拥的孤孤零零的小岛上，一守，就守了 32 年，他们把生命中一多半最美好的年华献给了海防事业；并且，他们还将继续守下去，直至一生一世！

说起来，能够用一辈子的大好时光，专心致志地去做一件极富家国情怀的事情，且把它做得有声有色、风生水起，那该是件多么让人敬佩的事情啊！

这样一想，我对王继才、王仕花夫妻的采访欲望，就更加强烈、更加迫切了。

驱车一个多小时，来到了海边。

大海是那样的辽阔、宽广。

波涛连着波涛，一浪接着一浪地涌向天边。

倏地，一只超低空飞行的海鸥，欢快地拍打着翅膀，不一会儿，就消失在远方……

我把车停在路边，纯属是为了看海。

只要是站在海边，面朝大海，看着看着，你就会觉得自己也成了海的一部分，于是乎你的心胸，甚至是思维，也像海，迅速地扩展，再扩展，直至无边无际！

由此，我又一次深刻地感受到，大海是有灵魂的。

海魂的存在，让大海充满了挡不住的诱惑与魅力！

…………

世界末日到来了吗

（选自 第一章 心里要有这片海）

上岛后仅仅住了一天，王继才就觉得特别难受。

说来，王继才既无病，又无伤；既不劳累，也不饥渴，之所以难受，主要是没有人讲话。开山岛的确很小，相当于一个多足球场的面积，可是在王继才的感觉中，却太大。要知道，偌大的一个岛子，就他一个人。他静下来，岛子也就静了下来，耳朵能够听到的，除了涛声，就是自己的脉搏跳动声和呼吸声；他要是走动，跟着走动的只有自己的影子。这样一来，王继才就有点受不了了。即使实在忍不住，对着四周喊上几声，他能够听到的，也不过是自己的声音撞在山壁上溅起的回声！

以前在家时，王继才从没有意识到人与人之间的讲话会有那么重要。哪怕偶尔外出几天，回到家，见不到妻子和女儿，王继才下意识地在屋里屋外地到处寻找，直到把她们找到了，也就没什么事了。可是在岛上，就不一样了，关键是想和人说话，身边却没有人。有时候王继才心想，别说是和父母、妻子、女儿说话了，就是眼前出现一个陌生人，哪怕他或她老得掉了牙，走起路来气气喘吁吁，或是年幼尚不懂事，他也愿意缠住他们不放，跟他们说话，且说起来没完没了。

王继才的这种感觉我曾有过。

那年我在达山岛上住了很长一段时间之后，出岛开会。记得刚刚下船，我竟然不由自主地尾随着一位母亲和她牵着的孩子走了很远，为的是倾听她们说话。岛上清一色男性军人，我已很久没听到女人和孩子的声音了。当时我觉得她们说话的声音竟是那么好听，像是唯美的音乐，像是早晨的露珠从树叶上缓缓滑落，像是月光洒在池塘的荷叶上，像是两朵并蒂莲在悄悄耳语……总之，我觉得世界上没有比这更动听的声音了！后来，大约是那位母亲觉察到身后有人跟着，回过头来望了望。这一望，我便意识到不妥了，便站在路旁，直至目送着她们远去……

和王继才相比，当年的我比他面临的条件好多了，毕竟我所在的岛上驻守着一个连队，与人说话这一最基本的生活状态还是具备了的。不像王继才，孤独地面对着他的世界。

　　其实，对于王继才来说，最可怕的事并不是没有人说话，而是遭遇到强台风。

　　在他上岛的第三天，强台风来了！

　　强台风到来之前，竟然一点迹象都没有。天空甚至比前两天还要湛蓝，阳光也一如既往地明媚，云朵低垂着，与细浪态度暧昧地拍拍打打或是交头接耳；同样，极远处的那几片白帆依旧一动不动地扮演成剪纸的形状，较长时间地保持着类似艺术品参展的样式……过后王继才发现，他被强台风事先制造的假象彻底地迷惑住了。其实从道理上讲，大自然变幻多端，强台风既然可以明目张胆、前呼后拥、铺天盖地地攻击开山岛，为什么不可以暗地里潜伏在水中，等到时机成熟，再突然跃出水面发动猛烈的袭击？王继才当过多年的民兵，他懂得，兵法上讲，这叫兵不厌诈！

　　是的，强台风说来就来了，强台风可不管你王继才是否正在熟悉地形地物，就以剧烈奔跑的速度来到了他的面前。王继才抬头一看，天空怎么转眼间暗了下来；再看，大团大团急速翻滚的黑云低得几乎撞到他的头顶。王继才感到前所未有的恐慌，他站在那里愣了十几秒钟，然后撒腿就朝宿舍急速跑去。

　　跑上山坡的时候，惊人的场景出现了，王继才看见岸边高高溅起的海浪，被风的巨臂一抓，就轻而易举地被掳走了。风把浪劫持到空中，然后狠狠地往地上摔去，瞬间，海浪四分五裂，碎成成千上万颗水滴；那水滴溅起，再次落下时，地面发出了乒乒乓乓连续不断的响声。王继才低头看去，一颗水滴在地面制造出的湿印，足有碗口那么大！

　　王继才见状，不敢停留，接着再跑。

　　风浪紧跟在王继才身后穷追不舍。

　　王继才跑不过强台风。狂风轻轻从王继才身后推搡了两下，只两下，就把他这个一米七八的汉子推倒在地！

　　从地上爬起来的过程充满了艰辛，王继才先是用胳膊支撑着让身体离开地面，然后再用头、用肩去顶住狂风，接着双腿发力，蹬地，最后使足劲，重新站了起来。

站起来的王继才不敢大意，他弯下腰，尽管减少阻力，然后继续奔跑。

好不容易进了宿舍，王继才把门关上，接着用背脊抵着门，他担心，若不抵住，风就会把门撞开。

此时的宿舍，早已失去了原先的安静，力大无比的强台风，把这座用石头砌成的房屋当作战鼓一阵猛擂。王继才觉得屋子在摇晃，屋里的每一扇窗户都在咣咣当当地作响。他看了看四壁，突然替房屋担心起来。平时看上去坚固无比的石屋，此时在王继才的想象中，竟薄如蝉翼，极不可靠。他担心房顶会被强台风揭开，担心门会被风擂破，担心窗户会像一片树叶般被风刮走，一直刮到黑黢黢的大海里去……

这样想着，王继才就觉得不安全，他下意识地躲避，将人整个儿移向北边的墙根，接着又从北边的墙根移到南边的墙根，再后来从南边的墙根往西边转移……可是无论躲到哪里，王继才都觉得无处藏身！

更让王继才胆战心惊的是，他本想挪到窗前，鼓足勇气隔着窗户想看看外面的情况。谁知就在他将目光抵近窗玻璃朝外张望时，一只被风刮得晕头转向的小鸟，飞行中失去了控制，竟像子弹一般急速地向王继才射来，王继才尚未反应过来究竟是怎么回事时，便觉得眼前一黑，那个飞来的物体撞在窗玻璃上随即爆炸，发出"咣——"的一声惊天动地的巨响。王继才被吓了一大跳，他的头发一根根踩着头皮齐刷刷地直直竖立了起来。那种撞击虽然隔着一层玻璃，但王继才的目光实实在在地遭受了前所未有的严厉打击。于是王继才本能地朝后让去，接着再看那块窗玻璃，竟有一朵沾有鸟儿羽毛的鲜红的血花，正在狂风之中怒开！

恐怖！简直是太恐怖了！！

是世界末日到来了吗？！

深受强烈感观刺激的王继才连喊带叫像是被开水烫了似地急忙逃离窗前，然后把身子缩成一团，蜷在某个墙角，大口大口地喘着粗气。要是此时此刻有个地缝，他一定会毫不犹豫地钻进去。因为眼下，似乎没有其他更好更安全的地方可供他躲藏的了。

平心而论，对于初次上岛就遇上强台风的王继才，他的这种反应太正常了。

三十多年前，我在达山岛第一次遇到风暴袭击时惊慌失措的表现，同样十分狼狈和糟糕。但我知道，每个人都有一个属于自己成长的过程。当你守岛的时间久了，由新兵成了一名老兵，你与风暴之间的关系自然而然就会变得奇妙起来。

比如说我曾经驻守过的达山岛的一些老兵吧，他们在远离风暴的日子里，心里反而会隐隐约约地觉得缺少一点什么，以至于日复一日的烦躁逐渐加剧。他们会讨厌平静得几乎是纤尘不染的湛蓝色的海洋，因为海面老是向他们展示着一种温柔，缺少变化；他们会厌烦一连数日恍若蝶翅的白色渔帆凝固在远处的某个方位，死一般沉寂；他们还不喜欢悬挂在天空的云朵，总是那么一副老面孔，和蔼得令人发腻；他们还不待见太阳循着固定的轨迹每天从东方升起，又打西边坠落，把一个接一个的日子安排得十分相似……在他们眼里，他们希望看到大海充满活力，即海浪在奔跑，云朵在飘动，波涛拍击海岸溅起玉树银花，雷鸣在厚重的云层中以发出酣畅淋漓的吼叫……当然，这种状况不会持久，风暴来了，风暴开创了他们新的生活局面，很快就把平淡无奇驱赶得无影无踪。于是，从某种意义上讲，他们渴望风暴，就是渴望推陈出新，渴望不同凡响，渴望战胜平庸，渴望生命中活力四射，充满张力！风暴中，他们会暗暗庆幸自己遇到了如此强大有力的对手；他们的精神会越发振奋；他们的斗志会越发昂扬；他们拼搏的力量会越发饱满。他们会把自己处在风暴中的那种特有的状态，当成人生的一种高档享受！

当然，这些王继才不可能达到。

我说过，守岛的人，要有较长时间与大自然磨合的过程，以及不断成长、不断战胜自己的过程。王继才亦如此。

这一天晚上，王继才是在极度恐惧中度过的。

比如说，他觉得强台风闹腾了那么久，天也该亮了吧？可是一看表，才晚上十点多！王继才不敢相信自己的眼睛，怎么可能呢？他蜷缩在屋子里的一个墙角很长时间，腿都麻木了，怎么才过了这点时间？别是看错指针了吧？于是，再看，没错，手表的指针的确是处在那个让他觉得充满假象、充满欺骗的位置！那么，就是手表出问题了。王继才记得台风来时他急着赶回宿舍，被风推搡，重重地摔了一跤。他想，定是他摔倒时手撑地，有石头碰着了手表，把手表碰出了问题，走得不准了。这么想着，他就不再看手表了。

既然对手表产生了不信任感，王继才也就失去了对时间进行判断的依据。过后，王继才打算从天色上概略计算一下时间，但很快就放弃了。窗外一片漆黑。狂风继续不知疲惫地摇晃着门窗，以至于屋子里到处发出的乒乒乓乓的声响，让王继才头脑发昏。他觉得，既然时间那么难熬，还想它干什么？越想，不是越害怕吗？索性就不去想它了！

再比如，王继才时刻担心有怪兽破门而入！

王继才从小就听老人讲过海怪的故事，说燕尾港灌河口一带经常闹海怪。那海怪平时人们看不到，它潜藏在深深的海里，只有到夜深人静的时候才钻出水面，爬上岸来。水怪个头很大，身体粗壮，像一座小山。长得青面獠牙，背上有鳍，能直立起来走路。据说，海边人家的牛啊、猪啊、羊啊、狗啊……经常被它吃掉！如果有哪个小孩子不听话，大人就会说，你再闹，再闹海怪就来了。小孩子听了，就依偎在大人的怀里，老实得像一只小羊羔。

后来王继才长大上学了，他从书本上读到许多海怪的故事。让他记忆深刻的有"挪威海怪"。据书上说，"它背部，或者该说它身体的上部，周围看来大约有一里半，好像小岛似的。……后来有几个发亮的尖端或角出现，伸出水面，越伸越高，有些像中型船只的桅杆那么高大，这些东西大概是怪物的臂，据说可以把最大的战舰拉下海底。"还有一百多年前，一艘法国名叫"阿力顿号"的军舰，从西班牙的加地斯开往腾纳立夫岛的途中，遇到一只有五到六米长，长着巨大触手的海上怪物。船员们用鱼叉叉它，怪物伸出触手，把鱼叉都弄断了……

这天晚上，极度恐惧中的王继才，尽管很怕触及"海怪"这两个字，可是海怪偏偏出现在他的脑海里，任他驱赶也赶不走。有时候，他会出现幻觉，在门缝里挤进来的风把煤油灯的灯芯推搡得不停晃动而造成的忽明忽暗的诡谲氛围中，似乎看见海怪趁着狂风巨浪爬上岸来。海怪的脚步迈得很大，每迈一步，地上就会留下一个巨大的湿漉漉的脚印！后来，那串巨大的脚印不断延伸，直至延伸到王继才居住的宿舍门口。王继才吓坏了，竟连大气都不敢喘，生怕喘出的气被海怪听到了，海怪用头轻轻一顶，就把他屋子的门给顶开来！

有时候，他的耳朵里会不断生有海怪钻出水面的声音。那声音怪怪的，既像一千面破锣在使劲地敲，又像夹杂着一万个锐利的尖石头在玻璃上乱划，王继才觉得他的耳膜都快要被这声响磨破，甚至磨穿，让他难以忍受。他不得不用手紧紧地捂住耳朵，那样子，事后想来，就像是他在护住自己的脑袋！

俗话说，度日如年。此时的王继才，感受到的却是度秒如年。有生以来，王继才第一次感到时间过得如此缓慢。对于王继才，时间拉得越长，对他的折磨就越大。

这一夜，在王继才的记忆中，是最长的一夜，他根本就没有也没法睡的一夜……

绝处逢生

（选自 第五章 生命里有棵消息树）

突然间，起风了。

风从遥远的海上吹过来，一路上推波助澜，以极快的速度，把原本平静的海面弄得七上八下、翻滚不息。

在菜地拔了几棵葱的王仕花，抬头看了看海面，嘟哝了一声，台风来了！然后，她挺着大肚子，朝宿舍走去。

在王仕花的身后，跟着一白一花两只狗。许是在岛上居住久了的缘故，狗习惯了天气的突变，仅是对着海面被大风驱赶迅速低飞的云朵吼叫了两声，便不再焦急，依旧迈着不紧不慢的步子走着。

这是 1987 年的 7 月 7 日。之所以要记住这个日子，因为这一天对于王继才和王仕花来说，十分重要。

在这个日子到来之前，王仕花怀孕 10 个月了。俗话说，十月怀胎，一朝分娩。按照科学的说法，也就是说，正常的怀孕期约为 280 天。日子到了，预产期也就到了。

可是王仕花记错了自己的预产期。

按照王仕花的计算，她的预产期还没有到来。所以，当台风袭击开山岛时，她并不惊慌。在她看来，等这场台风过去了，海上风平浪静了，正好是她从从容容出岛生孩子的时候。

要说，王仕花已是一个孩子的母亲，她生过孩子，应该有经验的。然而，人有时候难免会有过失。王仕花是怎么记错了预产期，事后竟连她自己也搞不清楚。

于是，当台风袭来，航行的船只提前进港躲避，海上与大陆的交通遭致中断时，王仕花并没有意识到，她就要生孩子了。在远离大陆，没有医生的情况下，一个巨大的危险，正在向她逼近。

可是王仕花却全然不知。

直到王仕花来到宿舍，突然感觉到肚子疼了，才意识到情况不妙……

王仕花怀孕是计划中的事。

王继才夫妻商量过，他们想要一个孩子。因为已有一个女儿，他们希望生个男孩。他们生在农村，长在农村，多年来受传统文化的影响，骨子里多多少少难免会有重男轻女的思想。所以，当王仕花怀孕时，他和她都觉得他们即将要拥有一个儿子！

人真的很怪，一想到怀的是儿子，王仕花就觉得怀胎的感觉较之以前的确不大一样了，腹部几乎是一夜之间微微凸起，成了很骄傲的样子。原先扁平的小肚子，皮肤一下子就紧张得不够用了，它们像是一件缩了水的衣服，包裹在身上，把身子绷得紧紧的。尤其是肚子隆起的形状，有点尖。在乡间，人说肚子圆生女孩，肚子尖生男孩，这让王继才夫妻很高兴。于是，王仕花有时会有意把肚子挺得高高的，既有做母亲的骄傲与庄严，又有一点点炫耀与得意。

怀孕几个月后，王仕花感觉出了胎动。实际上，王仕花先后两次怀孩子时的胎动，并没有什么不同。但王仕花却主观上觉得男孩子的胎动比女孩更有力量。这不，女孩子文雅，男孩子动作大，在肚子里不大安分，不是拳打，就是脚踢，把肚子的某个部位弄得此起彼伏！王仕花给王继才看，说你儿子很有劲呢！王继才就笑，说男孩，调皮好，聪明！

还有一个特别之处，就是王仕花怀孕后，有了一些变化，她变得格外关注时事，关注国家出台了哪些新的政策，关注经济建设与发展，关注环境保护与科学技术，关注生存空间与生活质量，还关注世界上发生了哪些事情，关注某些动乱地区的和平进程……也就是人们以前常说那种胸怀祖国、放眼世界。每天，王仕花会在听收音机上花更多的时间，似乎因为怀着孩子，面对宇宙万物，与之便有了更加直接的亲近关系，或者说，有了更多的责任。总之，世界一下子变得美好起来……

所以，王继才夫妻希望把这种美好一直继续下去，哪怕台风袭来，面对波涛汹涌，面对艰难险阻，也要把孩子安全地生下来。

王仕花肚子疼了起来。

王仕花生过孩子，她判断这种疼来自宫缩。她计算了一下，两次宫缩之间相隔的时间，然后告诉王继才，说不好了，恐怕要生孩子了！

王继才说，怎么可能呢，你不是说还不到预产期吗？

王仕花说，是啊……也不知道怎么搞的，肚子有一阵没一阵地疼……

王继才说，别是受凉了吧？海上风大……

王仕花不吭声了。

王仕花情愿肚子疼是由受凉引起的，也不愿往生孩子方面去想。毕竟是在岛上，正赶上台风袭来，要是真的要生孩子了，那麻烦可就大了！所以，王仕花一个劲地安慰自己，还不到预产期，肚子疼只是暂时，过一阵子就会好的。

这样想来，王仕花竟觉得肚子的疼痛感果然减轻了。

此时已是黄昏，带着忐忑不安的心情，王仕花吃过晚饭，早早就上床休息了。王仕花心想，要是受凉，盖上被子焐一焐，没准发发汗就好了。

可是睡到半夜，准确地说，是在一点二十分，王仕花被疼醒了。这时候的疼痛，比起黄昏时的疼痛厉害多了。王仕花注意了一下两次疼痛的间隔时间，变化虽然不大，但它明确地告诉她，是宫缩引起的，千真万确，她是要生孩子了！

于是，再算预产期，王仕花忽然惊呆了，她发现，自己竟把这么重要的一个日期算错了！是的，孩子是守时的，这个时候，正是孩子应该出生的时候！

王仕花告诉丈夫，说孩子就要出生了！

王继才一听，急了，别说此时是半夜，就是大白天，也没有办法。台风来了，海上浪这么大，没有船，根本出不了岛啊！

突如其来的情况让王继才毫无思想准备。此时的他，大脑缺氧，思维迟钝，只知道急，急得语无伦次、手足无措。

他一次次地埋怨自己，没有帮助妻子核实孩子出生的预产期；一次次地悔恨，为什么不早早出岛，提前让妻子到医院做好生产的准备；他甚至抱怨老天的不公，说自己为了守岛，已经付出了这么多，还要用这种方式来对待他，让他倍受煎熬；甚至，他双手抱拳对着苍天连连作揖，希望冥冥之中，遇有神助，帮他获得一线转机……

人啊，往往在极其无奈的情况下，会把希望寄托给虚无……

时间在王仕花一阵接一阵由宫缩引起的疼痛中不断地消逝。

到了早晨8时，王仕花意识到孩子就要出生了。再这样耗下去，她和孩子都将面临着危险。因此，她必须赶在一个新的生命降临之前，想方设法，找到属于自己的诺亚方舟！

应当说，面对危机，此时的王仕花显得异常的冷静。她看着窗外疾飞的大朵大朵的云团，听着被狂风剧烈拍打着的屋顶，声音平和地对王继才说，余下的时间不多了，想想办法吧！

王继才双手抱着脑袋，沮丧地说，还能有什么办法吗？

王仕花说，人都说，办法总比困难多。

王仕花又说，不妨试试。

王继才看了看王仕花，不再说什么了。

接下来，他们开始动脑筋。

要知道，在我们的日常生活中，任何一种现实，都是已经实现了的可能；而任何一种可能，又都是尚未实现的现实。现在，王继才夫妻在极度恶劣的环境下，要想改变命运，唯一需要做的，正是要把一种可能变成生活中的现实。

应当说，他们做到了！

他们想到了打电话。

他们把电话打到了燕尾镇武装部徐正友部长的家里。

徐部长听到了王继才的紧急求援，让他千万不要急，务必镇静、镇静、再镇静。随后，徐部长对王继才说，你等着，他让夫人老李跟他通电话。

徐正友部长的夫人老李曾经受过医护培训，当她得知情况后，接过电话，像是指挥作战的将军，临阵不慌，干脆利索地一一向电话另一端的王继才下达指令。

她说，你有纱布吗？要是没有，找一件全棉汗衫，撕成布条，备用。

她说，找一把剪刀，到时候好剪脐带。

她说，立即烧一锅开水，把布条和剪刀煮上二十分钟，进行消毒。

她说，找一床干净、软和的被子，给孩子当包被。

她说，再找一瓶白酒，高度的，消毒用。

…………

她每说一句，王继才复述一句。

当她下达指令完毕，王仕花注意看了桌上的闹钟，时间已是 7 月 8 日的上午九时。

王仕花知道，那个她等待中的重要时刻就要来临……

必须在这里插上一段文字。

20 世纪七十年代中期，我作为连云港某守备师文艺演出队的创作人员，随同演出队上岛演出。在离大陆一百多公里的平山岛，我们遇上了台风。这期间，平山岛守备连的一名战士得了急性阑尾炎，必须进行手术治疗，否则，后果不堪设想。可是问题在于，当连队干部打电话给师司令部值班室，要求派船时，得到的回复是，海上风浪太大，船运队的登陆艇根本无法进岛！

无船进岛，意味着患者不能出岛；而不能出岛，手术怎么进行？在岛上，只有两个与医学有关的人，一个是守岛连队的医助，一个是演出队的相声演员李贵华。前者，从未进过手术室；后者，虽然进过手术室，但当时作为师医院的卫生员，仅是因为实习，观看过手术进行的过程。

这时候，情急之下，他们不约而同地想到了电话。他们立即把电话打到师医院。医生说，你们行吗？他们说，不行也得行啊，总不能眼睁睁地看着战友死亡吧！接下来，医生便对着话筒，向远在小岛的两个从未做过外科手术的人，下达有关手术的一系列指令。

医生的指令是通过海底电缆传输到小岛的。为了保障手术的顺利进行，师司令部值班室的值班人员特地打电话给总机，让她们务必保证电话的畅通无阻。

应当说，手术进行得比较顺利。

阑尾切除，那个战士得救了！

事隔四十多年，当年在平山岛为战士做手术的师演出队相声演员李贵华，已作为大校军衔的正师职军官，从原南京军区驻上海某部部队长的岗位上退休。他听说我在写有关开山岛王继才夫妻的书，得知其中一小节涉及台风到来，王继才通过电话指令为妻子接生的情节，不由感慨万分。他说，正因为他有过类似的经历，才更懂得和平时期守岛人的艰辛与不易！

继续说一说1987年7月8日上午九时，发生在开山岛的故事。

按照电话一端徐正友部长夫人老李发出的若干指令，王继才手脚麻利地做好了为妻子接生的各种准备。

与此同时，王仕花积极配合，主动躺在床上。

这里不同于医院的产房，没有白色的墙壁，白色的产床；没有空气中弥漫着的淡淡的消毒药水的气味；没有备用的氧气瓶、血浆和各种医用器械；更没有忙忙碌碌的专业的医生、护士！王仕花拥有的，只是在眼前紧张得额头沁出细汗的丈夫王继才，只是潮水般一次比一次凶猛袭来的临近分娩的阵痛，以及对腹中快要出生的小宝宝的牵挂。她告诉自己，不要着急，你着急，王继才会更急，而急，无论对谁都不利！于是，躺着的王仕花此时尽量做到让自己的脸上露出微笑。

王继才见王仕花出汗了，大粒大粒的汗珠前赴后继地从她的毛孔里渗出，便问，感觉怎么样？

王仕花说，还好。

王继才说，要是疼得厉害，你就喊！

王仕花说，嗯。

王仕花说完，肚子的疼痛加剧了。她觉得心脏更加剧烈地跳动着。呼吸变得异常急促起来。全身每一处肌肉经过紧急动员，绷得紧紧的，就像一张拉满的弓，等待着箭儿离弦的那一瞬间……

这时，电话那端老李问，羊水破了吗？

王继才答，破了！

老李说，让仕花配合，使劲！

王继才对王仕花说，让你用力！

王仕花生过孩子，知道此时用力的重要性。她紧紧攥着拳头，大声地喊叫着，给自己助威，让自己发力。

"啊——啊——"

王仕花不光是在为自己喊，还在为待产的孩子叫。她高分贝地喊着、叫着，喊得惊心动魄，叫得奋不顾身！她觉得叫喊声中，她已经进入了一种境界。也就是说，她已把生命完全融合在喊叫声中了。直到后来，她仿佛在这个世界上消失了，而替代她的，分明就是那些喊声和叫声了！

显然，老李在电话中听到叫喊声了，她问，怎么样了？看见孩子的脑袋了吗？

王继才说，看见了！

其实，王仕花看不见孩子，她是感觉到的。她感觉到胎儿通过产道，已经顺利地抵达生命之门。接下来，她更加用力了。她在帮助孩子，用全身的劲推他，把他往外推。后来，在她的助力下，孩子不断开拓进取，然后一鼓作气，带着血水，几乎是以奔跑的速度进行冲刺，终于，进入了一个崭新的世界！

此刻，王仕花原先高高隆起的肚子突然发生了严重的塌方！

孩子出生了！

孩子完好无损、安安全全地出生了！

在老李的电话指令下，王继才剪断了脐带……

孩子的第一声啼哭，让王继才和王仕花落泪了！

王仕花问，男孩，还是女孩？

王继才说，带把的！

话音刚落，王继才和王仕花抹了一把泪，不禁笑了……

此时，已是中午12点03分！

海上，风大浪高……

江苏凤凰文艺出版社 2018 年 9 月出版

对手——"12·30"大案始末（节选）

刘晶林

一

张国明开着"哈飞"面包车，小心翼翼地朝着步行街接近。

此时是上午9点钟。风大，天冷，行人稀少。这正合张国明的意。他在心里不由暗地里大喊了一声：天助我也！

两天前，张国明和赵光学来到东海县县城踩点，一眼就看中了位于步行街的"老凤祥"金店，随后，通往这家金店的路线便像烙印般深深地嵌在了他们的心里。现在，张国明开着车，正走在曾在心里模拟了无数遍的道路上，以至于他对这条路的熟悉程度，不亚于走了几十年的回家的路。

到了一个路口，张国明打了一个手势，车上的同伙明白，目标出现了。于是，四个人的目光便齐刷刷地射向路边离他们不远的"老凤祥"金店。那同样是一座他们熟悉的金店。张国明踩点之后，曾在纸上画图，反复向他的同伙介绍过它。他让他们必须记住它、熟悉它。从某种意义上讲，记住它，就等于钱财到手；熟悉它，无异于黄金入袋！

通过反光镜，张国明见同伙赵光学、边士远和徐东风朝他回应式地点了一下头，便按计划把车停在了路边。

.042.

张国明没有熄火，面包车的发动机仍嗡嗡作响。

张国明低头看了一下表，9点10分。他声音低沉而坚决地发出了一道短促的指令：行动！

早已做好准备的赵光学、边士远和徐东风，应声打开车门，跳下车，然后迅速朝"老凤祥"金店走去。

有一对年轻夫妻在"老凤祥"金店里买首饰。

就在这对年轻人挑选戒指时，忽然身后刮来一股寒风。那股寒风是人带进来的。店门被人撞开了。这对年轻夫妻背对着门，进来的三个人他们看不到。但店里的营业员们看到了，因为这三个裹着严严实实的羽绒服，头戴毛线帽，口罩遮面，目光凶狠的人，手里竟握着枪！

营业员们在电视里见过这样的画面，只是这样的画面突然出现在她们的现实生活中，她们极不适应，一下子全懵了。

闯进"老凤祥"金店的三个人，正是赵光学、边士远和徐东风。

"打劫，都给我蹲下！"三个人一边挥动手里的枪，一边大声喝道。

都在发懵的营业员连同顾客没有蹲下，她们以原有的姿势站立着，目视劫匪，一脸的惊涛骇浪。

劫匪不再喊话，时间对他们来说就是金钱。他们中的两个人，用枪对着营业员和顾客，另一个人则从怀里掏出事先准备好的铁锤，对着存放金首饰的柜台玻璃一记猛砸。

不知是玻璃坚固，还是劫匪心慌，铁锤不停地击打，发出"咚咚"的声响，柜台却完好无损。再砸，锤柄竟然断了！劫匪急了，用枪把砸。玻璃随即破碎。

劫匪把手伸进柜台，大把大把地抓起黄金饰品往事先准备好的塑料袋里装。他们以极快的速度，把存放黄金的五节柜台中的三节洗劫一空。

就在这个时候，有一个人来到"老凤祥"金店。她姓张，是这个店的老板。张老板没有意识到店里发生了案情。张老板像往常一样推开店门，刚往里面走了两步，就走不动了。不是她不走了，是一把手枪抵在她的面前，她没法走了。与此同时，一个声音如雷贯耳："不许动，动就打死你！"张老板知道金店遭劫了，那可是自己苦心经营的店铺啊，瞬间大脑轰地发出一声巨响，接着，眼前一片空白……

张国明透过车窗玻璃，目光死死地盯着"老凤祥"金店。

在这之前，张国明曾领着赵光学等三人多次进行入店后的操作演练。他掐着手表精确计算过；从进入金店到得手撤离，不应超过2分钟。可是现在已过了3分钟，莫非出了意外？张国明焦急不安，但很快心如止水。张国明相信那三个兄弟的能力。事实上，多耗的那一分钟被他们用在砸柜台的玻璃上了。张国明事先没料到玻璃如此坚固。好在3分多钟之后，张国明看见了他的同伙。他们从金店走了出来。他们出门后，朝张国明打了个OK的手势。张国明迅速启动面包车，迎上前去。

天冷，马路上车少。本来就宽敞的马路显得更加宽敞。面包车在宽敞的马路上一路疾驶，很快出了县城，进入高速公路。

自赵光学、边士远和徐东风上车后，车上的人都不说话。一方面是紧张，另一方面是他们心理上害怕话从口出会惊动了什么。毕竟光天化日之下持枪抢劫金店，犯下了惊天大案；毕竟目前还处于作案的过程之中，未能完全脱离险境。更重要的是，作为打劫者，他们的对手实在太强大了，强大到让你无时不愿去想，又无时不得不想的地步。这个对手，就是警察！张国明意识到，他的对手是有形的，又是无形的。他们就像他的影子，他走到哪里，他们便跟到哪里，让他无法摆脱。同时，张国明还意识到，一个好的打劫者，心里绝对不能没有警察，他是你的对手，相反，你也是他的对手。什么叫作对手？张国明上网查过，"对手"一词具有多意性，其中一个意思就是对弈、交锋或斗争的对方。他们和警察就是博弈的双方。小心驶得万年船。张国明心里清楚，自从走上这条道，便不再允许失败了。哪怕是一次小小的失败，也足以让他从此失去所有成功的机会！

一路无语，四人就这么沉默着。

沉默的结果，往往会让人的思维格外活跃。张国明就是这样，他一边开车，一边对这次行动的整个过程进行梳理，其目的在于查找漏洞，以便必要时进行弥补。他的梳理是从两天前开始的。他和赵光学来东海县踩点。下午来，第二天上午离去。晚上住在一家小旅馆，不用登记，也不用出示身份证。应当说，不存有隐患。那么就到了今天，也就是2010年12月30日。一大早天蒙蒙亮他们乘车出发，狂奔 400 公里，长距离大纵深地对目标进行突袭。抵达后，仅在县城的一家小饭店吃了一顿早饭，且分批进行。他和边士远先进饭店，过了一会儿赵光学和徐东风才进去吃饭。两拨人互不讲话，就像不认识。随后，分批走出，上车。应当说，也没有问题。接着来到"老凤祥"金店。届时，老天帮忙，天冷，风大，行人稀少，为他们打了掩护。从赵士远他们三人得手后朝他打的 OK 手势来看，风过无痕，一切顺利。不过，想来想去，漏洞仍然存在。临来前，为了携带和使用方便，他特地把一支长筒土枪的枪管锯短。没想到，出发了，人已到了东海县，他竟发现，作为组装式土枪，他们只带了枪管，而把枪托忘在了家里。太粗心大意了！三国魏·应璩《杂诗》曰："细微可不慎，堤溃自蚁穴。"用现代人时髦的话说，也就是细节决定成败！然而，好在问题出在一支土枪上，仅此而已，并未对整个行动构成危害。实属万幸。

通过剥洋葱式的层层梳理，其结果让张国明紧绷的心弦稍稍松了一点。他踩住油门，让面包车一路狂奔不止。不多时，车过新沂。接着，临沂被甩到身后。离作案地点越远，张国明心理上觉得安全系数越高。

此时，车上仍旧没有人说话。有点沉闷。张国明按了一下喇叭，鸣响的汽笛惊飞了路边树上的一只喜鹊。看喜鹊拍翅而飞，张国明开口说话了。

张国明轻轻地说了一声：好兆头！

二

…………

从现场勘查的情况看，老陆意识到对手很强。从某种意义上讲，他需要强大的对手。有人曾问可口可乐总裁："为什么可口可乐可以长久不衰？"答："因为有百事可乐。"这就是对手强大的作用。同一个道理，警察与罪犯亦是不可缺一的对手。如同猫与鼠。道高一尺，魔高一丈。鼠笨，猫则蠢；鼠狡猾，猫必精明。高手的形成，是高手与高手较量的结果。这是铁的定律。

与强手过招，具有挑战性，这使老陆的兴奋度大增。在现场，他一边看，一边思考，萌生出了许多想法。但他没有与人交流。不是不说，是没到时候。

他需要在专案工作会上，先听听大家的意见，然后再说。

专案工作会议在案发当天的傍晚时分举行。

参加会议的有省厅前来指导破案的专家，市、县公安局的领导，以及各路汇聚而来的警界精英。

会上，先是汇总情况，接着分析案情。

…………

作为市公安局长，老陆拍板了，他决定成立联合指挥部，由市局分管刑侦的赵副局长坐镇指挥，具体工作分两步同时进行：一是以作案车辆找轨迹、以轨迹找犯罪嫌疑人；一是在全国范围内开展串并侦查。

很快，联合指挥部通过省公安厅刑侦局向周边各省发布的协查通报有了回应。河北省警方认定2010年12月20日发生在邢台沙河市的持枪抢劫黄金案，与东海县发生的黄金抢劫案，在作案手法以及作案工具上惊人相似，确系同一伙犯罪分子所为。

河北省警方反馈来的信息，证明了联合指挥部在一个更大的范围内开展串并侦查思路的正确。

至此，侦查"12·30"大案的序幕拉开了。

三

12月30日上午9点14分，张国明驾驶着"哈飞"面包车，离开"老凤祥"金店所在的步行街后，从曹庄卡口上了高速公路。当他以逃亡的速度飞快地行驶了一段时间后，冷不丁地拐道，离开了高速公路。

尽管张国明没有对此做出任何解释，但他相信，他的同伙应当知道，这是出于反侦查的需要。作为对手，警方太强大了，他不能不防。

张国明的这一手，让坐在他身后的赵光学暗暗叫绝。

张国明是他们一伙人中的"老大"。赵光学对这个老大，佩服得五体投地。他觉得张国明聪明过人。若论文的，张国明知识渊博，饱读诗书，上知天文，下知地理。世界上仿佛没有他不知道的事。在他们老家的网站有个论坛，张国明只要一贴帖子，立马点击量大增，跟帖的人不计其数。张国明还是个网络诗人，隔三岔五上传一首诗，一不留神就弄得粉丝成群，好评如潮。若论武的，张国明更是不含糊。有一天，张国明说要弄几个钱花花。赵光学问怎么弄？张国明说，抢啊！张国明就带他去抢。他们分别在江苏的邳州和山东的德州抢过黄金首饰。抢劫的过程太简单了，张国明到金店假装买首饰，他专捡大个的金手镯挑。等金手镯到手，趁营业员不注意，他掉头就跑。这要放在别人身上，完全不可想象。可是张国明做到了，他做得很好。两次抢金，两次得手。后来就到了12月20号，张国明带着他和几个弟兄到河北邢台沙河市抢了"周大生"金店。他们从进店到离开，仅仅用了17秒钟！动作太快了，用眨眼之间来形容，绝不为过。那是一个奇迹，一个属于张国明创造的奇迹！

徐东风也特佩服张国明。

徐东风与张国明认识的时间不长，满打满算，迄今不到半个月。是赵光学介绍他认识了张国明。他和赵光学是铁哥们。赵光学和张国明也是铁哥们。铁哥们对铁哥们，什么都好说。大约是在2010年12月16日那一天，赵光学把他领到张国明跟前。张国明说，缺钱花吗？他说缺！张国明说，那好办，跟我抢金店去吧。徐东风当即就答应了。

后来徐东风随同张国明一起去河北沙河市的那家金店踩点。一同去的还有一个年轻的女人。她不知道他们到河北沙河市去干什么，只是跟着去玩。到了目的地，张国明没让那女的下车。等到踩完了点，张国明替她买了一张火车票，接着就把她送走了。

徐东风听赵光学说起过那个女人。她是广西人。不久前张国明和赵光学以会网友为名，专程去广西桂林踩点。他们打算在那里动手抢金店。后因条件不成熟，放弃了。在从广西回山东的火车上，张国明见到了那个女人。张国明对赵光学说，相信不，我能把那个女人带回家。赵光学说，怎么可能呢，你又不认识她？张国明说，不信是吧？那就让你长长见识。说完之后，张国明就凑到那女的跟前，跟她聊天。到了吃饭时，张国明为她泡大碗面。晚上气温下降了，张国明脱下外套给她披上……那女的在家和丈夫吵架赌气出走，本打算外出找同学诉苦，没想到在火车上遇见了张国明，过后竟然改变主意，真的跟着他走了！为此，徐东风感慨不已，他觉得张国明太了不起了，想把一个不认识的女人带走，轻而易举地就抱得美人归。一句广告词说得好："一切皆有可能!"那么,对于张国明来说,只要他想办的事,还有什么办不到的呢?他相信张国明,跟着他干,绝对没错儿!

同样对张国明充满信任感的还有边士远。

边士远和张国明是在网吧认识的。张国明开了一家网吧,边士远常去玩。一回生,二回熟,后来两人玩着玩着,就玩成了铁哥们。不久前,张国明缺钱花,把网吧盘给了边士远。张国明与边士远说好了,一旦有了钱,还要把网吧赎回来。

喜欢上网的边士远,常常会用网上获得的知识来与生活中的张国明进行对照。比如,这次抢劫东海县"老凤祥"金店的行动方案,是由张国明一手拟定的。临行前,当张国明公布行动方案时边士远一听,便抑制不住地激动。多好的作战计划啊,瞄准一个点,作400公里的长途奔袭,在精确打击顺利得手之后,再跋涉400公里返回出发地——瞧瞧,太酷了啊!简直就是网上现代战争经典战法的复制版。当年苏联打阿富汗,打了十年,结果铩羽而归;美国汤姆大叔改变战法,动用飞机进行远程轰炸,不消多日,便事半功倍,达到战略目的。科索沃战争亦如此。塞尔维亚人有二战经验,准备跟老美打地面战争。老美才不干呢。老美给战争插上了翅膀。老美不分昼夜持续了78天的轰炸,没让塞族军人发射出一颗子弹,就让南联盟的头颅悲怆地低了下来。要知道,美军为什么连连获胜?作战的理念变了,作战的手段也随之变了。现代战争最重要的一个特征是短暂,速战要求短时、速决要求准确、速胜要求猛烈。远程奔袭,精确打击,宣告了一个旧的军事时代的结束和一个新的军事时代的开始!结合现实,边士远认定这次远程奔袭东海县的行动,就是现代作战理念和打击手段的具体体现。来如风,去无影。打一枪,换一个地方。再加上张国明聪明过人,返程途中为了忽悠对手,几次上下高速公路,干得实在是漂亮!

边士远这样想着,禁不住攥紧拳头,使劲地在胸前晃了晃,暗暗给张国明助力!

车至滕州,路过一座桥时,张国明把车停了下来。

张国明对车上的兄弟们说,下车吧。

徐东风问,这是哪,不是还没到家吗?

赵光学说,你傻不傻,能把这台车开到家吗?

徐东风一想，对啊，车是 10 天前抢来的，已在河北抢金店时用过，若再继续用，的确不妥。这样想着，就和张国明等个几人一起下了车。

张国明指着桥边站着的出租车司机对边士远说，你去把车卖了。

边士远就走过去和那个人搭讪，说，兄弟，要买车吗？

那人摇摇头。

边士远说，哈飞民意型面包车，性能不错。你要想买，我可以血本大甩卖，便宜一点。

那人问，多少钱？

边士远说，你说呢？

那人知道车的来路不明。

那人想贪小便宜，拾个漏子，就说，我身上没带那么多钱，只有 200 块。

边士远说，那好吧，吃亏是福。把钱拿来，车就归你了。

四

"12·30" 大案发生之后，警方在踏勘现场的同时，一支精干的小分队悄然出动了。这支小分队起先只有 6 个人，隶属联合指挥部直接领导的图像侦查组。该小组由市公安局指挥中心信息研判中心的副主任晓东负责，其成员分别是小郭、小王、小戴、大飞、大伟。

这支小分队侦查的着力点，在于"老凤祥"金店的外围。他们沿着步行街，对商铺、银行等具有监控资源的单位，挨家挨户地进行了走访。"特步"专卖店、联通、鄂尔多斯专卖店、凯马特超市……一路走过来，收获颇丰。他们掌握了大量的现场录像带。然后按照时间校对，很快，四名作案嫌疑人由无形到有形、由潜泳到浮出水面，连人带车被锁定在警方的视线之中。

有了图像，就有了涉案车辆和嫌疑人的具体特征。这时候，通过在全国范围内开展串并查反馈来的信息证实，劫匪使用的"哈飞"面包车，曾在河北邢台的黄金抢劫案中出现过。这辆无牌照的车，特征为高尾灯、没有右后倒车镜。这样一来，突破口打开，小分队的任务变得单一而又集中，那就是通过对现场录像的分析，沿着劫匪逃逸的方向，跟踪追击，顺藤摸瓜！

小分队通过查看一个录像，再找下一个录像的方式，一站站地往前推进。实际上，等于劫匪在前面跑，他们在后面追。劫匪跑得快，他们追得也快。

劫匪得手后驾车离开步行街，从曹庄卡口上了高速公路。

他们随后从步行街也来到曹庄卡口。在调看了高清监控的录像之后，图像侦查组的负责人晓东说了一声，追。小分队便一路驱车向前，咬住对手，穷追不舍。

当然，不是所有的监控录像都那么清晰。这给小分队的行动带来了一定的困难。这时候就要考验图像侦查组成员的眼力了。你要从像雨像雾又像风的图像中，通过蛛丝马迹，辨别出你所要找的人和车。此刻，图像可能是模糊的，但在你眼里，目标必须是清晰的。你要用目光的无形之手，紧紧抓住对方。任对方扭动着身子，百般逃避，你绝不撒手。

在这个由图像侦查组成员组成的小分队里，晓东的眼睛很尖。晓东曾在市刑警大队工作过很长时间。晓东的特长，是会画画。这里所说的画画，不是泛指美术的那种画画，而是根据目击证人的描述，为犯罪嫌疑人画像。晓东可以在不与犯罪嫌疑人谋面的情况下，把对方画得惟妙惟肖。这是一种专业技能。这种技能不仅要求画画的人必须对人的种种体貌特征了如指掌，还要求懂得心理学。因为目击证人对罪犯的描述，会受到很多因素的影响，不一定准确，有时会零碎、杂乱，没有章法和连贯性，甚至不符合逻辑。那就要求你火眼金睛，去伪存真，把它们像散落的珠子，用线一个个地串起来，串成原来的形状，不得走样。晓东就有这种将别人的叙述转为图像的特殊本领。他曾通过为罪犯画像，使许多案件得以破获。那么，小分队里有了这样的人，即使困难再大，也难不倒他们了。

往前继续搜索了一段路，小分队突然发现，罪犯失踪了。在两个监控录像点之间，罪犯不见踪影，这说明了什么？说明他们下了高速公路！晓东便带人分头搜查所有的出口。

很快，一度消失的目标又出现了。

小分队死死盯住，紧追不放。

劫匪真是太狡猾了，他们知道车辆走国道跑不快，不久，又拐入了高速公路。他们以为布下的这个智力陷阱能够摆脱警方的追踪，岂知一切都是徒劳。

他们走到哪里，小分队就跟到哪里。他们就像不能摆脱自己的影子一样，不能摆脱小分队的追踪。

五

山东滕州，是小分队抵达的最后一站。小分队追到这里，通过监控录像发现，那辆"哈飞"面包车，自从进入这座城市，再也没有出来。

难道劫匪是滕州人？

或是他们金蝉脱壳弃车而逃？

经过侦查，小分队终于在案发后的第4天，找到了罪犯使用的面包车。那个贪小便宜买下面包车的出租司机，一脸苦水地对晓东说，这车太便宜了，才花了200块钱，就买下来了。我知道天上不会掉下来馅饼，果然，你们找来了……

六

别以为小分队到了山东滕州，找到罪犯使用的作案车辆，线索就断了。事实上，"12·30"大案的侦破工作，不只是担负图案侦查的小分队一条线在往前推进，联合指挥部部署了多条线，其中有一条线属于一个高度机密的部门在执行。这个部门就像是破译密码的暗室，运用的手段与高科技密不可分。准确地说，无论罪犯逃到哪里，哪怕上天入地，这个部门的人都能"看"得一清二楚。

说到这里，也许会有人说，作家就会故弄玄虚，一个芝麻，到了你的笔下，也被忽悠成了西瓜！你错了，而且大错特错。要知道，现在是什么年月了？都21世纪了，科技进步使整个世界发生了巨大的变化。试问，若要倒退三十年，你敢想象"高科技条件下的局部战争"是一种什么样的情景吗？在与作战规模相同的越南战争中，美军打了12年，而海湾战争他们只用了42天！美国人动用了数十颗卫星，战前就把伊拉克映照得一览无余。这样的仗，伊拉克怎能不败！你还敢想象发生在1986年6月9日的贝卡谷地大空战吗？以色列通过预警飞机，以电子大屠杀的方式，第一天打下叙利亚32架飞机；第二天打下飞机的数量为50架，且自己无一伤亡记录……这就是高新技术发挥的巨大能量。高新技术创造了历史，也改变了历史！

中国改革开放三十多年了，社会经济的迅猛发展，为科技进步张开了腾飞的翅膀。与时俱进的连云港市公安局，拥有用于破案的高新技术手段，早已不是什么新闻，只是他们对外不作宣传而已。

从科学的角度讲，任何事物都不是孤立的。天上飞过一只麻雀，地上就有影子；花儿只要开放，空气之中就会留有芳香。人也是一样，不管你用什么方式存在，哪怕其后在这个世界上消失，都会留下种种信息。警方的高科技手段，说得通俗一点，就是收集了他们需要的某种信息，进行分析、加工和处理。"12·30"大案的案犯，就是这样被警方从茫茫人海中像捞鱼一样捕捉到的。警方对黄金抢劫案犯的定位极其准确，远在数百公里之外，他们就可以知道罪犯的具体位置。这种定位，来自于空间，就像人不能与空气隔绝一样，哪里有空气，哪里就有警方对于目标确定的可能。也就是说，在茫茫无际的空间，有着一双双智慧而又明亮的眼睛，无论罪犯藏在哪里，他都将暴露无遗。

其实，就在图像侦查小分队在滕州找到罪犯使用的那辆"哈飞"面包车时，位于数百公里之外的连云港市公安局技侦部门已经顺利地完成了与小分队工作上的对接。他们通过高科技，已将目标锁定在山东济宁邹城市！

…………

七

大周是东海县分管刑侦工作的副局长。

大周带领一个抓捕小组来到邹城高翔网吧的时候，天已经黑了。这该是吃晚饭的时间，街上行人不多。大周布置有关人员完成了对外围的封锁，然后带人进入了网吧。

高翔网吧营业面积不小，分楼上、楼下两层。由于网吧内灯光昏暗，大周进入一楼大厅后，站了几秒钟，让眼睛适应了里面的灯光，便发现网吧里面的人很多，有三十多个，都是年轻人。电脑屏幕发出的微光，映照在他们的脸上，忽明忽暗，变化频繁。大周一挥手，示意手下的人按照事先拟定的行动方案，对室内的网民们进行排查。

大厅一角，有一个楼梯，通往二楼。大周见二楼已经有同事上去了，便守在楼梯的中央。这个位置很好，无论是一楼或二楼发生情况，他都可以及时抵达。

这时候，从楼上走来一个年轻人。大周没有阻拦。整个网吧已被封锁，没有人能够溜得出去。大周只是用目光追随着他，想看他下楼干什么。那人不知道大周在背后看他。那人快走到一楼时，停住了。他看到一楼有警察，连忙转身往楼上跑。可是他怎么能跑得掉呢？他刚跑到大周的面前，就被身着便衣的大周抓了个正着。那个年轻人还想挣扎，可也无济于事。大周的胳膊像钳子一样，把他钳住了。大周身体极棒，常年坚持冬泳。在县公安局，他推杠铃，一般小青年都比不过他。大周问那个人，叫什么名字？那人编造假名，当场被大周识破。再问，对方只得低头交代，说他名叫赵光学。

听到大周在大声核对犯罪嫌疑人的身份，守候在一楼的东海县刑警大队副大队长冯安全和中队长王火迅速冲向楼梯对周副局长进行增援。

赵光学落网了。

落网的赵光学十分后悔。十分钟前，他下楼吃完饭，不知怎么了，竟然鬼使神差地又回到高翔网吧。他心想，要是不回来就好了，就不会被警方抓住了。

其实，赵光学不必后悔，在 2011 年 1 月 4 日的这天晚上，不管他跑到哪里，都逃不出警方的抓捕。警方对他的打击，属于高科技式的打击。他被抓获，完全是一种必然。

边士远是在家里被警方抓住的。

在此之前，边士远没有一点预感。当时，边士远的老婆要到住宅小区门口的超市买点吃的。边士远说，别去了吧。天黑，磕跟绊脚的，不方便。他老婆说，不去，明早就没吃的了。边士远说，那就明早再去。他老婆不听，径自下楼去了。

边士远住的是一栋商品房。他见老婆开门出去，只是笑了笑，也就没有多想。

边士远曾在网上看过许多警匪枪战片，他觉得这次抢劫黄金的行动，就是一部经典大片，精彩纷呈。由此他很自信，坚信计划步骤的完美，实施过程的精致。甚至他在想，当他们撤离东海县之后，警方一定会为案犯消失得无影无踪而大伤脑筋。那么，就让他们像无头苍蝇到处乱飞好了，老子正好图个清静，在家好好歇着。

可是，边士远没法好好歇着，警方已经包围了他居住的这栋楼。他的老婆下楼，看见到处是警察，知道情况不妙，为把消息传递给楼上的边士远，急忙敞开喉咙大喊大叫：怎么啦？你们警察怎么来啦？到我们小区来干什么？……警察当然不让她喊并当场将其制服。

但她的喊声已经传了出去。边士远听到老婆的叫喊，惊出了一身冷汗，正准备逃跑，警察破门而入……

无论如何张国明都不会想到，在东海县抢金案发生后的第6天，他会在一家饭店里和朋友吃饭时被警方捉拿归案。按照张国明原先的估计，即使警方找到他，也至少是在半个月之后。

不可否认，张国明是个聪明人，他有着较高的智商。但他忽略了他的对手是谁。警方是国家机器的一个组成部分。你聪明，仅仅是以一个聪明的个体呈现在现实生活中；而警方则不同了。警方比你更聪明，是因为警方由无数个聪明的掌握着高新技术的个体组成。你是一根草，警方是一片大森林。你是在跟看不见的强大对手比拼。一旦你看得见对手的时候，肯定你已经失败了，就像现在这样，成了阶下囚。

张国明被捕后，不止一次地面对他的对手这样说："我真的很佩服你们连云港警察的办案能力，不是想不到这么快就被抓获，而是根本没想过警察能抓到我们。"他坦言，"我们作案时戴着帽子、口罩、手套，交通工具用的也是无牌照面包车，作案现场留下的线索可谓少之又少……你们真是太厉害了。"他还不无感慨地说："在看守所，听其他犯人说过，凡是在连云港'犯事'的，都栽到了你们手里。你们是我们的克星。连云港是我们这号人的坟墓！"

几乎是在张国明被捕的同一时间，徐东风也落入了法网。徐东风的落网，毫无悬念可言。他在一家KTV唱完歌，刚走出门，就被人扑倒在地。等他反应过来，手上已经戴上了锃亮的手铐。

八

....

"12·30"大案的成功告破，对于连云港市公安局，有着非同寻常的意义。它既是一个全新的开始，又是一段历史的终结。

说它是全新的开始，是因为在整个破案的过程中，高新技术的运用起到了全局性的至关重要的作用。邓小平同志说：科学技术是第一生产力。若套用小平同志的话，科学技术又何尝不是第一战斗力？从某种程度上讲，警方与对手的较量，不光显示出警方打击力度的增强，还从中显示了国家的经济与科技的整体实力。警方是国家机器的一个组成部分。警方代表国家在与罪犯分子做斗争。因此，现代科技荣为警方制服罪犯的最有力的武器，在21世纪的今天，已成为一种必然。高新技术是一场革命。它出现在哪里，就会给哪里带来根本性的变化。我们可以骄傲地说，连云港市警方的这一变化，在这次侦破"12·30"大案中体现得淋漓尽致、完美无缺。同时，我们还可以断言，在未来的日子里，港城警方不可能没有对手。他们将继续以高科技为手段，战胜对手，赢得一场场漂亮的仗。这乃是今后之大趋势。

说它是一段历史的终结，是因为这次破获黄金抢劫案，对于警方无疑是一个分水岭。此前，连云港市警方破案的手段虽有高科技注入，但就其成分而言，则大多以传统方式为主。例如公安部发出A级通缉令缉拿的河北邯郸农业银行金库特大盗窃案犯罪嫌疑人马向景、任晓峰，二人在连云港的落网，便是警方发布通缉令，以排查的方式发现并抓获的结果。再往前，在更早的年月，警方还有过大打人民战争，组织民兵配合搜山抓捕逃犯的经历。我们认为，时代不同了，历史的这一页，应当翻过去了。即便以后偶然还会有这样的情况发生，对于警方来说，绝不是一件好事。因为那样取得的胜利，等同于失败——败在手段的落后上。这个问题涉及观念。要知道，若要大踏步地前进，就要勇于告别过去，这乃是时代进步之必然。

采访结束后，我一边往家走，一边思考着上述的问题。进入小区，一抬头，无意间看见某栋楼的墙上嵌有一幅告示牌，上面写着：本小区已技防覆盖。由此，我联想到连云港——我所生活的这座城市，注定有一幅无形的"本市已技防覆盖"的告示张贴在某处。尽管我看不到它，但我心里觉得很踏实。

这时候，有一首歌从谁家的窗口飞了出来，细听，是一支电影的插曲："朋友来了有好酒。若是那豺狼来了，迎接它的是猎枪！"

好歌，真够味！

（特别说明：本文中作为对手的警方人员及犯罪嫌疑人，均为化名。）

本文刊载于《连云港文学》2011年第二期

东方大港梦（节选）

哦，当代精卫

张文宝 江苏省作家协会副主席，江苏省作家协会报告文学工作委
员会主任，连云港市作家协会名誉主席，一级作家。

蒯 天 江苏省作家协会理事、江苏省散文学会执行会长兼秘书
长、连云港市作家协会副主席。荣获全国短篇小说大赛
"优秀作品奖"，《文汇报》报告文学奖，首届"全国戏剧
文化奖"，第四届全国冰心散文奖等。

晋代大诗人陶渊明的《读山海经》诗说——精卫衔微木，将以填沧海。

太阳神炎帝的女儿女娲，到东海去游玩，海上起了风浪，不幸淹死在海里，永不回来了。她的魂灵化为一只鸟，形状有一点像乌鸦，名叫"精卫"。花头、白嘴、红足，住在北方的发鸠山上。她悲愤年轻的生命被无情的海涛毁灭。因此，常衔了西山的小石子小树枝，投到东海里去，想要把大海填平。一只小鸟，在波涛涌的海面上，从高高的天空中，投下一段小树枝，一粒小石子，要想填平大海……

1986年4月2日，连云港海峡在苍穹与大地之间响起劈山填海筑西大堤的隆隆炮声，一幅艰苦卓绝、披肝沥胆、鞠躬尽瘁、可歌可泣的英雄长卷从此绵延了八年……

第一声炮响，有人说是东方大港的礼地！第一声炮响，连云港西大堤以不

可阻挡的气势推进，横卧波涛，昂然傲立，任风击浪推，岿然不动。

西大堤是当代的英雄用血肉筋骨堆砌，织成的一道绚丽的长虹。

他们是"精卫"，是中国迈向新世纪的当代精卫。

周宗敏、郝殿镁、侍家羊、陈宝成……他们是铁血的男儿，用血肉之躯奠定了大堤的根基。

西大堤，凝固的历史。西大堤，负载着铁血男儿气吞万里的抱负。

1985年3月，连云港乍暖还寒。

锦屏磷矿的施工队伍率先风尘仆仆地开进西连岛施工点。

这儿到处荒草、乱石，海浪山风。这儿水电未通，住房未建，两间曾是用作养海带的小屋，成了大本营。濒临海边的小屋，砖墙瓦顶，几经风吹日晒、雨淋浪打，墙已剥蚀，瓦已破裂，墙基部黏附着密密麻麻的海蛎。

施工队用欢乐的笑声冲淡了这里的荒凉气氛。在这里支灶烧饭，围绕着小屋搭起活动板房、扯起帐篷，各种各样的施工机械设备，有的几吨重，有的几十吨重，在船舶上卸下来，用人力搬运安装。有1000多吨的水泥、钢材、炸药需用人的肩膀，扛送到海拔80多米的山腰上……

远离陆地的东西连岛，像漂泊在海上的一叶孤舟。

这里没有自来水，得翻山越岭到几里外挑水吃。没有电，他们点马灯、点蜡烛，在昏黄的灯光下绘制施工方案，修理机械设备。这儿的艰难条件限制着他们。没有白面馒头吃，只好用死面饼子充饥。蔬菜更是这里的珍稀品，从陆地上运来。只好常常以干制为主，新鲜为辅。

开山的炮声响起来了。

施工队员在坚硬的片麻岩上凿开一条纵深20米、直径1米左右的导洞及其分支和药室。他们钻进洞内，跪着凿岩，扒渣，装药，回填。洞内空气稀薄，烟尘呛得喘不过气来。他们令人敬佩，让人肃然，在药室装上一包一包炸药，填实，引爆。

炮声轰然响起，硝烟弥漫。周宗敏飞快地穿行在硝烟里。

1962年矿校毕业的周宗敏，担任着让人闻风丧胆的爆破队队长。究竟排除了多少哑炮，多少次化险为夷，周宗敏记不清了。他敢拼敢干，一次次做出令人叹服的行动，因而有了一个"周铁头"的绰号。

1987 年秋天的一个凉意袭人的傍晚，正是下工的人们消闲时候，周宗敏跳跃穿行在开山炮后的硝烟里。

一个开山炮哑了。周宗敏等待了一些时间，哑炮仍然没有动静，凭着经验和直觉，他说导火索熄灭了。他要去重新点燃。

有人说："再等一等，宁等十分不抢一秒。"

周宗敏耐不住性子了，多等待一分钟，就多影响一分钟运渣的时间。多少人、多少机械设备都在等待进入施工点，西大堤抛填进度不能停……

他手撸一下小平头，跳跃起来，敏捷地窜向爆破点，钻进三四十米长的导洞。里面黑乎乎，充满浓郁刺鼻的火药味。对于有些人，三四十米长静默的导洞，一步步接近随时有可能爆炸的几十吨炸药，这段路会让常人心惊肉跳，甚至半途便惊慌失措地逃掉。可是，周宗敏凛然大胆地走过去。曾有人钦佩地问周宗敏，你这工作是坐在炸药包上啊，每天都有危险，你不怕吗？你家里人不得整天为你担惊受怕吗？

周宗敏笑笑，说："都是人，都不是神仙，谁不怕死，谁不想活。家里哭闹过不让我干，我安慰他们，不要紧，我有经验，炸药永远不会碰到我。说实在的，这工作是危险，但总要有人干。再说，干什么工作都有危险，只是我的工作风险性大一些，小心一点就是了……"

说得轻松，说得自信，说得真切，说得有情有义。

他终于接近导洞。他的判断是准确的，导火索熄灭了。他擦亮了火柴，重新点燃了导火索，随后向外撤退。根据燃烧的导火索，他可以安全地撤退到导洞外安全区。

导洞口夜空的繁星已经看见了，只要再迈上十步、九步、八步、七步，就能跨出导洞，呼吸到海岛特有的海风和山风混合的空气，就会头脑清醒，精神一振，从而以他素有的敏捷动作和飞快速度，离开爆破点，离开死亡。可是，在导洞里，突然而至的一股浓郁的一氧化碳使周宗敏呼吸不畅，栽倒在地上，昏了过去。

一声巨响，烟石飞迸，周宗敏再也没有从导洞里出来，再也没有站起来。他紧紧地拥抱着大山，紧紧地拥抱着大堤，永远地去了。

西大堤工程人与石，有哪一块石头不经过汗水煮泡？有哪一块石头没有被鲜血浸渍？

都说现在盛夏一年比一年燠热，西大堤的工地尘烟团团，电铲机的顶盖都被晒得冒着丝丝白烟。驾驶室内，电铲手只穿着短裤，赤膊上阵，满头满脸满身，挂满亮晶晶的汗珠，座垫上积着一汪汗水。而在滴水成冰的严冬，坐在电铲车内，戴着皮帽子，穿着棉大衣，腿脚却依然冻得发麻。

西大堤工地没有夜晚。黑色里，灯火一片，山顶上钻机轰鸣；盘山路上运输石料的车灯，像流星般穿梭划过。

侍家羊是徐州坑道队运输队的驾驶员，他只有三十岁。一个细雨蒙蒙的日子，他开车运石，像往日一样，早早地起了床，将车子认真细致地检修一遍，补充足汽油。汽车的引擎发动起来，要上路了，天上飘起了雨雾。同伴说："家羊，路潮湿，今天不要出车吧。"

他笑笑，丢下一句话："雨不大，不要紧的。"

他的三十四吨运输卡车缓慢地行驶在弯曲坎坷的盘山路上。山路潮湿，在雾蒙蒙的雨天里发着幽光。

他紧握着方向盘，车子开得很小心。突然，他觉得小腹隐隐作痛，用一只手轻轻地搋了搋，还是有些痛。在一户较熟悉的人家门前，他停住车，进门要了几颗止疼药片，胡乱地咽下肚。

给药的人说："你玩命哪，回去歇歇吧，天气也不好。"

这时，侍家羊如果回去，也许灾祸就不会降临。可是他没有回去，没有将天阴路滑当一回事，没有将腹痛放在心上。几天前，妻子专门坐船渡海过来，惶惶地告诉他，眼皮连续跳了多少天，心神不宁，担心他会有不好的事情发生。当时，他眼里笑得冒泪花，妻子对他的关心真是到了无微不至的地步。他宽慰说："迷信，你熬夜熬多了，所以眼皮直跳。我没事的，你放心。"

妻子一步三回头地朝海边客渡码头走去，离开了他。

雨丝愈来愈粗，愈来愈密。

侍家羊相信自己的驾驶技术，一日多少趟地奔跑在这儿的山路上，熟悉这儿的道路就像熟悉自己的掌纹一样，尽管路况差，车子也会开得很稳。

山路蜿蜒，山路坎坷，山路狭窄。

满载着土石的卡车，从高陡的山坡上缓缓下来。车子颠簸着，发出轻微的

"哦哦。"他口里应着，接过瓶子，走出去，一路低着头，边走边默默地计算一组数字。他走过了商店门前却不知，又绕回了家里。

妻子问："酱油呢？"

他望望妻子，含含糊糊地说："打来了。"

妻子看看空空的瓶子，啼笑皆非："你怎么了，是痴是傻……"

忙急了的妻子发火了："你整天忙什么，家成了你的旅馆……"

他只是以嘿嘿地笑表示歉意。

布药机在人们的渴望中研制成功了。施郁彬喜气盈盈地回到家，一进门，看见桌子上摆满了丰盛的佳肴。他惊奇地问："家里来客人了？"

妻子笑着说："你就是客人，给你做的。"

施郁彬嘿嘿地笑。妻子说："功臣归巢啦，还不快坐下来。"

施郁彬恍然大悟说："还是老婆好……"

西大堤每推进一步，汗水如注；每延伸一米，都弹奏着令人激动的凯旋曲。

西大堤采用的是"爆炸法排淤处理水下软地基新技术"。中国科技大学爆破专业毕业的耿鹏，和他的27位同事们担负水下爆破的管理和技术工作。他们与死亡打交道，他们每天要在布药船上坚持八九个小时，抢潮水施工成为他们每天的自觉行动，当潮水达到一定高度水位时，便要乘潮出动装药船，紧锣密鼓地进行布药、引爆作业。

耿鹏面对过死亡，死亡没有封锁线。

死亡潜伏在身边，耿鹏泰然处之，谈笑自若。这天，布药完毕，工作船驶进安全区，大家屏息敛气只待引爆。这时，意料之外的事情发生了，布药船走锚了，顺风顺流走得很快，眼看要压过引爆线，那儿就是死亡。

耿鹏从人群里挺身而出，沉着冷静地站在船头。那瞬间，有人说他像尊凛然无畏的雕塑。船将要压上引爆线的瞬间，耿鹏的手伸进海水里，以迅雷不及掩耳之势挑开了引爆线，躲过了一次死亡。

死亡的黑影常常在他们周围徘徊。耿鹏出去上班，他的母亲每天都替他捏着一把汗。母亲心里几乎承不住这种压力，劝儿子，"妈妈求你了，别再干这个行当了。听妈妈的话，让妈妈别担心，多活几年。"

儿子笑笑，没有说话。

母亲说："你刚娶妻成家，不为我和自己考虑，也该为家人想想吧？"

刚进耿家门的新娘也说："耿鹏，你工作不能换一换吗？即使要干也躲着点，别次次跟班作业。"

耿鹏笑笑说："我吃这碗饭，怎么离开！"

结婚一个星期时间不到，耿鹏又一头扎到了大堤上。

西大堤在炮声中推进。西大堤，有多少铁血男儿为你洒泪。

雷洪兵在西大堤锦屏磷矿铲装队，为完成月铲装 204739 吨的土石方任务，不分白天黑夜拼命地铲装，顾不得回家结婚。

这是雷洪兵第三次订下婚期了。未婚妻心里不踏实，问他："洪兵，这次不会推迟吧？"

他憨厚地笑笑，说："向你保证，不推迟。"

母亲说："洪兵，不能为了建港误了终身大事，你俩都是大龄青年，都三十几岁了……"

雷洪兵回西大堤工地了，未婚妻亲手布置新娘房，下了请柬。婚期就要来到，客人就要来喝喜酒了，新郎雷洪兵却迟迟不见身影。未婚妻对未来的婆婆泪眼涟涟地说："他恐怕又要推迟婚期了，这怎么办？"

母亲也慌张起来，说："他敢推迟，我饶不过他……"

未婚妻气愤难忍，风风火火地扑向西大堤，要寻找雷洪兵，问个为什么，是结婚，还是离婚？！

下班了，雷洪兵回来了。这是雷洪兵？这是她朝思暮想的未婚夫？她几乎不认识他了，蓬头垢面，深陷的眼窝，消瘦的身体，憔悴的面容……雷洪兵迎着她，又惊又喜。

她再也控制不住感情的闸门，原准备向他倾泻的一肚怒火不知跑哪里去了，唯眼泪刷刷地洒湿了衣襟……

选自《东方大港梦》，江苏文艺出版社

水晶时代（节选）

第三章　四个人让水晶价格忽然飙升

张文宝

"哈雷彗星"出价一万美金

东海人发现了水晶，创造了财富。同时，粗制滥造的加工手艺和对水晶文化肤浅的认识，导致了大量挥霍浪费水晶原材料的现象。东海人看水晶是越透明越干净、没有一点瑕疵才算最好，里面有一点杂物、一星儿斑点就当成了废料。

东海水晶忽然间值钱起来，有了十倍、百倍、千倍、万倍的身价，能吸引着中国这块土地上所有钟爱水晶的人的眼球，首先离不开一个叫朱景强的人。

1990年的冬天，天出奇的冷，但此时此刻，他心里只关心着自己的两个孩子。他对两个孩子有着深深的内疚，那是无法实现一个做父亲的对两个孩子信誓旦旦的承诺。

这一年，朱景强32岁，妻子在被服厂上班，月薪几十块钱。他们的两个孩子，一个四岁，一个五岁。别人只有一个孩子的家庭，家里负担稍轻，经济条件好些，有彩电、有冰箱。而他家没有彩电，没有冰箱，只有一台十几寸的黑白电视机，孩子都跑到邻居家看彩电。朱景强觉得自己活得不如人，在孩子面前也难挺直腰杆子。一天，孩子突然问："人家都有彩电，我们家为什么不买彩电？"

那瞬间，仪表堂堂的朱景强觉得丧失了自尊。他眼里发酸，心尖像被刀子一挑，痛并滴着血。

没有尊严还叫人吗！这是中国知识分子的痛和泪。

他与妻子商议，作了一个五年规划，向孩子们庄重地宣布："三年买彩电，五年后买冰箱。"

当听人说，省地质大队水晶项链厂磨项链，工资比机关干部和学校老师高时，朱景强与东海县城里其他想挣钱脱贫致富的人一样，不声不响地用三百块钱买了一台二手磨项链机器，雇一个亲戚在自己家里磨项链。

只磨了两个月项链，拿出去卖了，朱景强手里就有了几千块钱，他几乎不敢相信钱会来得这么快、这么多。他开始相信有人说的，大学教授月收入不如大学门口卖茶叶蛋的月收入多的话了。

中国知识分子是老实的、是辛酸的，活得累，像一头牛，吃的是草，挤的却是奶。当今，生存常常让知识分子逆来顺受，随遇而安，满脸乐哈哈地为"五斗米折下高贵的腰身"，过去珍视的传统的自由思想与独立精神，古典而浪漫、自尊而温情的生命特质少见了。这是不是特立独行的人文主义者的文化情怀的丢失或是沦落呢？

宽容的理解吧，民以食为天，骨头倔硬的知识分子也是要养家糊口的。

朱景强和妻子制定的五年发展规划，不可思议，跨越式发展，当年就实现了。离春节只有三天了，他用 2500 块钱买了一台 18 寸日本产的索尼彩电，用 2500 块钱买了一台冰箱。

朱景强看到了水晶无限灿烂的前景，几乎没有犹疑，辞职下海了。

1991 年的东海选择了朱景强，朱景强也选择了东海。水晶是一份属灵的孤独，仿佛有契约，它久久地等待朱景强的到来，让他发现它的性灵，救活它，再造它的生命，赋予它的魂灵。

秋天，街两边的梧桐树上宽大的叶子还绿意荡漾，阳光暖暖地照耀着。朱景强如同往日一样，到人群稀少的市场上买水晶原料，看见一个卖主手里拿着一块鸭蛋般大小的水晶，浅茶色，通体异常透明。朱景强一看便知，是东海

.066.

水晶。他要过水晶，通过一个被敲掉一小块水晶的边角，当作窗口，看到里面有几根一束、排列有序的金黄色牛毛，牛毛端部又有一个直径四毫米的白色晶体。他对着太阳晃动一下，牛毛呈放射状，闪出一道道金光，熠熠生辉，炫人眼目。他想，这像黄金。没什么钱的朱景强像发现了黄金一样，激动地欣赏着，心里说，这金毛包裹在水晶里，应该是宝贝，也许超过黄金。他欣赏着，兴奋激动的神情像一个男人看到一个绝世美女一样，两眼大放光彩，喜欢极了。他不知道，多年后这金牛毛被自己正式命名为了"钛合金"，并被珠宝界接受了。

他问："什么价钱？"

卖主说："20。"

他心里一跳。那个时代20块钱可顶上今天800百块。他还价："12块。"

卖主一口回绝："不卖。"

实诚的书呆子朱景强也会耍把戏，来了一个假动作，转身离开。他故意放慢离开的脚步，等待卖主反悔。果然不出所料，他刚走出三步，后面卖主喊了出来："回来谈一下。"

朱景强走回去，卖主说："卖给你。"

朱景强如获至宝，拿着水晶，一边往回走，一边欣赏。后边卖主对周围几个摊位上的卖主窃喜着说："嘿嘿，三个月没卖出去，今天遇到一个傻瓜。"

一个曾是朱景强的学生家长路过这里，看到了、听到了，忍不住地追上朱景强，说："朱老师，你买水晶亏了，这东西三个月没卖掉。那人我认识，你若不想要，我现在还能代你退掉。"

朱景强喜滋滋地说："我喜欢呀，不退。"

回到家里，朱景强认真观赏这块不大的水晶，突发而至的一个灵光，这块小水晶就活了。

水晶里的白色晶体，地矿学上称之为"晶内晶"，恰似1989年天空上出现的"哈雷彗星"，金黄色牛毛似彗星尾巴折射出的光线。朱景强想，怎样推销这块水晶还能卖出个好价钱？他给它起了个响亮不俗的好名字，叫"哈雷彗星"，标价300元。

水晶里的风景最好，可是东海人就是不认，即使起了个震耳欲聋的名字也不能吸引人多驻足看看。东海人还是热火朝天地崇尚纯白透明的水晶。

在东海，"哈雷彗星"无人问津，默默无闻。

朱景强想，难道我花的 12 块钱就赚不回来了吗？

他依然不甘心，托一个当海员的朋友把"哈雷彗星"带到新加坡和马来西亚，以 300 元价格去卖，撞运气。结果还是没卖出去。

当朋友再次把水晶带到新加坡以 1000 元价位出卖时，水晶店的老板还以为朱景强的朋友疯了呢。

朱景强始终信心百倍，相信"哈雷彗星"一定会卖出好价钱。他原来出价的 300 元不仅不降，反而不断上涨，在广州有外商出价 6000 元，他说低于 10000 元不卖；在北京国际珠宝展上，有人出价一万美金，他摇了摇头，没同意。

据说，"哈雷彗星"经有关部门标价 10 万美元。

一块 200 克重的小晶体，震撼了东海，在全国水晶业界，迅速成了天字第一号新闻。中央电视台、人民日报、中国青年报等国内各大主流媒体纷纷报道。

东海人的思想观念被颠覆了。

东海人仿佛刚刚睡醒一觉似的，恍然间意识到有包裹体的水晶文化内蕴和享有的价值，一块块几元、几十元乃至几百元买的水晶原石，经过加工润色，给予清新、高雅的文化内涵，便卖到几百元、数千元、上万元。过去的丑小鸭子变成了天鹅，变成了一幅画，变成了一首诗。东海人的思想从来没有像这次一样转变得如此之快，过去抱着不放的观念一下子扔掉了，扔得干干净净。大人、小孩、书生、文盲转到水晶街，在水晶堆里张张瞧瞧，挑挑拣拣，希望能拣到一块带包裹体的水晶。地质大队项链厂紧急动员，全面发动，赶到过去抛弃水晶垃圾的地方，翻找带包裹体的观赏石，这一下挽回了几百万的经济损失。

有了好的水晶石，但必须要具备一个相匹配的好名字，也就叫好马要配好鞍子。俗话说，奇石易得，立意难求。觅石不难，起名却难。好的水晶石若能有个好名字，能将一块冰冷的石头，注入更高的艺术生命，熠熠生辉，鸡蛋般大小就能值上百万元；若名字平平，不活起来，石头不值钱不大紧，却可惜了这块石头生不逢时，没有遇上一个好主人、好伯乐，该发光时没有发出光来。

朱景强在东海水晶上的另一个重大贡献，是给观赏石画龙点睛起名字。观赏石的叫法很多，归纳起来大致有：观赏石、欣赏石、奇石、玩石、石玩、雅石、巧石、趣石、石趣、艺石、茶石等等。唯东海这地方称景石，也有少量的人称观赏石。总的来说都是文化石，水晶里面有文化、有想象、有故事。你有多大的想象，水晶里就有多少多远、多高、多深的故事，品味是多种的。朱景强是第一个给东海水晶起名字设定义的人。

用水晶的眼睛和耳朵看世界，那是另一番新世界，人会纯洁无邪。

朱景强憨厚和实在，还带有一点沧桑。离不开水晶的朱景强，已经时刻需要用水晶来温暖、照耀、点燃自己，也渴望用水晶来温暖、照耀、点燃别人。有誓约似的，他把自己呼吸和阅读水晶的收获清澈地传播给别人，给他们打开了水晶奇妙无穷的窗户。他说出了观赏石题名四要点：一是文字力求简洁、精炼，一至七个字为宜。不能像俄罗斯小说那样，看过了谁也记不得那些比水晶项链还要长的名字。二是必须遵循天人合一的原则。就是说，作者的感知认识和观赏石头的天然美特征，要保持和谐一致。三是题诗和题名都应针对同一主题，互相不能相悖。四是要注意名词、动词及句型的正确运用，更好提高题名的艺术感染力。

有一位买主以200元买进一块掌中可握的小景石，他专门找到朱景强，请他给这块石头起名字。这块景石包裹体上面是绿发晶，下面是红发晶，绿的部分好似郁郁葱葱的山体植物，红的则似火山喷发或漫天彩霞。朱景强细细品味后，建议命名为"太阳的故乡"。这名字逼真、亲切、唯美又雅俗共赏，当朱景强话音刚落，在场的人一片鼓掌喝彩。不久，这块石头被一个台湾商人以十万元高价乐呵呵地买走了。

欣赏是一种发现的艺术。这是罗丹说过的话。

观赏是爱的艺术。这是朱景强的肺腑之言。

艺术家与普通人在对待水晶的美的发现上是相通的，有默契的契约。只是艺术家在其他人还没有发现美之前就有了发现，普通人只是在艺术家发现后又延伸品味着这种美。

东海有一小块名声很大的水晶"迎客松"，开始并不被人看好，甚至当成一般观赏石丢在一边。朱景强和戴海亮、周毅他们仔细看了石头，发现里面有松枝一样的线条，他们理解和彻悟了石头的生命，给重新以"迎客松"命名，结果令这块水晶一下子声名鹊起。

只要有时间，朱景强总喜欢到市场上，在晶光闪烁的水晶世界里走走、看看，他感觉犹如置身于水晶宫，心里感觉特别安静，没有烦恼折磨，一双脚有着踩在大地上踏踏实实的感觉。水晶纯净的光泽照亮了一个偌大的人群熙熙攘攘嘈杂盈耳的市场。但他自信，水晶的光芒照耀着他，领引着他，不管怎样的山重水复，他都会走到一个全新的世界里。水晶在他眼前似乎都活了，都想当宠儿，它们盼望着朱景强，希望他能用手摸摸，甚至能拿起来端详一下，也许它们从此摇身一变，就会焕然一新，身价倍增。

市场上的人几乎没有不认识朱景强的，只要是他用手拿起来看的大小石头，卖主没有不留意的，生怕一不小心看错了，走了手，把好东西卖便宜了。

高人就是高人。在一家摊位上，朱景强注意到一块小石头，是一小块稍微加工后的普通水晶挂件，里面有一个很淡、很模糊的字形，如果不留意谁也不会注意到。朱景强觉得这个小挂件里有点内容，想买回去慢慢地咀嚼咀嚼。他向卖主提出要买。卖主一下子警觉起来，心想，朱景强要买的东西不会孬的，肯定是个好东西，会值很多的钱。于是，他和另外几个卖主一起把那个小挂件拿起来，又翻来覆去地细看，结果，什么也没有看出来。朱景强用300块钱买下了这个挂件，到家里细细地一琢磨，发现挂件正面的模糊字形像一个繁体的"龙"字，背面又像一个"强"字。最后，朱景强敲定了这个字是"龙"和"强"。这个挂件挂到门市上的价格竟然是10万元。

1993年，朱景强发起成立了东海县水晶业第一个群团，东海县水晶精品研究会，这也是中国第一个水晶精品研究会。这个研究会里，会员数百人，遍布全国各地。有几个人都是东海水晶观赏石市场开发的先驱，朱景强也是其中之一并被推举为会长。

世界上什么人最富裕

有人说，水晶的包裹体是苗运琴叫出来的。

苗运琴说，不全面，应该是很多人起的名字。

苗运琴是新中国诞生那一年出生的，是东海县城的驼峰乡人，江苏省作家协会会员，做过小学教师，后到东海县文化馆工作，做副馆长。苗运琴曾把文学创作当作一生不懈的追求，写了不少乡土亲情小说，辅导培养过不少出生于20世纪60年代和70年代的文学作者。在东海土地上的任何一个角落里，只要提到他的姓名，稍识几个字的人几乎没有不知道的。苗运琴的乡土小说写得不错，他原来的理想只是想写好小说，有个名声，冲出黄土地，实现人生的价值。但他怎么也没有想到，自己这个作家最后的成名和最终的理想竟然是通过水晶这个事业实现的。

谈到苗运琴，必说张崇秀。

张崇秀也是东海县城里有些名声的文化人。

张崇秀与丈夫苗运琴是同时发现水晶奥秘的人，在东海水晶市场上他们是夫唱妇和，一块儿为推动当地的水晶事业发展添砖加瓦。

张崇秀是南京师范大学美术专业毕业生，东海县工人文化宫美工。

可以说，在水晶观赏石的发现和他们创建的东海县第一个、也是全国第一个的"水晶大观园"上，他们一起选择了水晶，水晶也选择了他们。苗运琴用他的文学想象赋予了水晶魂魄，张崇秀用她的绘画审美发现了水晶的画面美、色彩美、外观美。

选择是偶然的。

苗运琴与水晶结缘也是偶然的，时间定格在1993年。

苗运琴朋友多，省里的、市里的都有，家里常常宾客盈门，热闹非凡。他好结朋友，来了稀罕朋友必馈赠地方珍贵礼物。那年头里，苗运琴先是用东海兴盛的水晶眼镜送人，后来随着水晶项链的时尚，又用它馈赠好友。

这天，他与妻子张崇秀又去市场，要买水晶项链送人。

在一个地摊上，张崇秀被一小块水晶观赏石里幽蓝的物体吸引住了，迎着阳光仔细看去，愈发觉得像是海底世界，珊瑚活灵活现，植物葱茏茂盛，微生物漂荡游弋……她欣赏着，怡然自得，陶醉了。

她把观赏石边拿给苗运琴看，边说："这是一幅画，多美呀。"

苗运琴没看好，说："里面太乱，意思不大。"

她坚持说："怎么乱呢？这多像海底世界。我想买下。"

苗运琴喜欢原状的观赏石，又说："里面像动过刀子。"

她不依不饶，一心想买下，向卖主问了价，70块钱。

苗运琴妥协了，让她如愿以偿地买下了这颗石头。

张崇秀给这水晶石取名叫"海底世界"。

能知道吗？就这样一次经历，电光石火，让苗运琴夫妻坠入了水晶观赏石的爱河，这一爱就把下半辈子全部赌了进去。

从这儿开始，可以说，东海水晶翻开了历史新的一页：文化人介入了水晶。

人没有文化心里只是黑夜与荒漠。

石头没有文化则只能永远是普通的石头。

人创造了文化，文化使石头变成了"黄金"。

文化人的出现，让东海水晶绽放出了奇丽的光彩。

逢到街上有集，东海有几个人必到，而且必定早早地赶到。这就是苗运琴、朱景强、周毅、戴海亮等人。他们争先恐后地朝集市上赶，生怕落在他人后面，让抢先一步的人抢买了好水晶。一时，这成了街上一道赏心悦目的风景。

苗运琴买水晶石有时独自到集市上，有时同张崇秀一起去。俩人共同认可买下的水晶石没有失手的。苗运琴买水晶石，目光神奇，一看一个准。经他挑拣出来的水晶石，稍稍加工抛光，就是上等品，若卖的话会有一个好价钱。苗运琴买水晶石像他人一样干脆利落，看好的水晶石不讲价格，不纠缠，一口唾沫砸一个窝，说话算话，让人痛快。四乡八镇的人只要有好水晶，都送到苗运琴门上，觉得他是作家，是文化人，是水晶高人，让他看，让他买，心里落个舒坦实在。苗运琴看过、打过价的别人的水晶，有人买时不太放心，卖主会说："老苗看过的。老苗说值这么多钱的。"老苗成了一种迷信，成了识水晶的高手。

苗运琴、朱景强、周毅他们急速抬高了东海水晶的价位。

东海县一个领导对苗运琴他们说，东海水晶市场价格就是你们抬起来的。

苗运琴懂水晶石。

他在懂水晶石之前，就先读懂了南京的雨花石。他的朋友南京大文人池澄、诗人孙友田是赏雨花石的大家，他们深得雨花石的文化精髓，体悟了雨花石的性情，彻悟了雨花石的性灵。

雨花石是一种名石，如同玉、玛瑙、翡翠等，都是名石。雨花石以鉴赏、收藏为主，它光素温润，如婴孩肌肤，光滑细腻。尤其是，浸入水中，色彩鲜活，斑斓缤纷，形态迥异，使大自然的生灵跃然石上……

凡石头都有生命。世界上没有相同的石头。水晶石的硬度如钢锉一般坚硬，这使脆且易碎的黄玉、钻石、祖母绿之类的宝石相形见绌。

水晶石纯净如水，玛瑙一类的宝石与之相比便黯然失色了，同时又因为它们受热、摩擦、吹气或受打击时，散发出的一种异味，让人会想到大蒜、马肉、萝卜、松香的味道。所以说，没有什么石头能像水晶石一样透明、纯净……

水晶像是虚构出来的石头。虚构出来的石头又能实实在在地看得到、摸得到……

水做的石头是清澈见底的。

清澈见底是一种契约，是要人纯洁，使人从狭隘、偏执、忌妒甚至困境中升华。

苗运琴看水晶，还把它看成是火。这是有道理的，没有成水晶的石头是火石，两块火石在一起摩擦，就会火星迸溅。火，让人类知道烤熟的肉食比生肉好吃，加速了文明进程。苗运琴知道，古代人就认可水晶，北京周口店的猿人用火石生火；水晶是未来的医疗战士，现在美国有水晶医院。苗运琴知道很多别人不知道有关的水晶方面的东西，如地核不是岩浆，是一块大水晶；地球靠水晶推动；水晶是矿物标本；水晶储存信息；科学的未来可能不在于人类，而是在于计算机，计算机的未来却在于水晶。水晶是芯片，人的生活和人类的前途越来越离不开芯片，将来芯片能植入人的头脑，提升支配人的超前意识，等等。苗运琴说的对与不对、有否科学根据，暂且不论，但他能够想到并从地球上各个角落不遗余力地收集且经常思考这些问题，这已很可贵了。先有科幻，后来才有我们的当代文明，航天飞机、纳米材料、卫星、数字电视、数码相机等都是从想象中演绎出来的。

人不知道水晶，水晶是知道人的。

苗运琴夫妻买了很多水晶石，县城里大街小巷和集上稍好一点的水晶，几乎被他们及朱景强、周毅他们买了下来。当时，从机关辞职下来的李先进也买了不少水晶石，苗运琴又从他手里买了不少好水晶石。苗运琴买水晶石只收藏，不外卖。他家里都是水晶观赏石，有二百多件，件件都是东海水晶中的精品。

作家的眼光是用来发现的，发现别人，也发现自己。

用一个诗人的诗句说：黑夜给了我一双黑色的眼睛，我却用它寻找光明。

作家苗运琴寻求的水晶石与别人不一样。有很多人寻找内容具象的观赏石，生怕再现出来的形象不像、不真实。苗运琴寻寻觅觅地，专好那似像非像有大意境的观赏石。

他家里水晶石太多了，满眼皆是。他住在文化馆的宿舍平房里，三间瓦房外表看起来平平常常，但有二间走进去一看，便是别有洞天的奇异的水晶世界。橱子里，书架中，写字台上，一件件趣水晶石，或天公造物，珠圆剔透，琳琅百态，或痴肥走兽，笨拙可爱，奇妙无比。有的水晶石纯属是大自然的鬼斧神工，保持着原来的面貌。如"子母龟""大肚宰相""群峰竞秀""冰封群山"等等。也有雕刻的水晶石工艺品，如"满腹经纶""少女怀春""原始森林""母子情深""米芾拜石"等等。其中的"冰封群山"，是一块天然奇晶，险峰叠嶂，白云缭绕，一层透明的水晶晶体包裹群山，好似厚厚的冰覆盖着山川，真是巧夺天工，令人惊叹。还有天然生成的晶簇，粗放的犹如张飞、李逵横眉怒目；纤细的好似西施、昭君，弱柳扶风。还有一件利用珍奇晶体加工而成的艺术品，名叫"精卫填海"，由一块长约53厘米的绿水晶雕成，晶体内密布"牛毛"，堪称精品，仅加工费就一万元。不少人扼腕叹息：此物只应天上有，怎么落入了老苗家？

水晶被苗运琴夫妻捧到了全家人头上，他们对两个上学的孩子问得也少了，两个主要房间也让给了水晶，孩子只能挤着睡在一间较窄的房间里。他们夫妻没有地方住，挤进了又窄又低又暗的烧饭房里。要考大学的女儿常常烦恼地撅着嘴，嘟囔说："在这挤挤攘攘的屋里我怎么学习，怎么考大学！"

看着水晶石，陪着水晶石，生活里艰苦的风霜被苗运琴夫妻俩守候着的水晶石的光芒统统融化了。

每天，苗运琴与水晶说说想说的话。

水晶与苗运琴、张崇秀也说了很多很多的话，否则，他们不会突发奇想地干了一件在东海县乃至在全国都有着深远影响的大事。

他们跑到工商局注册，在家里诞生了自己的"东海水晶大观园"。

这是全国第一个水晶大观园。

苗运琴夫妻都在事业单位工作，工资收入不多。幸亏有段时间，苗运琴承包文化馆录像厅，挣了一些小钱，才买下一些水晶。但收藏这么多精品的水晶，仅依靠现有的一点微薄收入怎么能够呢？

苗运琴身上背有两个大包袱，一个是内债，还有一个是外债。

一个水晶大观园让他借遍了亲戚朋友的钱，三万的借，五千的借，二三千的也借。借完了家里和朋友，又到外边借放贷的，明知利率高，还借。钱还不够，又到银行贷了30万。

有朋友说："你收藏的石头够多了，少买两块，少贷点款。"

苗运琴说："那怎么行！看中的石头是一条命，哪能丢下。"

收藏水晶的人都有自己得意的珍品。

苗运琴得意的珍品真不少，可最让他春风得意的是一尊"水晶蛙"。

这是偶尔得到的宝贝。

在集上，苗运琴夫妻买了一小块扁长的茶色水晶，这是一块难见的水晶，像一汪清水似的。卖主说，这东西他是从别人手里转买来的，听说一窝出了两块，另一块被别人买走了。

有懂行人告诉苗运琴，一窝子里不可能只出这两个小东西，下面肯定还有大东西。

苗运琴只要碰到熟悉的人，第一句话就问："听没听说，哪个乡里出水晶了？"

一个卖豆腐的人，叫卖到苗运琴家门口。苗运琴边买豆腐，边随口问了一句："最近有哪里出石头没有？"

那人说："出了，青湖乡。"

苗运琴追问："你怎么知道的？"

那人说："我是青湖人。"

苗运琴又问："青湖什么地方出的？"

那人一脸糊涂，连连摇头。

苗运琴放心不下了，像这块水晶已在自己手里似的，生怕被别人抢了走。当天下午，他揣上钱，和张崇秀每人骑上一辆自行车，风风火火地赶往二十里外的青湖镇。到了镇上，四处打听，没有听到一点新出的水晶石的消息。青湖镇大得很，方圆几十公里，找一块水晶石，简直像到大海里捞针一样，难呀！

苗运琴夫妻骑着自行车，一个村接着一个村地跑。路上，自行车坏了，拦下一个小驴车，放上自行车，坐上去，颠颠簸簸地接着跑，继续打听。

有心的人运气不会太差。

天色刚晚时，小驴车到家的地方正是刚出了水晶石的村子。苗运琴夫妻欣喜若狂，他们直接走进了出水晶的人家院子里。家里有了一大块成色不错、上品的水晶，三十几岁的男主人没有敢拿到市场上，生怕遭到心眼不好人的欺诈，索性埋在家院里，用一只大狼狗趴在水晶上，小心看护着。这块茶色水晶个头不小，140公斤。张崇秀见第一眼水晶，觉得像只蛙，就从心里喜爱上了。

苗运琴出价 7000 元，要买下水晶石。

卖主有些犹豫，舍不得出手。

苗运琴展示出作家构思创作小说的才能，用他的深情，用他的灼热言语，用他的理解和尊重，深入浅出、循循善诱、入情入理、细心地做说服工作。他说："这么大的水晶你拿不出去，自己做眼镜又不划算。七千块钱能盖一个小楼，要买多少红薯干、多少米和面……"

卖主有些心动了。

苗运琴看得细，趁热打铁，从怀里掏出钱，故意用力地放在桌上，发出"嘭"得一声响。随即，他又掏出 200 元，放在桌上。他微笑着说："兄弟，行了吧？"

这是将近 20 年前的事了。一万元那是什么概念，是万元户，是让人羡慕的暴发户，7000 元是一笔十分可观的钱呀！卖主见买主又添加了 200 百元，眼睛发热了。他觉得苗运琴这人爽快，对人有真心，对着苗运琴郑重地点点头，呵呵笑起来，搂肩拍背，成交了。

连夜，苗运琴雇用一辆小驴车，把水晶运往城里。

第二天上午，苗运琴夫妻像迎进一个新人似的，在家院里为刚获得的水晶放了一挂长长的鞭炮，请了县里一批有名望的文人来给起名字。最后得名：水晶蛙。

"水晶蛙"成了"水晶大观园"镇园之宝。"水晶蛙"仰首朝天，两眼有神，若有灯光映照，眼里光彩照人。

东海县委宣传部报道员穆道俊写了一篇文章，叫"东海出了一个蛙状水晶"，全国的大报小报几乎都刊登了。在全国，苗运琴夫妻与"水晶大观园"有了小名声。

名声归名声，这一点并没有让苗运琴夫妻摆脱困窘的"经济危机"。

水晶像太阳光芒照耀着苗运琴夫妻，他们突然开窍似的，一下子想起了"以石养石"的点子，出售"水晶大观园"单位集体参观门票，补贴家里水电费用。张崇秀拿着票，跑到一家家单位去推销，一张票两元。东海人心眼正，心地善，会理解人，会包容人，看不得别人掉眼泪，见人遇到难处了，心里便会热乎乎地想要伸手帮一把。

他们帮了张崇秀一把。

苗运琴夫妻的精彩合作不时出现，给人惊奇，给令人侧目。他们家房子后墙壁傍着街，这也让他们在宣传"水晶大观园"上充分地运用了起来。墙壁上有苗运琴起草的、张崇秀用美术字书写的广告：从这里认识自然，从这里认识家乡。张崇秀在广告边上又画了一张又大又宽的宣传画，展示着"水晶大观园"的精品观赏石，撩拨得街上行人不自觉地驻足欣赏。县长聂长兰见后，惊讶说："水晶还有这个作用啊！"

县里领导人常为苗运琴夫妻拥有的"水晶大观园"和他们执着的追求感到荣誉和自豪，国家和省里市里领导以及海内外来宾只要来东海都会被带来这里参观。国家领导人叶飞来过，从江苏省委书记岗位上退下来的韩培信来过。老书记在罕见的水晶面前，反复欣赏，流连忘返。临走时，他还不放心地问："都是宝贝。这屋里有没有保险？"陪同的县委一位副书记大声说："保险，我们专门安排了民兵整夜在这屋周围值班巡逻。"

苗运琴夫妻能名扬四海，是新华社江苏分社记者孙参出的力，他用独特的视角和理解力审视了苗运琴的"水晶大观园",在这里连续拍照了三天。紧接着,他在新华社发通稿,又在香港"文汇报"发表了一整版彩色图片。

香港大老板孙谷治坐飞机来到东海,专门看"水晶大观园"。他在澳门开了三家银行,在几乎寒风穿堂、四壁皆空的苗运琴守着的"水晶大观园"面前,连连感慨地说:"老苗,我知道世界上什么人最富裕了。"

"水晶大观园"成了东海水晶代名词。

苗运琴能把东海水晶的名气带出去,并能裹着一身烈般的豪气,扔掉铁饭碗,头也不回地辞职下海,全身心地扑到自己热爱着的水晶上,是从上海豫园领导来东海,邀请他去上海展览"水晶大观园"开始的,是从豫园展览会上上海的老市委书记夏征农紧紧握着他的手开始的,是从上海人和全国各地的人对东海人和东海水晶显示出来的春潮般的热情开始的。

这一步跨出去,东海人和东海水晶便名闻大上海,名闻长江三角洲……

这一步跨出去,苗运琴夫妻为他们热爱着的水晶能在中国大地上扬名万里,为他们的父老乡亲寻找幸福生活而不停地行走,直至今天还未归来。

朱景强的"哈雷彗星"启发了江苏省第六地质大队职工周毅,1991年,周毅从觅得水晶观赏石"林海雪原",涉足景石。他从"晶宫猴王"开始,收集了一套天然象形的十二生肖水晶景石,还有一套由水胆形成的十二生肖水晶景石。这带水胆的十二生肖,随着水泡波动,图影变幻,亦真亦幻,情趣万种。这两套景石,可谓珠联璧合,各显风骚。周毅寻觅水晶景石,完全以自己的眼光,从中发现天然之美。

朱景强、戴海亮、苗运琴、周毅他们,用水晶组成的一个个精彩瞬间,在东海水晶的发展上,有点像原始人燧石取火。原始人发现了火,从食生肉到用火烤肉,把人类一下子推到了文明时代。东海制作水晶眼镜和磨水晶项链是水晶发展的第一个时代,观赏石、水晶包裹体鼻烟壶、"水晶大观园"、十二生肖水晶景石等的发现和创作,是东海水晶跨越发展的第二个时代。

文化人是梦想者,梦想给人找到了向前走的路。

文化人是找火者,黑暗的宇宙是火照亮的。

东海文化人成为东海农民转变观念和改变价值观的主要引领者,他们不经意间彻底改变了水晶的命运,又在农民眼前打开了一扇从未见过的激动人心的窗户，把他们推入商品社会，从心灵与精神上获得自由与快乐，飞出黄土地、看到了一幅富裕生活的春暖花开的图景。这奠定了东海水晶走向全国、走向世界的基石。

世界上从未有过的水晶奇迹，如雨后春笋般地在东海这片土地上不断地生长。

东海人以一日千里的速度和传奇的神笔，赋予了中国水晶一个又一个惊奇。

水晶戒指诞生了；

水晶耳环诞生了；

水晶胸饰诞生了；

水晶印章诞生了；

水晶屏风诞生了。

…………

东海人赋予水晶很多名字，如，白水晶、紫水晶、晶洞、烟晶、墨晶、绿晶、发晶、钛晶、彩虹水晶、牛毛晶、芙蓉晶、簇晶、水晶钻头，等等，几十种。

在东海县委的引导下，各种水晶生活用品运用而生：水晶枕垫、水晶床垫、水晶坐垫、水晶席、水晶靠背、水晶杯、水晶鞋、水晶酒具、水晶纪念章、水晶首饰盒、水晶婚纱、水晶表带、水晶纽扣、水晶腰带、水晶带扣、水晶围棋等等，花样翻新，层出不穷。

哥白尼用思想点亮了人类科学的天空。

科学的光芒照亮了水晶。

古时的人们已经知道了水晶充满能量，但过去科学不发达，未能以科学的方法研究水晶。到了近代两个世纪，科学起飞，人们逐渐发现了水晶的物理性。在19世纪末，科学家已发现石英晶体有压电性，于石英一端施压，另一端会释出电荷。到20世纪20年代，科学家又发现石英晶体有振荡现象，当水晶通电时，水晶会膨胀，截断电流时便收缩到原来大小；不断快速地重复供电、停电，水晶则不断地高速胀缩振荡，而振荡的频率却极为稳定。因为振荡频率高速而稳定，所以水晶便被制成芯片，是电器零件不可或缺的原材料。而经过许多专家学者多年对水晶的深入研究，水晶被确定有五大功能：聚焦折射、储存数据、传递信息、能源转换、能量扩大。

从水晶的光学特性看，水晶属三方晶系的一轴晶正旋旋光性结晶体，有三个方向的光轴，当按方位精工切削琢磨后，光轴方向往往会产生一定聚光、放光功能，当刺激到人体一穴位时，可以产生一定的理疗作用。

从生物地球观点来看，水晶同其他宝石一样，形成于特殊的地质构造环境，含有部分对人体有益的微量元素，如铁、铜、锰、钛、锌、镍、钴、硒等。烟水晶由于形成时受到地下放射性元素照射而保留有少量放射性元素，这些微量元素通过与人体的经常摩擦，会沿毛细孔汗腺等浸入到人体内，促进体内微量元素平衡，使身体各部分更加协调。

现代医学研究证明，水晶有明目、提神、利便、补脏、降血压的神奇功效。同时，对眼症、咽炎、失眠、肩周炎、乳腺癌有特殊的疗效。

人崇拜自然。

自然温润了水晶。

水晶是自然的眼睛。

东海人进入了水晶时代。

人类正以疾风般的速度创造水晶时代。

《水晶时代》，江苏凤凰文艺出版社出版，获第五届江苏省"紫金山文学奖"作品奖、第十三届江苏省"五个一工程"作品奖

东方大港，不再是梦幻曲（节选）

张文宝

亮剑 30 万吨级矿石码头

港口在崛起跨越，是连云港崭新历史的一个精彩窗口。五年的时光，把港口由"苏北时代""陇海沿线时代"一下子送进了"沿海时代""长三角时代"。港口一口气不歇，连续"三级"跳远，实现了亿吨大港，又拉开了亿吨强港的序幕，今天，又迈上了东方强港的征程。

看看一组数字吧：

"十一五"全港累计完成吞吐量 5 亿吨；

集装箱 1300 万标箱；

陆桥过境运输 21 万标箱。

5 年完成 5 亿吨，吞吐量连续 5 年实现千万吨级跨越，2010 年，开创了一年跨越两个千万吨台阶的历史纪录，由 1.14 亿吨攀升至 1.35 亿吨。

港口人是神奇的！

激情与壮歌在 30 万吨级矿石码头上飞扬，令人陶醉和感动，让作家的笔触融入由此奏出的慷而慨的壮歌里。

这里将成为东港区，是一个典型的深水码头。

30万吨级矿石码头，是高起点与大视野的代名词。

如果说，连云港人建设西大堤构筑了一个东方大港的轮廓，那么，30万吨级矿石码头的建设是连云港港迈入东方大港的关键一步。

几十年的建设和发展，连云港港在老港区的基础上建成了庙岭港区、墟沟港区，港口吞吐能力得到了长足增长，但缺乏大型专业矿石码头一直是港口生产上的一块短板。由于缺乏专业化矿石泊位，进口铁矿石分散在其他通用泊位上进行作业，不仅不能适应船舶大型化发展要求，还因为装卸和运输作业场地分散使得企业运输成本增加，船舶装卸作业效率较低、货物装卸对环境影响较大，使港口在矿石运输竞争中处于劣势。近年来，港口生产增长迅速，3年吞吐量新上了4个千万吨级台阶，2007年完成吞吐量8507万吨，2008年上半年实现吞吐量5139万吨，这样快速的增长使得港口缺乏大型专业矿石码头的弊端进一步凸显。

建设连云港30万吨级矿石码头是提升港口国际竞争力、打造区域性国际枢纽港的重要前提。国际海运船舶大型化、深水化、专业化发展趋势要求港口有相应等级的码头与之适应。

连云港港刻不容缓。

知道吗？连云港港30万吨级矿石码头是建在一片浪大风急的高山峻岭下。都知道，连云港码头全是建在一片淤泥质的海滩上。是高科技支撑着连云港的建港。

什么是连云港港口的羁绊？这羁绊隐隐让连云港不堪回首。众所周知，连云港港口为淤泥质海岸，厚积的淤泥无疑是建港的拦路虎。连云港港口技术人员把软而滑腻的海淤泥戏称为"西瓜皮"。这苦涩的东西，今天用科学把握了，"西瓜皮"有了许多优越性，一是节省大量抛填石料的费用，二是疏浚了航道，三是加快了建港进度。

三十几年前的连云港人创造了爆破挤淤，今天，又创造了真空预压加压、加固技术。连云港港的历史呈现出新的一页。

连云港建港完全采用最先进的技术，先用石块在海里筑起围堰，随后，将外面的淤泥吹填到堰内，待其成陆后，再构筑码头。

是的，海淤泥不是又稀又烂吗，怎么能变成像陆地一样坚硬呢？

连云港建港人是聪明的，采用真空预压加固的处理工艺！通俗点说吧，就是在淤泥中设置许许多多排水道，覆盖真空膜后，进行膜下抽真空和抽水，在抽真空的负压力作用下，淤泥中的水分便渐渐渗出地面，淤泥也就变干变硬了。这些年来，用这种方法，连云港港口已经建成了100余万平方米的货场。

连云港港口在处理庙三突堤排洪沟地基加固时，用水下真空预压施工，获得了极佳效果，不仅在连云港建港史上是第一次，而且施工面积之大，在全国港口也属罕见。

30万吨矿石码头是建在几十米深的淤泥上，更是难上加难。

港口人为此该付出的都付出了，为立项、资金、环保、海域等等手续，记不清跑了多少趟北京，几乎没有什么能阻挡一个已冲出堑壕、不惜生命、冲锋陷阵的人。

亮剑，是中国近年才创造出的新词。一部叫《亮剑》的电视剧，主人公李云龙的血色气质铸造了一个团队的"亮剑"精神及气质。一个剑客只能手握利剑前进，用血的气概，所向无敌，而永远不会丢下手中的利剑，后退半步。

在30万吨级矿石码头建设的行进过程中，市政协副主席、港口集团董事长、党委书记俞向阳喊出了"亮剑"精神：困难前面，勇者胜！崛立于大海之上的东港区留着俞向阳的回声。

希望于30万吨级矿石码头愈多，连云港人的付出愈重。

在刚刚跋涉过的调研、规划的行程中，连云港人历受的辛劳，岂是简单的语言能说得透的深怀的情操以及苦涩。

也只有他们倾其所有，和盘托出，才创造了今天的辉煌。

历史，每推进一步都伴生着阵痛。

连云港港人在激情中，在吞吐大海气息中踏上调研、规划30万吨级矿石码头的遥遥路途。

从2005年开始，三批人马，轮流出击中国中西部、长江三角洲、鲁南、苏北，去一个个地方的钢铁公司调研。

他们像篦子一样把视野中的大大小小的钢铁公司梳理了一遍。

每批人马出去都是两个月的时间。这两个月是栉风沐雨，风餐露宿，是"爬雪山，过草地"，是时间对心灵的煎熬，是寂寞对精神的锻造。他们与很多钢铁企业根本就没有打过交道，很陌生，刚接触时，人家都是用怀疑的目光打量他们。

连云港港人在人家的冷淡猜忌中，用温暖的笑脸工作。

人家还怀疑过他们是来偷钢铁营销情报的。

他们被跟踪过，被叱责过，被搜查过。

他们别无选择，以沉默和执着面对冷落和尴尬。

他们也让人家感动过。

最终，他们用自己的调研、翔实的数字，支撑了30万吨级矿石码头的规划。

连云港港的思考结论是：2010年，连云港港腹地内进口铁矿石的需求总量为4265万吨，其中，主要钢厂的进口铁矿石需求为2125万吨，小型钢厂的进口铁矿石需求为2140万吨。从省份分布看，主要是山西、河南、江苏等省，这些进口铁矿石需求将主要由连云港港及周边存在竞争的日照、青岛港等三港进口。

连云港港对长江三角洲及长江沿线地区进口铁矿石也进行了独到的预测。

我国冶金企业规划，长江三角洲及长江沿线地区钢铁生产能力将进一步扩大，预测2010年、2020年钢产量分别为10420万吨、10870万吨，铁矿石需求量分别为13500万吨、14000万吨。

长江三角洲及长江沿线地区外贸进口铁矿石主要来自于澳大利亚、南非、巴西、印度等地，由于运距远采用大型船舶运输，受到长江口水深条件的限制，近几年长三角地区一程铁矿石接卸一直处于能力不够的状态，在宁波经常出现铁矿石船舶排队等待接卸的情况，每年由青岛中转进江的铁矿石都在300万吨至400万吨。从全国范围来看，可以承担一程铁矿石接卸的码头均处于超负荷运转状态，青岛港铁矿石码头压港最厉害的时候，每月最多有16条船靠不进来。目前状况有所好转，但也有十多条船。而且每条船都在15万吨以上。所以青岛为长江中转铁矿石的数量不可能再有提高了。

连云港港对铁矿石吞吐量预测：

连云港未来的铁矿石进口量将由两部分组成，一为腹地内钢厂需求，一为长江内中转的需求。

2005 年，接卸长江沿线的港口主要有宁波舟山港、上海港、湛江港、青岛港、日照港及连云港港。连云港港 2005 年水中转接卸长江沿线的进口铁矿石为 68 万吨。

连云港港在预测的结尾写道："目前，连云港港正在与沙钢集团就中转铁矿石进行接触，合作成功后，沙钢集团每年从连云港港中转的铁矿石中转量将达到 300 万吨至 400 万吨。综合以上分析，预计到 2010 年连云港港为长江沿线地区钢厂中转铁矿石量将达到 500 万吨，吞吐量 1000 万吨。"

连云港港经长时间地思考，对自己有了一个清晰的定位，矿石码头工程设计年运量为 3000 万吨铁矿石，其中进口 2500 万吨铁矿石，出口 500 万吨铁矿石，铁路出运 2000 万吨。

连云港港人能否撞响命运的晨钟？

连云港港人必须撞响自己命运的晨钟！

港口集团总裁助理朱从富是撞击 30 万吨级矿石码头晨钟中的一个。

项目要落实，朱从富常常跑北京，几乎一个月跑一趟北京，有时一个月去 4 趟北京。他跑交通部、国土资源部、国家环保局、国家海洋局、国家发展和改革委员会等。有时在北京一待就是两个月。

一个项目，一个文件，其实常常是一个流程，一个程序，要完全拿下来，需要时间与耐心。有时，办事员同意了，分管处长却出差了，等分管处长回来，已过去一周时间；分管处长同意了，处长又开会了，又得等，下面还要一级一级地等，等分管司长、司长、分管部长、部长的时间。

跑北京，朱从富没过过寂寞的日子。

他知道自己的责任重大。

朱从富说："对企业负责，就是对自己负责；对企业负责，就是对国家负责。如果对企业不负责，那么，直接说对国家负责，不就是一句空话吗？"

连云港港人在北京铺开决胜 30 万吨级矿石码头！

国家的法规、法律在不断完善，向沿海港口不断地提出新的要求。

在新的要求面前，连云港港人颠簸前进。

一个文件中的一句话不适合，需修改，他们立即跑回连云港，改了后，第二天又出现在北京。连云港人的精神状态，让北京人赞叹不已。

邹丽平，原来在连云港港报社工作，一个文弱女子。如果走在街上，你根本无法想象在跑项目的过程中，一些几乎称得上是"折磨"的环节她都拿下来了，一些可以说是"胆大妄为"的举措都能被她搞定。

她跑到北京国家某部机关办理批文，国家机关的事务实在是太多太多，邹丽平在人家门口一等就是几天，以至于每天到那，许多人都认为她是机关里的人，上班来的时候还会问候打招呼。精诚所至，金石为开。她终于拿到了批文。

回来后，同志们慰问起她的辛苦，她却淡然一笑，说："人家市委副书记还在那门口台阶上坐等了一个星期呢。"

还是为了项目，她到省某厅办理手续，负责审批的处室干部说必须拿去找厅长签字，对于邹丽平来说，她连厅长的面都没有见过，何谈让厅长签批文件！邹丽平鼓足干劲儿去找厅长，可厅长在会议室里开会。邹丽平一直等到会议结束，向先出门的人问一下哪位是厅长，而就在她询问的时候，厅长已经回到了自己的办公室。邹丽平问清位置，径直闯进了厅长的办公室，向厅长作了简要汇报，厅长签了字，邹丽平到处室，连处长都感到惊讶，这个小女子真是"胆大妄为"。

拿到批文后，刚好同事李旭鹏发短信询问情况，邹丽平立即回复："批文还是热的呢！"邹丽平这次"胆大妄为"的举动被同事传为美谈。

李旭鹏每年为投资项目办理手续，不知跑了多少机关，自己满脑子的项目、批文，而且还深深地感染了家人。有一次，为了赶时间跑批文，他决定连夜出发。出发前，他那还在上幼儿园的儿子正生着病，他歉疚地对妻子说辛苦你了。到了目的地他不放心儿子，打电话回家问儿子情况，幼小的儿子却反问他："批文搞好了吗？"

这是几岁的孩子，这又确实是一个成人的问候！可见，这"项目、批文"之类，在跑项目人员的生活中分量是多么重要啊！

选择项目工作是辛苦的。但是，选择本来就是无所谓"对"与"错"，选择只有"有效""无效"之分，不管怎么说，选择是需要勇气的，关键是你要做到，做成一件事，就需要有一股"别无选择"的信念！

李旭鹏、邹丽平、韩龙、李明娴他们这些年轻的跑项目人员，为了港口经济的跨越发展，已经把项目引资融进了自己的血液、融进了自己的生命。

国家向连云港港投来了信任的目光。

国家发展和改革委员会在 2008 年以 1786 号文件发文，核准批复了连云港港旗台港区矿石码头工程项目。

国家几十亿的资金到位了！

省里几十亿的资金到位了！

连云港深水矿石码头渗透着东方大港的自豪感。

2008 年 8 月 6 日，上午 11 时，在连云港旗台山下的红石嘴处，几十辆卡车将装载的石料投入到大海中，投资 2.9 亿元建设的连云港 30 万吨级矿石码头围堰工程正式启动。同日，新苏港投资发展有限公司正式揭牌并与连云港港口集团、上海埃力生（集团）有限公司签订东港区矿石码头项目合资协议书，计划投资 20 亿元用于建设连云港 30 万吨级矿石码头。码头岸线长 410 米，建设一个铁矿石接卸泊位及配套设施，年接卸能力 1500 万吨，这一码头建设规模将成为上海国际航运中心北翼最大的深水码头。

连云港港口的建设者们追逐着时间，在激情中执着地奉献着。

在建设矿石码头中，建设者们展示了何等雄壮的气概！

东港区山高坡陡，浪大风急，站在海边好像一不小心就会被风吹进海里。

在峻峭的旗台山上，建设者们在开山取石，他们像在给一群群桀骜不驯的野马，长长见识，知道世上什么是厉害，一台台风钻，一根根钢钎，一条条钢筋，像是一根根长长的缰绳，在建设者的手里，天网一样，把野马紧紧罩住。他们骑上去，它们不让骑，甩蹄子，跳跃翻腾，他们被摔下来，再骑上去，再摔再骑。他们与它们在较量胆量、意志、智慧、韧力。建设者忍住了浓浓的呛鼻尘埃，忍住了活蹦乱跳的电钻震耳欲聋的轰鸣声，战胜了隐藏着的随时随地从黑暗中突然袭来的死亡坍方……终于，这群野马就范了。

一阵阵爆破声响后，岩石被炸裂，滚下山坡，抓斗车挥舞着粗壮的铁臂，把沉沉的石块抓上载重卡车。一辆辆巨大运土石的载重卡车隆隆地驶下山，在新填出的拦海大堤上汇集成了一支威武雄壮的钢铁洪流。一车车土石抛进大海，在迸溅起万朵浪花之后，大堤在朝深海不断延伸，延伸……

建港的巨大的气派震撼着人们。

建港的建设者气质熏陶着人们。

在恶劣的环境里，建设者们没有皱一下眉头。没有路，修路；没有房子，盖房；机械少，人手少，就不分昼夜地干；他们把它当作"硬骨头"来啃。

夏天，无遮无挡的堰头上，建设者头顶着热辣辣的太阳，身上吹着黏糊糊的海风，海风卷起的沙不时地打在身上、脸上。一天下来，脸被晒得黑黑的不说，嘴巴里还呛满了沙。这里白班是12小时工作制，从早上7点干到晚上7点。晚班也是12小时，没有节假日，没有大礼拜，干了一天回家连饭都不想吃，恨不得马上睡觉。一个夏天过来，所有人都被晒得黝黑，相视一笑，露出满口白牙。

冬天，堰头格外得冷，戴上皮帽，穿上大衣，还被冻了个透心凉。有时遇上冷空气，狂风卷起滔天巨浪，仿佛要把人吞进海里，可为了工程，他们依然坚守岗位，有时赶上暴雨来临，他们浑身上下都被淋湿，可为了工程无人退却。他们的手冷得裂开了口，脚上冻得起了冻疮，却没有一个叫苦叫累。

这种风里来，雨里去，不分昼夜，没有节假日的工作是港口其他任何单位都没有的，他们的工作时间是超额的，他们的劳动强度也是超负荷的。长年劳累，使大多数人看起来都比同龄人年长五六岁，可没有人抱怨，因为港务工程公司只要一接到工程，上至经理、下至工人全都是这样工作，甚至还会24小时连轴转。他们深知，面对如今激烈的市场竞争，只有用最短的时间和最优质的工程才能在市场上占得一席之地；只有无怨无悔，兢兢业业地工作和对工程认真负责的态度才能得到业主和监理的认可。面对残酷的竞争，他们输不起啊！只有携起手来，共同奋斗，才能开创更美好的明天。

在这里，给大家讲几个很感人的故事和人物。这能证明"亮剑气质"在现代港口的新崛起，意味着一个具有勤奋学习、发奋工作、为了共同目标发出光和热、不负重托、不辱使命的新的连云港港口，必将崛立于东方海岸线上！

隆冬，寒冷的时节，围堰工程施工现场却让人丝毫都感觉不到寒冬的肆虐。在一号围堰上只见一片尘土飞扬，机械轰鸣，还有那一个个忙碌的身影，此起彼伏的指挥哨声……构成了一幅热闹非凡的场景！

大海因为浪花而奔腾不息，浪花因为大海而永不消失。围堰的外侧波涌浪腾，为保证围堰的安全，设计要求在围堰外侧坡面安装消浪扭王字块。总共需预制、安装 3T 与 4T 扭王字块约 17000 块，工期短，任务重。

能完成吗？

扭王字块体预制于 2006 年 8 月开始，为了加快扭王字块的预制进度，控制预制质量，分公司副经理任健带领数名技术人员全天候驻守在预制现场，协调指挥生产。从三伏酷暑到"数九"寒冬，他们顶酷暑、冒严寒，兢兢业业、不辞辛劳、从砼的原材料到配合比、振捣方式、养护等各方面严格控制。尤其在砼的夏、冬季养护方面更是精心呵护，夏天多"喂水"，冬天盖"棉被"，极大地保证了扭王字块的强度和观感质量。仅短短四个月的时间，预制扭王字块体就达 8000 余块！

入"九"之后，筑港分公司又迎来了更加艰巨的扭王字块体运输安装任务，上级领导要求整个安装任务于 2007 年 5 月结束，工期紧迫。他们投入大量的人力和物力，块体安装初始，由于块体安装技术要求高，作业时间受潮水限制，再加上围堰坡面地形局部不平整，给扭王块体吊装带来很大难度，一个潮水下来，仅安装十几块，进展缓慢。

时间不等人。为了推进吊装进度，他们根据连云港海域潮水半日潮的特点，安装两个施工班组，赶两趟潮水，昼夜施工，做到歇人不歇机，有效加快了安装进度。在多少个冬日的深夜和凌晨，当别人都进入了甜美的梦乡，而施工人员却还坚守在灰尘弥漫、寒风刺骨的施工现场，战雨雪、斗风霜！虽然大家都身着棉衣棉鞋，但怎奈何寒风的凛冽，脸颊冻红了，双手冻紫了……可没有一个人叫苦叫累！

当他们看到那一排排整齐的扭王字块体，把一层层海浪分隔得支离破碎时，不由得心潮澎湃，仿佛那一个个扭王字块体就是他们的化身，正扎扎实实地驻守在这黄金海岸。

朱梦华，一个 40 多岁的推土机司机，家住连云港，女儿在外地上学，妻子也去了外地，为了能早早接班，每天天没亮就步行到工地，干到天黑才回家，家成了他的旅馆！推土机司机李加才，父亲长年卧病在床，今年春节期间，病情加重，他白天在堰头上班，晚上还要到父亲床前伺候，过度的劳累，让他的背过早得弯曲了……

庞秀玲，一个 40 多岁的女司机，每天除了接送职工上下班，还要买菜，往返公司跑材料。一直以来，老是说腰疼，腿疼，直到2007年2月的一天去医院检查，才得知患上了腰椎间盘突出症，可她却一天也没休息，而是边打吊针边上班。

于二跃、蒋凯杰、孟卫……这些进港二三年的大学生，昨天还是象牙塔里的学子，今天已是合格的堰头管理员。因为自进港以来，他们就工作在第一线，而且一天也没有休息过。二十五六岁，正是人生最美好的年华，节假日，同龄人可以花前月下，可以通宵玩网络游戏，而他们却在工地摸爬滚打，承受着日晒雨淋……去年年底，孟卫唯一的弟弟结婚了，他家在河南，他来去只用2天时间，估计连个整觉都没睡，就回到了工地。

他们都是这样工作，时间长了，竟变得习以为常。

大海是永恒的主题。他们把恢宏博大、锲而不舍的创造和追求，深深地镌刻在防波堤、围堰和码头水工上。他们在16年前建设西大堤上用了整整8年时间；今天，在建设防波堤上，专家估计，至少需要4年到6年时间才能建成，而他们呢，只用了2年；不可思议的还有，码头的水工仅仅用了不到10个月的时间就完工了。

采访行程中，站在旗台山上，俯瞰着已竣工的壮阔的30万吨级矿石码头，俯瞰着已疏浚成功的15万吨级深水航道，俯瞰着开工疏浚建设的30万吨级的深水航道；眺望着湛蓝的一望无际的大海，仿佛看到一艘艘十几万吨级、30万吨级的巨轮驶进港口。在这个世界上最大的30万吨级矿石码头上，4台现代装卸机，每台以1小时卸船3000吨的效率，4台开足马力，1小时吞咽12000吨，1年将吞咽4200多万吨。连云港港有了直接与世界"第一方阵"港口对接的能力。

在东港区，在连云港港口的码头上，行进着一支大军，俞向阳和他的员工们，正齐心协力，迎着大海奋勇向前地走着。

有深水航道，才有大港口

有深水航道，才有大港口。

连云港港口航道等级以几乎目不暇接的速度快速提升。连云港人创造的历史载入了中国沿海港口的史册上，镌写在烟波浩渺的大海中。

2008年6月，墟沟5万吨级航道疏浚工程竣工，验收会召开，墟沟港区正式具备5万吨级散货船舶单向通行条件；

2009年11月，港口15万吨级航道正式交付使用，可通航世界最大集装箱船，20万吨级散货船可乘潮进出；

2010年，赣榆港区5万吨级航道启动建设，灌河港区拦门沙整治2万吨级航道加快浚深；

2011年3月，连云港港30万吨级航道一期工程开工。

30万吨级航道工程呈"人"字型布局，连接连云港港区和徐圩港区。

30万吨级航道意味着什么呢？

是连云港实现深水化的生命线工程；

是建设一体两翼深水大港的前期和关键；

是江苏沿海开发的"牛鼻子"工程。

关键时，江苏省委、省政府的主要领导来到了连云港，现场办公，即时作出指示。

夏日的海边清风徐徐。2009年6月5日，时任江苏省省长、现任省委书记罗志军又一次来到连云港，站在熟悉的海岸线上，语气深沉地说，连云港港在江苏沿海开发乃至全国发展大局中占有重要的战略位置，要牢牢抓住当前重大机遇，加快连云港港口发展，以更大的决心，更大的力度，尽快取得重点突破；要认清区域竞争的新态势，努力应对区域竞争的新挑战，形成明显的后发优势，推动连云港港更好、更快发展。

谁也无法想象，省委、省政府领导，市委、市政府领导为连云港港口航道等级提升呕心沥血所做的一切努力；谁也无法想象，港口人为港口航道的等级提升所付出的艰辛和努力有多少。

老港区报潮所伴随着挡浪坝要搬掉了。港口航道的拓宽拓深，古老的挡浪坝已完成了它的使命。

港口集团领导班子研究关于拓宽内航道搬掉挡浪坝和报潮所时，董事长俞向阳在吐出"同意"两个字时，汹涌的感情浪潮使得他心情有些惆怅。

大海不变，世事沧桑。

激越的海浪拍击着挡浪坝的基石，发出浑厚深沉的响声，展示着大海的气势。

一艘艘万吨巨轮静静地从俞向阳眼前驶过，驶进港口。成群洁白的海鸥"哦哦"地叫着，追逐着巨轮这个庞然大物。古老的报潮所与海鸥，新旧分明，突兀生硬，瞧着，仿佛听到音乐中起伏的节奏。

俞向阳眷恋地伫立在永恒的咸咸的海风中。

70年前外国人不能也不可能完成的事被中国人完成了。连云港用智慧和汗水书写的航道大改线工程被浓墨重彩地载入中国港口航道的历史。1991年6月7日，连云港外航道大改线竣工通航，外航道长1500米，内航道4600米，水深负8米，底宽160米，从此，改连云港港口史上单向航道为双向航道，5.254万吨级船舶徐徐驶进港内靠泊。

港口人为港口的发展付出了一切。

现在连云港港是建设跟不上生产，规划跟不上建设。

无论是规划，还是建设，都要钱。谁不知道，要修码头，先修航道？若没钱，全是空的。

俞向阳心沉沉的，这些年，港口人的血汗全砸在了航道里。不这样行吗？航道就是饭碗呀！对于港口人，我们还能要求他们什么呢？我们又在多大程度上了解他们呢？他们的艰难，他们的困苦，他们的奉献以及他们的感情？

他更加坚定与中海集团的合作，他们的大投入才有了连云港港的大航道、大集装箱码头。

都是一个钱字啊！

为了让钱进港口，他给省内一个银行行长打电话，那行长没有犹豫，一口应允，让他至今心暖不忘。

终于，连云港港人向世人展示出了开挖成功的10万吨级至16万吨级的港池航道，18万吨级巨轮乘潮进出连云港港口。

一个叫陈昌林的人参与了当时航道大改线的工程，那时他三十几岁，现在他还继续在拓展航道和建设码头水工，他今年已55岁了，是建港指挥部的副指挥，高级工程师，现港口集团副总裁。

历史关注新的创造。

连云港港深水航道的历史注定要在陈昌林他们的追求中诞生。

深水航道的疏浚铺开了，大大小小的挖泥船在连云港港口内外穿梭往来，这与岸边一台台林立的打桩机的轰鸣声交织在一起，形成一片波浪翻滚、喧腾咆哮的港湾。

陈昌林挎着一只黑皮包，在海湾的海岸线上奔波，在港内港外的航道上颠簸。白天与黑夜，都是他的工作时间。他不知道什么叫苦，什么叫累，什么叫口渴，什么叫饥饿，哪儿有问题了，他就会出现在哪里。他把自己交给了航道，交给了建设中的每一座码头。

8月的一个晚上，无意间，陈昌林望望天上，一弯清清淡淡的月牙似乎对其他东西一点都不关心，只是盯着他；闪烁着蓝幽幽亮光的星星，像似有话要对他说，却欲言又止。

这一晚，确有事。

外地来人，陈昌林陪客人刚刚在饭店落座，一口茶水还没喝，手机便响了起来。他担心的事情还是发生了。明天早上外海锚地里有一艘15万吨矿砂船4点起锚，6点要经过弯段，从刚被发现的浅点进港口。这是建港以来进来的最大吨位的装铁矿砂的巨轮。他不放心刚发现的浅点，便派人去测试。哪知道，又新发现了5个浅点。虽然航道加宽了142米，浅点又在航道边上，一般的船不会有大碍，但这船太大，稍有不慎，会搁浅，后果将不堪设想。陈昌林紧张起来了。他哪还有陪客人吃饭的心情，一颗心全部飞到了黑暗中的航道上，飞到了大海上忽隐忽现的浅滩上。

陈昌林丢下客人，顾不上吃一口饭，他边打手机，边跳上小车朝港口驰去。陈昌林跳上一只船，边朝浅点开去，边与几位专家分析商量对策，边调拨挖泥船过来，随时准备开挖浅点。

对策有了，挖泥船也到位了。陈昌林在船上站了一夜，指挥了一夜，挖泥船在第二天早上4点钟终于把5个浅点的淤泥挖空了。刚好，这时15万吨的矿砂船正在起锚。

这一夜，与航道打交道的陈昌林惊出了一身冷汗。他说，到连云港港20多年了，一直与码头和航道打交道，对连云港港口太了解了，只要说出一个地方是什么自然地貌，他就会知道那个地方水有多深；刮什么风，他会知道什么地方起什么浪，随便说起一个地方，他会知道那个地方的地质条件。但他这一次差点颠覆了大半生在港口建立的业绩。

陈昌林是华东水利学院毕业的，从他踏上了连云港这片土地的那一刻，他就把自己拴在了港口。中国知识分子就是这副脾气，热爱追求自己的事业，九头黄牛也拉不回头。五十几岁的他，在建港经验上正是炉火纯青的时候，有多少外地港口惦记着他，动他脑筋，出钱想挖他过去。但连云港港码头和航道，凝结着他的智慧和汗水，他很珍惜这些。不是凭着对连云港港的爱，他也许真的就去了。

陈昌林整天琢磨港口，构思一篇精妙的文章，实现一个宏伟的梦。

一顶"帽子"一直压着连云港，说是港口陆地区域狭窄。什么不是人创造的呢？荷兰、日本都是岛国，港口陆地区域不是比连云港港还要狭窄吗，为什么能成为世界上数得上的大港口，那是因为他们在海上创造了陆地。

只有创造才能带来希望。

怎么创造？

一只只货船进港了，货物卸下来码头上没有地方堆存，只能用汽车转存，几次倒运，货物堆存下去了，成本却提高了。我在港区附近的大街小巷转一圈，真正看到"全民都行动起来了"，到处是集体或个人的货场，港口让城里乡里的人都富起来了。

别人不想的事，陈昌林想了；别人不做的梦，他做了，也敢做。

他出了一个点子，被丁绍文看成是金点子：岸线向北移动 162 米，在新建的 55、56、57、58、59 号泊位上顿时闪耀出光芒，增加了 20 几万吨货物堆存面积，这对于寸土寸金的港口是多么大的一笔宝贵财富呵，每年产生效益估计在 700 万至 1000 万元左右。

中国知识分子不是用语言而是用心和行动忠诚于他的祖国、他的家乡。

圆满的东方大港之梦，就是由他们——一个个交响乐团里的技艺精湛又精益求精的人们合力演绎出来的。

《蔚蓝色的交响》江苏凤凰文艺出版社出版，2011 年 8 月第 1 版

鲜花在前方　我们在路上

殷胜理　曾任连云港市第二、三届作协副主席，现任连云港市杂文学会副会长、连云区作协主席。著有杂文集《夜阑小语》、散文集《横笛竖箫》、报告文学《搏海逐浪》等多部，获市级以上奖项60余次。

十月，那是一个旌旗漫卷、万山红遍的如火季节；十月，那是一个稻菽腾跃金浪、鲜花飘洒清香的收获季节……

2014年的10月19日，一个看似平淡的日子，但云台山下、海州湾畔，却和风荡漾，喜气洋溢……这一天，丽日当空，云淡风轻，港城迎来陆桥沿线十一市（州）政协的嘉宾；次日，十一市（州）政协丝绸之路经济带建设协商促进会在我市成立……

如果说这一喜讯会波及华夏中西部，那么，接下来欢庆的锣鼓声将会于国际经贸大舞台上久久回响……

21日，2014中国（连云港）丝绸之路国际物流博览会第十一届中国国际物流节在连云港国展中心隆重开幕。这是连云港市首次举办以物流为主题的国际性展会，着意打造"一带一路"交汇点的国际影响……

这几乎是同步进行的两大盛事，其间倾注了连云港市政协大量的精力……

一

时光追溯到 2013 年 9 月 7 日，在素称欧亚大陆心脏的阿斯塔纳，郁金香正开得热烈，中华人民共和国国家主席习近平于花海如潮中，健步走上纳扎尔巴耶夫大学的演讲台，他的开台词就说道："两千一百多年前，中国汉代的张骞肩负和平友好使命，两次出使中亚，开启了中国同中亚各国友好交往的大门，开辟出一条横贯东西、连接欧亚的丝绸之路……"建设丝绸之路经济带的构想由此萌生。

一条横贯亚欧的古丝绸之路，展现了和平、友好、开放、包容、互利共赢的精神，是中国人民的精神财富，同时也是全世界的非物质文化遗产。可以想象，习主席站在欧亚大陆心脏的阿斯塔纳回首历史时的那种博大心境油然生发。"我仿佛听到了山间回荡的声声驼铃，看到了大漠飘飞的袅袅孤烟……哈萨克斯坦这片土地，是古丝绸之路经过的地方，曾经为沟通东西方文明，促进不同民族、不同文化相互交流和合作做出过重要贡献……千百年来，在这条古老的丝绸之路上，各国人民共同谱写出千古传诵的友好篇章……"

带着这种胸怀天下的豪情，离开哈萨克斯坦 20 余天后的 10 月初，习近平主席出访印度尼西亚，那一时节，位于爪哇岛西北部沿海的雅加达，正是第三期茉莉花怒放之际，花香沁人心脾。习主席在印度尼西亚国会的演讲中，回顾了郑和七下西洋时，每次必到印尼群岛的传统友谊，提出了"中国愿同东盟国家加强海上合作，发展海洋合作伙伴关系，共同建设 21 世纪海上丝绸之路"的倡议。

继而，"一带一路"进入国家战略：十八届三中全会《决定》强调，要推进"丝绸之路经济带""21 世纪海上丝绸之路"建设，形成全方位开放新格局；2014 年全国两会，李克强总理在《政府工作报告》中，将"抓紧规划建设丝绸之路经济事业、21 世纪海上丝绸之路"列为今年的工作重点。

"一带一路"战略横空出世……

在当前国际形势错综复杂的大背景下，"一带一路"战略构想，是中国全方位对外开放的深化，应该基于三个层面的考虑：一是中国新一轮改革开放的需要，二是推进亚洲区域合作的需要，三是促进世界和平与发展的需要。

人类文明，是精神与物质的凝聚。古代欧亚大陆，虽历经血与火的洗礼，但一条丝绸之路却充满和平、合作和友好，经过丝绸之路的各国，实现了商品、人员、技术和思想的交流，推动了经济文化和社会的进步，促进了不同文明的对话与交融，在人类历史上写下了灿烂的篇章。

二

两千多年前的丝绸之路，东起长安，西达罗马帝国，当时的这条贸易通道，被誉为全球最重要的商贸大动脉，虽然用的是古老的运输工具，但对人类文明却做出了重要贡献。如今，建设丝绸之路经济带，需要依托一定的交通运输干线，并以此为发展轴，以轴上经济发达的一个和几个大城市作为核心，发挥经济集聚和辐射功能，联结带动周围不同等级规模城市的经济发展，由此形成点状密集、面状辐射、线状延伸的生产、贸易、流通一体化的带状经济区域。那么，这条运输干线究竟路在何方？

有专家认为，丝绸之路经济带可以参照古代丝绸之路的路线，在空间走向上设计出四条运输干线，即以欧亚大陆桥为主的北线、以石油天然气管道为主的中线、以跨国公路为主的南线和以跨国铁路为主的西南第三条亚欧大陆桥。那么，居于亚欧大陆桥东桥头堡的连云港，无疑将成为丝绸之路经济带"发展轴"上的一个重要环节。

足以令连云港人振奋的是，在习近平主席访问哈萨克斯坦于纳扎尔巴耶夫大学演讲的当天，在中哈两国元首的共同见证下，连云港市与哈萨克斯坦国有铁路股份公司签署了中哈过境货物运输及货物中转分拨基地合作协议。此后不久的11月29日，在上合组织成员国总理第十二次会议上，李克强总理明确提出了"中国愿在新亚欧大陆桥东端的连云港，为成员国提供物流、仓储服务"的倡议。连云港，成为李克强总理在上合组织会议上唯一提到的城市。

从地图上看，连云港处于中国万里海疆中部，南连长三角，北接渤海湾，西依大陆桥，东与日韩隔海相望，处于连接新亚欧大陆桥产业带、亚太经济圈、环渤海经济圈和长三角经济圈"十"字结合位置，在区域经济布局中起着重要的战略作用，是一个拥有独特战略区位的重要结点城市，西顾腹地，东望扶桑，既是"一带"的东端起点，又是"一路"的潮头浪尖，天造地设般形成"一带一路"的交汇点。

建设"一带一路"交汇枢纽，上升到连云港发展战略的重中之重。

早在 2009 年，习近平总书记就指出："孙悟空的故事如果说有现实版的写照，应该就是我们连云港在新的世纪后发先至，构建新亚欧大陆桥，完成我们新时代的西游记。"从那一时期开始，国务院分别于 2009—2014 年间下发五个同时涉及连云港发展的国家级规划，即《江苏沿海地区发展规划》《长江三角洲地区区域规划》《国家东中西区域合作示范区建设方案》《全国主体功能区规划》和 2014 年 9 月下发的《国务院关于依托黄金水道推动长江经济带发展的指导意见》，五大国家战略叠加，连云港被推向国家战略聚焦的突出位置。

专家认为，"一带一路"战略是继江苏沿海开发、国家东中西区域合作示范区建设之后，连云港市迎来的又一历史性机遇。需要进一步发挥海陆双向开放窗口和海陆枢纽作用，提升物流、仓储服务的能力，推动"丝绸之路经济带"东方桥头堡建设。

2014 年阳春三月，云台山上的玉兰花开得热烈。江苏省省长李学勇在连云港市主持召开"一带一路"交汇点建设暨国家东中西区域合作示范区建设领导小组会议，他在会上明确提出，连云港处于"一带一路"战略总体布局的交汇点，要努力把国家东中西区域合作示范区建设成为改革创新的试验区和参与"一带一路"建设的先行军……

最美人间四月天，山花烂漫柳如烟。4 月 22 日，央视《新闻联播》头条以 2 分 22 秒时长，播放了"连云港一马当先推进新丝路建设"的新闻……

连云港，要在新的历史机遇中有所"担当"；连云港，应在"一带一路"国家战略中一马当先！

三

建设"一带一路"，鲜花在前方，我们在路上……

时间定格在 2014 年 1 月 14 日，连云港市政协会议室，在市政协主席仲琨主持的工作会议上，将服务"一带一路"建设，作为连云港市政协年度工作的主题。会议提出开展"汇集力量、推进改革、服务发展"活动，明确了"以中共十八大三中全会精神为指导，努力发挥人民政协增进共识、汇聚力量的重要作用，为扎实推进连云港新一轮改革开放和发展献计出力"的指导思想。会议对"活动"提出了三大要求，一是着力于汇聚力量，增进发展共识；二是着力于推进改革，加快跨越发展的步伐；三是着力于服务发展，营造和谐发展环境。会议确定了四项服务内容，即紧紧围绕丝绸之路经济带建设献计出力，紧紧围绕全面深化改革协商议政，紧紧围绕发展项目开展服务，紧紧围绕改善民生做好实事。会议要求各位市政协委员和政协各组成单位既要高度重视、加强领导，更要保证活动质量，加大宣传力度。为使活动扎实开展，活动领导小组还对目标作了进一步明确，并作具体分工，对整个服务"一带一路"建设进行细化，分解项目，制定了路线图、时间表……

主线清晰，纲举目张。对于新生事物，调研工作显得格外重要。连云港市政协从主席到副主席、秘书长，从常委到委员，层层发动，全体行动，对"一带一路"开展深入调研，从市级层面重点研究连云港在"一带一路"交汇点建设中的优势。

调研深，思路清。一番深入调研，我们惊喜地发现，连云港与"一带一路"竟有厚重的历史渊源。公元220年，秦始皇开始修筑"东穷燕齐、南及吴楚"的"驰道"，所谓"驰道"，就是中国历史上最早的"国道"。在秦时修建的"驰道"中，就有一条由秦都咸阳通向东海之滨的连云港，那是意在将以咸阳为中心向西的古丝绸之路向东延伸至朐县，扩展至东海之滨。从秦到清代的近两千年间，连云港在海上丝绸之路重要的历史遗存就有：徐福东渡、法起寺、秦东门遗址、孔望山佛教摩崖石刻、苏马湾汉代界域石碑、金圣禅寺、宿城新罗所、新罗村遗址、阿育王塔、古代海州港遗址、琉球炉等，这些历史遗存饱经岁月沧桑，将千年的等待寄存于一方天地的山海奇观之间……

杨柳满长堤，花明路不迷。市政协的调研活动似沿着那条逶迤西去的丝路花雨而思路大开，于漫漫黄沙的烟尘间解千古神奇，于清脆悦耳的驼铃声中憧憬未来……孔望山下，秦东门外……调研者的视线从藏书楼到山水遗存，寻踪者的足迹几乎踏遍港城大地。

盛夏，连云区政协委员们在宿城幽静的氛围中开展广泛调研活动……宿城素有"世外桃源"之称，在遥远的古代，这里是云台山地区人类活动的中心。到了汉代，因人口稠密，经济发达，吸引了来自西域诸国的高僧到这里传经布道，使宿城成为我国佛教传入最早的地区之一。在法起寺的记忆里，既有康僧会的宿城之行，也有日本圆仁和尚与宿城的不解情缘；而保存尚好的新罗人住宅遗址，记录了中国和朝鲜半岛诸国友好交往的千年历史，石碑上清晰可见的新罗文字，字里行间，无不诉说着宿城与韩国源远流长的文化交流……站立在保驾山苍劲的蟠龙松下，耳际似有金戈铁马之声呼啸而至，琢磨李世民东征的传说，仿佛可以透视早期的云台山与海外交通的便捷。那么，在这宿城与连岛一线，因何被称作"海外第一程"的千古之说，也就顺理成章地得到了有力印证。远古的云台山海上漕运，在世人面前描绘了一条依稀可见的香药之路、陶瓷之路……这些内涵丰富的历史史实，在建设21世纪海上丝绸之路的鸿篇巨著里，都将是一笔笔宝贵的文化精髓。

　　历史渊源诉说着昨天的故事，而陆桥飞架却在演绎着现代神奇……1990年9月12日，新亚欧大陆桥全线贯通；1992年12月1日，首列试运从连云港出发……自此，陆桥过境运输逐步走上正常化。新亚欧大陆桥在中国境内全长4131公里，贯穿中国东、中、西部的江苏、山东、安徽、河南、山西、陕西、甘肃、宁夏、青海、新疆10个省（区），并辐射湖北、四川、重庆、内蒙古等地区，新亚欧大陆桥的开通，使大陆桥（中国段）区域内部经济结构发生了根本性变化，成为连接东西、沟通南北铁路的"十字枢纽"，展现出特有的辐射、枢纽与重点开发三大功能。而位处联结环太平洋沿岸国家和地区与欧洲市场国际运输通道海陆节点的连云港，不仅是一座新亚欧大陆桥的东方桥头堡，也顺理成章地成为"一带一路"交汇点的桥头堡。如此看来，"丝绸之路"桥头堡实质上就是新亚欧大陆桥桥头堡基础上的升级。连云港作为"一带一路"交汇枢纽，在丝绸之路经济带中对于"政策沟通、道路联通、贸易畅通"具有直接关联，在实现"五通"中具有全局作用。建设"一带一路"，这条新亚欧大陆桥既具传承性，更具创新性，而作为丝绸之路经济带的东方桥头堡，可实现区域活动的国际化，从而推进陆桥运输通道通过区域综合效应的最大化。连云港位于海陆丝绸之路的交汇点，是国际国内海陆物流转换的重要节点。新亚欧大陆桥沿线地区的货物从连云港出海，分别比从日照、青岛、上海出海近 300 公里、500 公里、1000 公里。目前，连云港港货物吞吐量的 70% 来自中西部地区，每年承运中亚地区 50% 以上的过境集装箱……

调研的过程，是在审视自身的基础上总结反思、分析优势劣势、寻找机遇、考虑对策、破解难题，使思想认识得以一次次升华的科学进程。连云港市政协的这次大规模调研活动，目标明确，组织到位，形成全方位、立体化的调研网络，既认真分析了连云港在打造"一带一路"交汇点中现有的优势，同时也客观地理清了一些制约发展的障碍性因素，并提出了一些积极的化解措施。一份份颇有分量的调研报告，受到市委的重视，为连云港市建设"一带一路"交汇点战略决策的形成，提供了科学的参考依据。

丝绸之路对世界经济的发展和世界历史的进步起过巨大作用，是一条延续几千年、横跨亚欧非的世界性交通干道。它曾经是连接中国、印度、希腊、埃及、巴比伦等世界文明古国的纽带；在它所经过的地区，出现过波斯帝国、马其顿帝国、罗马帝国、奥斯曼帝国等世界性大帝国；在它形成与发展的过程中，诞生了对后来思想文化产生世界性影响的佛教、基督教和伊斯兰教。从某种意义上说，在这条有形的丝绸之路上，实现了思想的碰撞、民族的融合、文化的交流、物质的互换。丝绸之路的开通，推动着人类创造了光辉灿烂的古代文明，它是全世界、全人类的巨大财富。对于今天正处于改革开放时代的中华民族和中国人民来讲，了解、研究古丝绸之路的历史文化，不仅具有知晓历史、传播知识、发展学术的意义，而且更具有借鉴历史经验、弘扬爱国主义精神、为当前和今后经济文化建设服务的意义。而对于连云港来说，"一带一路"交汇点是一项长期工程，为了使人们更多地了解相关知识，调动激情，凝聚智慧，市政协组织精干班子，着手编著《梦想——"一带一路"交汇点建设学习参考资料汇编》一书。为了保证编撰质量，市政协党组十分重视，仲琨主席多次提出指导性意见，曹佳鸣副主席对资料的框架及内容选样等进行了具体指导，并亲选书名字样。该书主题鲜明、选材得当、布局合理且有所侧重。全书囊括中国古丝绸之路海陆两路的历史演变、所经路线、多元文明融会贯通、丝路遗迹以及沿途各国风情，摘编了国家主席习近平、国务院总理李克强关于"一带一路"国家战略的讲解精神以及《中共中央关于全面深化改革若干重大问题的决定》中涉及"一带一路"的内容摘编，同时还介绍了连云港在国家战略中的责任和使命，包括在 2014 连云港丝绸之路经济带建设年中，市政协围绕"一带一路"建设开展部分重要活动文稿等。全书集历史性、知识性、可读性于一体，其间倾注了编著者大量的心血，成为连云港打造"一带一路"交汇点制定战略性举措的指导性读物。《梦想》一书刊出后，在社会上产生了广泛影响。

在成功调研的基础上，一次次协商会、专题报告会频频召开。人民政协协商民主，主要是指中国共产党领导的人民内部各个方面，在中国人民政治协商会议这个平台上，依法就国家和地方现代化建设中涉及的经济、政治、文化、社会、生态等重大问题以及其他涉及人民群众切身利益的问题，进行平等、理性、充分的沟通，以达成共识，形成重要公共决策的实践活动。协商民主，是政协的一大特色。几次协商会之后，全方位、立体型关注建设丝绸之路经济带和 21 世纪海上丝绸之路的共识与构想基本形成。在此期间，市政协还特邀了中国社科院中亚俄罗斯研究所所长作专题报告。

四

有人说，连云港的名字好就好在一个"连"字，"一带一路"建设，最重要的内涵是"互联互通"，连云港就要发挥好"连"的大智慧，用好"连"的大手笔，做好"连"的大文章！

"嵯峨山上石，岁岁色长新。若使尽成宝，谁为知己人"（唐水心寺僧）。连云港是"一带一路交汇点"，这是连云港人自己说的，要想让陆桥沿线的人认可，势必要做出些什么。既然市政协年度工作的重点要"紧紧围绕丝绸之路经济带建设献计出力"，那么就应该走出去，献计便是创新，出力就要作为。市政协决定，认真贯彻落实市委将 2014 年确定为"丝绸之路经济带建设年"的决策部署，坚持把助推丝绸之路经济带建设作为政协围绕中心、服务发展的重要内容。

2014 年的连云港，将于金秋时节举办首届中国（连云港）丝绸之路国际博览会。为做好这一盛会的推介工作，由市领导牵头，分别奔赴相关地区推介"连博会"。在这一背景下，市政协充分发挥政协组织的特殊优势，由主席挂帅，各副主席分别带队，分工负责，沿丝绸之路经济带一路向西，赴河南、甘肃、青海、新疆等地开展招商招展活动，到重要城市登门拜访、游说，广泛开展联系活动，向沿线城市政协发出组建协商促进会的倡议，得到了沿线部分市、州政协的积极响应。在形成共识的基础上，成立相关组织，促进"一带一路"建设。这一举措得到了 10 多家市政协的积极响应，"11 市（州）政协丝绸之路经济带协商促进会"应运而生。草木知春不久归，百般红紫斗芳菲。和风送爽，万山红遍，硕果飘香的金秋时节，在首届中国（连云港）丝绸之路国际博览会即将开幕之际，2014 年 10 月 20 日，伊犁、西宁、兰州、银川、呼和浩特、三门峡、开封、包头、赤峰、徐州、连云港 11 市（州）政协相聚连云港，携手共建 11 市（州）政协丝绸之路经济带建设协商促进会，共享丝绸之路经济带建设重大机遇，共谱互惠、互利、互赢的崭新篇章。

协商促进会是 11 市（州）政协自愿参加组成的区域性协商机制，旨在深入贯彻落实以习近平同志为总书记的党中央提出的建设"一带一路"重大战略，抢抓机遇，汇聚力量，主动作为，充分发挥政协协商民主、人才荟萃、联系广泛的独特优势，深化协商协作，有效整合资源，积极献计出力，共筑服务丝绸之路经济带建设广阔平台。协商促进会遵循平等协商，优势互补，互惠互利，共同发展的原则，紧紧围绕推进丝绸之路经济带建设这一主题，主动服务地方党委政府重点工作，充分发挥各成员市的优势，加强沟通协商，深化城市间协作联动，拓展跨地区经贸、人文等领域交流合作渠道，促进沿线城市和地区共享新机遇、共建新丝路。协商促进会还将顺应新形势，不断完善协商机制，在各成员市之间大力开展协商交流活动，互通互学各地的好经验、好做法，积极探索科学协作的新途径、新方法；充分发挥优势，为扩大区域经贸、人文等方面交流合作牵线搭桥；广泛凝心聚力，为促进丝绸之路经济带沿线城市共享发展机遇、实现互利共赢献计献策。

"11 市（州）政协丝绸之路经济带协商促进会"成立大会上，市委书记杨省世在致辞中介绍了连云港市推进丝绸之路经济带建设的思路举措，并对协商促进会的成立寄予厚望，希望与会各方携手并进，追梦新丝路，共享新机遇，共谋新发展。杨书记的致辞，赢得全场一片掌声……

11 市（州）政协丝绸之路经济带协商促进会的成立，深化了东中西部城市加强合作的共识，与会市、州政协围绕建设"丝绸之路经济带"这一发展战略的背景、意义以及如何发挥政协优势服务地方发展等，进行热烈的交流探讨、协商。在此基础上，建立了共促丝绸之路经济带建设沟通合作机制，明确了协商促进会的基本宗旨，提出了基本任务，即围绕推进丝绸之路经济带建设这一主题，服务地方党委政府重点工作，结合各成员市发展的实际需要，加强沟通协商，深化城市间协作联动，拓展跨地区经贸、人文等领域交流合作渠道，促进沿线城市和地区互联互通、合作共赢。协商促进会的成立，丰富了协商民主发展的形式和内容，同时也提升了连云港的城市影响力和美誉度。会议期间，11 个沿线市、州的政协主席、副主席、秘书长以及相关人员参加了"连博会"开幕式，听取了"2014 物流全球论坛"嘉宾主讲演讲，此后又参观了连云港市规划展示中心、连云港港口、中哈物流基地、东中西区域合作示范区，在对连云港市的经济社会发展情况有了更全面、更具体了解的同时，加深了连云港"一带一路"交汇点建设国际性海港中心城市的深刻印象。11 市（州）政协丝绸之路经济带协商促进会的首次活动，受到国内多家媒体的关注，中国丝路网、光明网、江苏网等多家媒体对活动进行了宣传转载报道，大大提升了连云港的美誉度和影响力。

五

宝马雕车香满路，春风得意马蹄疾。政协丝绸之路经济带协商促进会开幕的次日，2014 中国（连云港）丝绸之路国际博览会暨第十一届中国国际物流节，在连云港举办。

2013 年 11 月，国家和江苏省贸促会建议为呼应"一带一路"战略，在新亚欧大陆桥国内沿线东中西三个节点城市搞三个国际展会，"乌洽会"改为新疆乌鲁木齐丝绸之路亚欧博览会，"西洽会"改为西安丝博会，连云港新办一个丝绸之路国际物流博览会。

2014 年 1 月 13 日，"连博会"获得中国国际商会正式批复。经中国贸促会推荐，中国第十一届国际物流节选址连云港，与连博会共同举办。

对连云港而言，虽然以前搞过多期不同类型的会展，但带有"国"字头这还是第一次。为了珍惜这一机会，办好代表连云港最高层次和水平的连博会，早在谷雨时节，市里便精心组织赴京新闻发布会，市政协积极参与，副主席曹佳鸣前往主持发布会……谷雨播种，金秋收获。10月21至10月23日，连博会在连云港工业展览中心隆重举办。

连博会以"抢抓丝绸之路新机遇、搭建物流合作大平台"为主题，发挥连云港海陆交通枢纽和仓储物流服务优势，重点展示城市物流、陆桥运输与第三方物流服务、物流设备与技术、港口功能与航运服务，搭建亚欧海陆联运、东中西区域合作交流平台，逐步将连博会打造成服务丝绸之路及国际物流大通道建设的国际性专业品牌展会。展会秉持"权威性、专业性、国际性、多样性"的办会宗旨，汇聚政府、港航、物流企业及科技、金融等业界精英，举办展览展示和系列高层论坛活动，包括2014物流全球论坛、国际港航合作发展论坛、中国城市物流大会、第五届中国物流投资大会等二十项主题活动，重点探讨在"一带一路"、长江经济带、国家东中西区域合作示范区等合作背景下，现代物流业发展模式与企业的战略转型、升级等问题，旨在促进区域全面融合发展，共同培育东西双向开放新优势。

连博会盛况空前，3万平方米的展览展示，设港口与航运、物流企业、物流设备与技术、城市物流和东方桥头堡5大展区。展会共有19个国家（地区）企业报名参展，完成标摊953个、特装280个、室外光地2050平方米。其中，日、韩、新、中亚及港、台等69家企业参展，除江苏外，内地20个省、市、自治区255家企业参展。

在参加连博会的来宾中，中国一拖集团有限公司的团队引人注目。中国一拖是国家"一五"时期156个重点建设项目之一，1955年开工建设，1959年建成投产。新中国第一台拖拉机、第一台压路机、第一辆军用越野载重汽车都是在一拖诞生。半个多世纪以来，中国一拖已成为以农业机械、工程机械、动力机械、车辆及零部件为主要业务的大型综合性机械制造企业集团；拥有的"东方红"商标为中国"驰名商标"；累计为社会提供大中小型拖拉机、工程机械、动力机械等产品350多万台，向国家上缴利税60多亿元。2008年2月，经国务院国资委批准，中国一拖重组进入国机集团，翻开了新的发展篇章。

一拖远在河南洛阳，这些客人此前对连云港这个海滨城市几乎没有多少印象，但又是什么因素吸引了这支浩浩荡荡的团队？

时间倒退到两个月前……当政协各副主席分工西行开展招商招展活动之际，贸促会认为能将一拖邀来参加连博会，那才叫锦上添花。赴河南招商招展由政协副主席曹佳鸣分工负责，曹佳鸣知道，一拖是央企，贸促会的人去过，估计连门都进不了，自己能完成这一使命吗？带着这一可能性极小的愿望，曹佳鸣只能抱着试一试的想法收拾行装起程。洛阳的秋天虽比不得春光下牡丹盛开的娇艳，但景色仍足以怡人。中秋前夕，江苏驻洛阳商会举办中秋茶话会，晚会将开之际曹佳鸣才匆匆赶到，宾馆宴会厅早已热闹非凡。联欢会未请政界领导，投资商客济济一堂，一向善于造势的曹佳鸣当然不会放过这样的好机会，他在会上隆重推介连云港和连博会，并放了徐圩新区的专题片。晚会上，他和河南商会会长进行了深层次的沟通，指出河南处于中原核心位置、中原物流集散地，是建设丝绸之路经济带的重要省份。而连云港处于"一带一路"交汇点的特殊位置，与河南又有广泛的交流合作，双方应该抓住这一历史机遇而有所作为。继而，他提出了意欲考察一拖的想法……在河南商会的引荐下，曹佳鸣受到一拖总经理的热情接待，并亲自陪他参观了一拖最大的展馆、海外基地等。这条参观线路曾是专门为接待中央领导设计的。醉翁之意不在酒，曹佳鸣其实心思并没在展馆的图解氛围中，而是口若悬河，一路讲解连云港的优势，特别提及习近平总书记、李克强总理相继到连考察时的情况。最后，他将话锋一转说，我讲这席话的最终目的，是想邀请你们能参加我们的连博会。总经理为他的真诚所动，表示一定向董事会提出建议……

精诚所至，金石为开。在回连的路上，曹佳鸣忽然接到一拖总经理的电话，董事会同意参加连博会！这一消息足以让曹佳鸣惊喜了一晚上。

连博会开幕式的前一天，一辆崭新的考斯特载着一车客人来连……当一拖物流总公司的总经理亲自带队、总经理助理和各部门一把手近20人浩浩荡荡步入展厅之际，贸促会的一班人惊得呆了，不由赞叹：市政协和曹佳鸣副主席还真有能耐！

洛阳城东桃李花，飞来飞去落谁家？

连云港市政协，以高瞻远瞩的战略眼光，求真务实的工作作风，科学发展的创新精神，站立亚欧大陆桥东桥头堡和"一带一路"交汇点的高处。瞩目东方，航帆奋进，伴浪花雪涌；回首西望，洛阳牡丹、郑州月季、兰州石榴……再远些，哈萨克斯坦与荷兰的郁金香……一路鲜花怒放……

打造"一带一路"交汇点，鲜花在前方，我们在路上……

《连云港文学》2014 年第 3 期

渐行渐远说祁斌

相裕亭　中国作协会员。著有长篇盐河系列小说三部。获"五个一
　　　　工程"奖、"中骏杯"《小说选刊》双年奖、全国微小说一
　　　　等奖、入围"首届汪曾祺华语小说"奖、"冰心图书"奖、
　　　　连续六届全国小小说优秀作品奖等。

祁斌,1973年3月生于江苏连云港赣榆, 现居杭州。别署行斋、文闲武疏。
《中国篆刻书画教育》杂志执行副主编。浙江省书法教师师资培训专家库成员。
三希堂书画研究院常务院长。中国书法家协会会员。1978年起师从方敬先生
学习书法。1988年起先后就读于海州师范、连云港市教育学院、南京艺术学
院、江苏省教育学院、南京师范大学。2003年入中国美术学院现代书法研究
中心, 师从王冬龄先生。出版有《中国优秀中青年书法篆刻家祁斌卷》(西泠
印社出版社)。书法篆刻作品参加首届青年书法篆刻展、五届全国篆刻展、中
国当代首届草书艺术大展、全国九城联展等。教育论文曾获全国奖。

幼年涂鸦

说到祁斌, 连云港市文学艺术界的朋友们并不陌生, 他出生在赣榆区
(县)宋庄镇一个叫任庄的小渔村。

那里, 濒临黄海。

童年时的祁斌，经常带着弟弟妹妹在鱼塘、海河边玩耍，目送渔船划过村东的芦苇荡，渐行渐远。他所熟悉的大海、沙滩、渔歌唱晚、海鸥上下翻飞的海景……时常浮现在他的梦里。

祁斌的父母都是教师。

其父祁昌会，早年毕业于海州师范，是一位出色的中学教师，后期任中学副校长。母亲孙继花是渔乡里的小学老师。

祁斌的母亲文化不高，但她勤奋好学，父亲为了丰富母亲的文化知识，在那个吃饭、穿衣都很困难的年代，亲自抄写了三本楷书的《新华字典》，分别放在家中、母亲的办公室和母亲的娘家。方便母亲在阅读时遇到生僻的字，可以随手翻阅字典。祁斌至今还记得，父亲手工抄写的那三本楷书的《新华字典》，每一页的字码与板式，都与出版社印刷的《新华字典》一模一样。可见其用心良苦！

祁斌自记事起，目睹了父亲为母亲所抄写的那三本楷书的《新华字典》，由此，在他幼小的心灵里，悄然埋下了读书、写字的种子。并在父母的熏陶下，三岁开始握笔写字。

令人称奇的是，祁斌第一次拿起笔，竟然写出了"毛主席万岁"五个工工整整的大字。这让擅长书写的父亲，欣喜若狂。从那以后，父亲每天都教他认字，教他涂鸦。

不尽人意的是，祁斌四岁的时候，父亲因病，不幸倒在了讲台上。

噩耗传来，家中就像塌了天一样。

但是，身为小学教师的母亲，面对膝下三个嗷嗷待哺的子女，一夜之间好像坚强了起来，她擦干了泪水，双手挽起祁斌和祁斌下面的一弟一妹顽强度日。白天，她在村小学教书。晚上，回到家中，她教育自家的三个子女们认字。

好在，父亲离世后，家中还遗留下一些书籍，祁斌如获至宝，他翻出父亲读过的那些旧书，如同依偎在父亲的怀里一样，一字一句地往下读，遇到不认识的字，就去问妈妈或翻阅父亲手工抄写的那三本《新华字典》。

祁斌五岁时，已经读完了母亲藏在床底下的那种竖行繁体字版本的《三国志》《封神榜》等。

师从方敬

1978 年，清明时节，祁斌的家乡，即赣榆区（县）宋庄镇任庄村，来了一位大学问家——方敬。

当时，方敬是上海的知名教授，海派书法名家。任庄，是他父亲的故乡。他此番赶在清明时回乡，是来家乡祭祖的。

然而，当这位大问家来到故乡后，看到村里文化教育十分落后，好多渔民家的孩子，正是读书的好年龄，却放弃学业，跟着父辈们出海打鱼去了，方先生看在眼里，痛在心中，他决心要为家乡的教育事业做一点力所能及的事情。

于是，方敬找到村小学的几位老师，说出他的一些想法，并在随后的几天，先后在村小学和几位近亲家中，手把手地教导村里的孩子读书、写字。

时值"改革开放"之初，国家百废待兴。忧国忧民的方敬先生，深知国家的落后在于教育的不足。同时，文化艺术又是一个国家传统的灵魂。他在回乡祭祖的几天里，利用一切可以利用的空闲时间，走街串巷地教导村里的孩子读书、写字。其中，有一天晚上，他让村小学的老师们，各自选出班级爱好书法，或者是对书法感兴趣的学生们，集中在一起，他要给孩子集中、系统地传授一下书法知识。

那一年，祁斌刚好五岁，年龄上显然不符合方先生的培养要求。但是，祁斌的母亲是村小学的老师，且望子成龙，她得知当晚方敬先生要给村里的孩子上书法课，便带着祁斌前去观看。可看着看着，祁斌便挣脱母亲的手，蹭到方先生跟前，趁方先生课间休息时，摸过桌上毛笔，在方先生跟前涂鸦起来。

方先生一看，这个孩子握笔的姿势有模有样，顿时眼睛一亮，他随即铺开纸张，让祁斌认认真真地写几个字给他看看。

祁斌曾跟着父亲练习过书法，此时便大大方方地握着毛笔写起来。方敬看他个头太小，握笔之后，够不到课桌，当即搬来旁边的一把凳子，让祁斌踩到凳子上写。

没想到，祁斌这一写，得到方先生的连声夸赞。

当时，方先生就跟祁斌的母亲说："我暂时不回上海，明天你再带这个孩子来。"

第二天，母亲再带祁斌来练字时，细心的方敬，已经为祁斌特制了一把垫脚的小宽凳子，他让祁斌站在小凳子上跟他学习书法。

祁斌的母亲很受感动。

接下几日，祁斌的母亲每天都带着祁斌来找方先生练字。方先生似乎每天也都在等待祁斌来跟他学习写字。

这或许是祁斌与方敬先生最早的"师生之情"。

事后，也就是方先生回到上海以后，经常给祁斌家里写信，鼓励祁斌好好练字。并选在每年的春节、清明、寒暑假的时候回来，教导村里的孩子写字，教祁斌写字。

方先生每次回来，都要给祁斌列出练字的计划，同时，方先生还带来了历代书法名家的优秀字帖，让祁斌先看、再选，祁斌所选的第一本字帖是虞世南的孔子庙堂碑。

方先生夸赞："好！"说祁斌有眼光，鼓励祁斌好好临帖。

而祁斌深知家里生活困难，练字时可谓惜墨如金，用纸如玉。他将用过的作业纸、试卷纸，都用来练习书法，用墨时先用水调和得极淡，淡墨写过后，晾干纸张，再用中墨写第二次，然后再用浓墨写第三次，直至将一张纸写得不能再写为止。

祁斌牢记方先生的教导，每一次落笔写字，他都要在心中"默写"数遍，从字体的结构到用笔的虚实，以及方圆转换等等，直至熟记于心之后，再落墨于纸上。然后，再去对照字帖，找出不妥之处后，在心中"标出"错来，再写第二遍。并且方先生要求祁斌，每次只限于写第二遍。也就是说，同一个错误，只能错一次，不能错第二次，更不能错第三次，这是对书法的敬重与敬畏，也是苦其心志的一种习作方法。

在方先生的启迪下，祁斌很快临摹完第一本虞世南书孔子庙堂碑帖。接下来，方先生又拿来一大堆历代书法名家的字帖让祁斌选。

方先生教祁斌的练习写字的方法是，首先是让祁斌选出他最喜欢的字帖去临摹，那样才能激起他的练字激情。

这一回，祁斌一下子选了汉张迁碑、汉西狭颂、颜真卿、张旭古诗四帖等等。方先生一看，此时的祁斌已经不满足于某一个人的书法来练习了，方先生十分高兴。但他给祁斌压缩了临摹、研习的时间，让祁斌自加压力，快速地进入自我创作阶段。而祁斌随着临帖越读越多，眼界渐宽，方先生便让祁斌转向——学习研究文字学。

数年以后，当初跟着方先生一起练习书法的村童，好多都没能坚持下来，唯有祁斌等几个为数不多的学生写出连云港、写向全国。

一次师生小聚时，方先生看到祁斌在书法方面的长进，曾与祁斌打趣说："你的书法技能是偷学来的！"言下之意，最早方先生并没有直接选择教他练习书法，是他"站"在一边"偷"学的。真可谓是：有心栽花花不发，无心插柳柳成荫。

长兄担当

1988 年，15 岁的祁斌，以优异的中考成绩，考入赣榆县中学。那是一所全县，乃至全市较好的高级中学，每年往清华、北大等重点大学输送大批生源。祁斌能考上那样的中学，是母亲的骄傲，是全家人的希望。

母亲希望他苦读三年高中后，能考上国内一所有名气的重点大学。可就在这期间，祁斌的妹妹祁海燕，小学升初中时，以更加优异的成绩，被赣榆县中学少儿预备班选中。

两份红彤彤的录取通知书，几乎是同时送达到祁家母亲的手中。

这意味着祁斌的母亲，一位单亲妈妈，一位朴素而坚韧的乡村小学老师，从此以后，她要肩负起两位住校生的生活费用。当时，祁斌的弟弟祁旭明正在读初级中学，并在方敬老师的鞭策和鼓励下，学习成绩也从班级最差，一跃跨入班级最优秀的学生之一。

母亲面对家中三个学业优秀的儿女，高兴之余，似乎又感到肩上的担子无比沉重。

一天晚上，母亲把祁斌叫到跟前，手抚着赣榆县中学发给祁斌的《录取通知书》，心怀忐忑地跟祁斌说："你若去县城读高中，弟弟妹妹便早点出来读中专，我们全家供你读大学去。"母亲说这话的时候，似乎想跟一个年仅十五岁的儿子商量，咱们能不能不读高中。

当时，中考成绩优秀的学生，有两个选择，其一是选择读高中，三年以后去考大学；其二是选择报考中专、中师，两至三年，即可走向社会，国家负责安排工作。

母亲想让祁斌读中专，可她又念及儿子是个大学苗子，又不忍心让祁斌放弃高中不读，去读中专、中师。

祁斌深知母亲的难处，他几乎是含着泪水跟母亲说："不！我来读中专，让弟弟、妹妹们将来读大学去。"并说，他读中专以后，两至三年就可以走出校门挣工资了，到那时，他可以与母亲一起，供养弟弟、妹妹读大学去。

母亲摇摇头，说："还是你读高中吧。"身为小学老师的母亲，知道能考上赣榆县中学的学生，都是凤毛麟角的好学生，她不想误了祁斌的前程，母亲鼓励祁斌选择去读高中。

祁斌坚持说："不，我读中专。"祁斌与母亲算了一笔账，他若去读三年高中，再读四年大学，至少要七年才能参加工作。而这七年，恰好是弟弟、妹妹读中学、考大学的时候，家中急需用钱。如果读中专、中师，两至三年，就可以挣钱贴补家用了。

母亲沉默不语，她自然懂得祁斌所讲的道理。

就这样，已经被赣榆县中学录取的祁斌，又托人从县教育局撤出档案，报入了海州师范。

当时，海州师范的录取工作几近尾声。祁斌的母亲找到时任海州师范校长的宋健明，阐明祁斌的父亲英年早逝，并说祁斌的父亲早年就读于海州师范，她想让自己的儿子再来这所学校读书。其间，祁斌的母亲向宋校长陈述了家中生活的困境以及祁斌在中考时的优异成绩。

宋校长二话没说，当即接收了祁斌的中考档案。

祁斌在海州师范所读的是普师专业，他的第一位班主任老师是张夷。而张夷是一位多才多艺的青年老师，祁斌在他的影响下，很快便对文学艺术产生了浓厚的兴趣，并在时任政教主任张廷亮先生，后任班主任王毓蓉先生，书法教师戴建强先生，国画教师曹鸣喜先生等恩师的教导下，抽出更多的课余时间，学习书法兼习美术，并加入许思文创办的"文学社"。

可以说，祁斌在海州师范读书期间，是一位十分活跃的文艺青年，校报、教室的黑板报上，到处都有他的文章和书法作品。他毕业时，举办了海州师范史上第一个在校学生书法个展。

1991年，祁斌师范毕业后，被选入连云港市教育学院继续深造，并跟随孙传斌、周燕弟、邵直君等先生教习国画与西画。1993年，他考入南京艺术学院学书法专业，师承黄敦教授，研修书法专业。

这期间，祁斌的弟弟、妹妹，高中毕业以后，分别考入西安交通大学和上海复旦大学。

十年一剑

2003年，是祁斌的而立之年。

这一年的夏末秋初时节，已经是连云港师专二附小老师的祁斌，前来拜见他的书法启蒙老师方敬先生。

此时，方敬已经在赣榆区（县）宋庄镇定居下来。

师生相见，难免要谈谈人生与理想。方敬先生得知祁斌在书法上的造诣，不声不响地从橱柜中，翻出一张他早年的书法作品，问祁斌："这字，写得怎么样？"

祁斌说："好，好极了！"

先生说："不，不如你现在的字写得好。"方先生告诉祁斌，那幅字是他三十岁时写的。

原来，方先生早知道祁斌当年已经三十岁了，他早有准备地把他自己三十岁时所写的书法作品翻出来，与祁斌当时所写的书法作品摆放在一起，让祁斌自己来比较。

一时间，祁斌不明白方先生的意图，只是痴呆呆地看着先生三十岁时所写的那幅书法作品而发呆。

方先生沉默良久，忽而，绝情而又不言大爱地对祁斌说："从今天开始，我十年不看你的字了！"

当时，祁斌吓了一跳，他不知道自己什么地方做错了，得罪了先生。

岂不知，方先生语重心长地告诉他，说书法的功夫在字外，他让祁斌要走出去，广求良师，多交益友，行走于大川大河，在自然界中必有所得。言下之意，祁斌可以"出徒"了。

那一刻，祁斌饱含两眼热泪，他知道不是师傅逐他出门，而是师傅对他寄予了更加深远的厚望。

随后，祁斌断然离开了他难以割舍的"三尺讲台"，参加了中国美术学院（杭州）现代书法研究中心首届高级研修班，师承王冬龄先生。

此后十年内，方先生果然没再看祁斌的书法。

但是，在那十年内，祁斌苦其心志，出版了《中国优秀中青年书法篆刻家祁斌卷》（西泠印社出版社）。其书法作品，前后入展书法篆刻首届青年书法篆刻展、五届全国篆刻展、中国当代首届草书艺术大展、全国九城联展等。教育论文曾获全国奖。

数年后，祁斌回到家乡办书展，以此回报他的恩师方敬先生，回报养育他的港城人民。而此时的方敬先生虽然已经驾鹤西去。但是，祁斌与他的好友黄文斌、鲁大东携手在连云港市美术馆所举办的"七十二变书法艺术展"，引起了港城文化艺术以及港城人民的强烈反响。方先生虽然没能看到他的学生祁斌在书法道路上的辉煌成就汇报，但，港城人民都可以证明祁斌没有辜负方先生对他"十年磨一剑"殷切厚望。

我们给祁斌点赞，祝愿他在书法道路上越走越远！

载于《连云港日报》2018 年 2 月 11 日

国家责任（节选）

第三章　国家责任

王成章　中国作协会员、中国报告文学学会理事、连云港市作协副
主席。著有长篇报告文学《抗日山——一个民族的魂魄》
《国家责任》等七部。曾获江苏省五个一工程奖、紫金山
文学奖、首届浩然文学奖等 50 余种奖项与江苏省优秀文
艺工作者称号。

第二节　野心勃勃

现在来看张国良 2005 年春天的这个抉择，这无疑是一道分水岭，充满挑
战和激情的未来正向他走来，而前面则是未知的、令人心动的世界。张国良觉
得，人的一生要选择自己愿意投入的工作，还要为理想做一些事情。

在与部队领导的交谈中，张国良也不止一次听到有关碳纤维的话题，大家
对中国碳纤维发展受制于人的现状很是忧心。

张国良天生具有一个民族主义者的情怀，他还是全国人大代表，国家、国
防是他牵挂于心的中心词。

张国良立下了誓言：即使倾家荡产，也要做出我们中国人自己的碳纤维。

他那含而不露的激情，埋得很深，好像那种离地表很远的强地震，外表平

静其实内心早已风起云涌。

他肩负这样的重任，还能这样平静！不，他说其实他常常一个晚上接一个晚上地不平静！

夜深难寐，快两点了，他的大脑还特别兴奋，他有一种倾诉的欲望，就推了一把身边的高慧。

睡意正浓的高慧惊得一坐而起，发生什么事了？这才两点那，你又要出差？

听我说说碳纤维吧。

其实此时的张国良对碳纤维的了解还是门外汉的级别，说不出什么子午寅卯来。高慧当然更外行了，看到张国良寝食难安，只能干着急，帮不上一点忙，只能听他说。

张国良对着一个纯粹的外行，滔滔不绝地说起来，高慧听得云里雾里，始终听不出个所以然，困得吃不消，就说，行，我支持你。能不能等明天再说？

你现在就听我说，困了我给你泡杯茶，实在不行就弄杯咖啡，总之你一定要知道什么是碳纤维。

高慧只好泡了杯茶，强睁着眼睛，听了一堂专题课。

张国良原先不认识潘鼎教授，但潘鼎教授对连云港比较熟悉。

合成纤维中，人们熟知的有"六大纶"——涤纶、腈纶、锦纶、丙纶、氨纶、维纶，时光倒溯至1981年，国家化工部"七五"期间化纤行业发展规划，要求各地上报新项目，连云港上马了钟山氨纶公司。所以连云港有化纤行业的基础，另外连云港纺织公司，请潘鼎教授来讲过课。

前面讲过，芦静因为在纺织公司和江苏奥神集团干过，早就和潘鼎教授熟悉了，后来她还带着张国良参观过潘鼎教授的碳纤维实验线呢。

于是，潘鼎教授成了被张国良请来鹰游集团讲授碳纤维的第一人。

2005年9月29日，马上就是国庆长假，节日的气氛已经很浓了，工人们回家团聚去了。这正是鹰游集团领导团队补上碳纤维这一课的时候，张国良称之为"恶补"。

之前的9月25日至28日，张国良组织集团副总经理以上的领导干部12人来到浙江杰克控股集团和浙江星星集团考察，参观了集团各个部门和车间。

回来后张国良就马不停蹄地忙着和政府部门、奥神集团沟通有关合作的事。

9月29日这一天，碳纤维项目率先在鹰游正式立项，并确立了"为祖国争光，为民族争气"的发展志向。

这一天，张国良将其命名为"9·29"项目。

从这一天开始，这么一群土八路，与碳纤维进行了8年抗战。

从9月29日到10月2日的5天时间里，张国良带着张建国、李怀京、奥神集团的芦静、王士华以及碳纤维攻关团队，在张国良的家里听了5天课。从丙烯腈单体到碳纤维乱层石墨结构，从原丝、碳化生产线到飞机、导弹、汽车、自行车等碳纤维复合材料的开发，潘鼎教授对碳纤维的性能、特点、研发现状、国际国内产业化进程以及项目可行性进行了深刻、详细的介绍。

这5天神鹰人刻骨铭心，潘鼎教授也终生难忘，他为一群40岁上下的碳纤维门外汉授课。

5天里，土八路们听课非常认真，白天记、晚上记，不停地记，记了很多。"我们十个人"来了五六个，这些对碳纤维一窍不通的门外汉，有的问题问得很肤浅、很幼稚，有的一点基本知识都没有，就像一个小学生。对门外汉你能拿他怎么样呢？潘鼎教授有时也觉得很好笑，但土八路们提问还是很踊跃的。

一个问，潘教授，什么叫丙烯腈啊？

一个问，潘教授，什么是结构式啊？

一个问，潘教授，为什么一会儿要温度这么高啊，一会儿要温度这么低啊？

潘鼎教授当时心里是矛盾的，一方面是他一生只干一件事情，就是碳纤维，他希望能有企业来做碳纤维，有人喜欢干，潘鼎当然很高兴，希望他们能够成功；另一方面是这个企业不像是搞碳纤维的，对高分子化学一窍不通，怎么来搞这么难的碳纤维呢？

潘鼎虽然也怀疑他们成功的可能性，但还是被他们的热诚感动，连续5天，他尽其所能把相关研究成果传授给他们。

他理解他们迫切的心情。

教授讲得很辛苦，土八路们学得也很辛苦，好在大家的学习热情很高，遇到疑难问题就举手提问。

2013年深秋季节，在鹰游集团我见到了来授课的潘鼎教授，70岁的潘鼎教授为人坦诚谦和、平易近人，白皙的面庞，胡子有两天没刮了。聊熟了以后我笑着说教授年轻的时候肯定是个帅小伙，潘教授一边自谦地说哪里哪里，一边把他储存在手机里的年轻时候的照片给我看，可不就是个帅小伙嘛！

很难把面前这位没有一点架子的潘老和工作起来一丝不苟、废寝忘食的教授联系起来。

潘鼎教授向我回忆起几年前给鹰游纺机研发团队上课的情景：连续5天时间，我住在张国良家里，讲碳纤维的性能特点、研发现状……说老实话，我当时哪里相信这群40多岁才接触碳纤维的人能成功？当时搞碳纤维的只有寥寥几个高校和研究所，企业只有两家，一家是蚌埠的，一家是山东光威，还有就是自己的光华公司，其他地方没人敢做、敢碰的，我也很担心这鹰游集团到底行还是不行？我就注意观察他们怎么做，也给他们出了几个主意，他们学得很认真，一点点做上去了。过了两三个月过来一看，哎，感觉做得真不错。

以前涉足碳纤维的企业找到专家后，不成功就换人，思路一会儿一个变，没有自己的想法，怎么可能成功？但张国良不，他凭着持之以恒的毅力，凭着不断学习、吸收、创新和摸索，最后终于成了碳纤维领域名副其实的专家。

是啊，后来张国良被推举为中国化纤协会碳纤维分会的会长，就是最好的证明。

临送别的前一天晚上，张国良想让潘鼎教授轻松一下，也是为了表达感谢。在自己家里备了酒菜，招待大家，喝的照例是四特酒。

好酒，好菜，好氛围。

谈天，说地，叙友情。

一顿饭吃了足足有两个小时。

谈起梦想，自然情绪高涨。张国良敬重潘教授，因为潘鼎教授说过，国家兴亡匹夫有责，做研究就应解决关键技术，服务国计民生。

这种为国为民矢志不渝的情怀，是他们共有的。

饭后，张国良打开了家庭影院，大家知道他爱好音乐和读书，知道他喜欢最新的电子产品，他的家里有一台最新的3D屏幕电视，还有一个微型图书馆，摆满了军事、文学和科研书籍。

张国良领着大家唱起了歌，他想让潘鼎教授记住这个晚上，记住这次连云港之行。他想让大家都活跃起来。

其实张国良也爱唱歌，听到撩人心弦的好歌也是心潮澎湃，恨不得撸个麦就开唱，然后虎躯一震，气出丹田。

他唱歌调门较高，那天唱了好几首歌，都是红歌，像《红星照我去战斗》《我爱你中国》，唱得很不错。

歌声悠扬而又雄壮，歌词令人激动：

> 小小竹排江中游，
> 巍巍青山两岸走。
> 雄鹰展翅飞，
> 哪怕风雨骤。
> 革命重担挑肩上，
> 党的教导记心头。
> …………

张斯纬唱的则是流行歌曲，几支充满了现代感的歌子，他喜欢陈奕迅的歌，也喜欢后来筷子兄弟唱的《老男孩》。

高慧只唱了一首《红梅赞》，她唱得很抒情。

潘鼎教授没唱，他喜欢静静地听。听得高兴了，他会像个孩子似的鼓掌。

他感受到一个大家庭的热烈、温暖的氛围。

走出张国良的家，潘鼎看到一弯弦月下，鹰游集团的厂房灯火明亮，很漂亮的夜景。

那一段时间是神鹰人集中学习的时间，只有不断"恶补"，才能尽快掌握，尽快上马。

碳纤维的基础理论听得八九不离十了，张国良点起了一支烟，问李怀京、张建国几个人，你们觉得怎么样？可以上马了吧？

几个人尽管有的心中也犯嘀咕，但凭着多年对张国良的了解，凡是他要干的事几乎都能干成，看到他信心满满的样子，还是投了他赞成票。

　　集团内部持怀疑态度的也不少，因为这是一个完全陌生的行业。多数人对碳纤维是个什么东西，长得什么样，如何生产出来的都不知道，觉得董事长凭着几个专家学者给他讲了几天课，就涉足这个行业实在是在冒险。

　　而且，决心干碳纤维是一回事，干起来又是一回事。

　　或者说，课堂上是一回事，实际上又是一回事。

　　但是，开弓没有回头箭。

　　对于张国良，尤其如此。一旦确定了的事，就一定要干到底。

　　为了共同的梦，他们选择风雨同舟；为了共同的梦想，他们选择勇往直前。

　　张国良属猴，连云港市花果山是孙悟空的原型地。

　　有人说，张国良是鹰游集团的孙悟空，也是"我们十个人"中的孙悟空，其他人是他的师弟，或者是他的天兵天将。

　　张国良对此不置可否。

　　有人说，花果山上哪有天兵天将，只有四万七千名猴兵，有人马上就反驳，说那些猴兵自从吃了孙悟空从王母娘娘那里偷来的蟠桃以后，全都有了神力，全都变成天兵天将了。

　　想想也在理。

　　张国良爱这些天兵天将，他和天兵天将们一起组成了一支永不疲倦的敢死队。

　　这也是一支快活的敢死队，张国良喜欢大家高高兴兴地干活，大家和张国良在一起干活也都是高高兴兴的。

　　张国良走在最前面，他走得飞快，后边的人快走着跟，小跑着跟，竞走着跟，颠跑着跟，走出人生百态。

　　很有精神头儿的一群人儿，一齐快步往前走。

　　一场大战，就要有声有色地开始了。

　　大战之初，还是调研，彻底地调研，张国良要把全国所有研究碳纤维的顶尖机构和院所全部走遍，彻底搞清楚最先进的碳纤维的生产流程，找出中国为什么不能实现碳纤维规模化的原因。

张国良抽调一批人成立了碳纤维攻关小组，在一无设备参考，二无相关资料，三又面临国外技术封锁，对相关行业几乎一无所知的情况下，带领大家一起走访国内多家与碳纤维相关的院校、研究机构。

有一个插曲很能说明张国良前期调研时的焦灼状态，本市赣榆县赣马镇冯顶村有一个个体工厂，是用碳纤维做电热丝的，张国良听说后带着王迅善就来到厂里了解碳纤维民用情况。已经是午饭时分了，镇长赶过来要招待午饭，张国良连忙摆手说，谢谢，谢谢，我马上到北京调研呢，你以后到鹰游我来请客。

车子往前开了一会，看见路边有卖零食的就买了一些。然后带着几个人就往北京去了。

搞碳纤维初期的张国良，确实有东一榔头西一棒子的感觉，哪里有碳纤维，他就到哪里去。

来之前，连云港企业家任桂芳向他们推荐了中国复材的副总工程师、国家863计划课题组秘书长栾桂卿。抵京后，由栾桂卿带着他们拜访了703所的专家赵家祥、国家自然科学基金会的李克俭、中科院的徐坚、国家科委高性能纤维攻关专家组副组长罗益峰等人。

他们在北京整整跑了一天，还因为超速被警察当场罚款200元。

我国863计划首席专家、专门研究碳纤维的北京化工大学的徐良华教授，对张国良说，碳纤维项目技术难度太大，投资风险太高，想搞的人太多，但都是和我见一面后，就再也不来了。

北京一家研究所所长听说他要搞这东西，直截了当地说，不要胡思乱想了，你实在有钱没地方用，就帮我盖大楼，以后我们对半分成，我保证你红利丰厚，不要去搞这没影子的碳纤维。

张国良带着张建国、李怀京和芦静，遍访国内知名专家，辗转北京、太原、吉林等地，不顾劳累，行车几万公里，却碰了不少壁，专家们都说碳纤维你们根本干不了。

有专家告诉张国良，安徽一家企业3亿元砸下去连原丝的影子都没有见到。

他们反过来问张国良，你们凭什么敢干？你们为什么要冒险？

是啊，张国良心里有时也会反复响起一个声音，我为什么要冒险？

但他很快否定了这个问题，因为这是国家需要的，企业要是做不出来，企业家是有责任的。

张国良继续在集团范围内调集精兵强将，进行碳纤维调研。

鹰游纺机研究所的朱延松回忆，2005年10月上旬的一个上午，董事长打电话叫我去他的办公室，一进办公室，董事长就招呼我坐下，开门见山地说，小朱，有没有兴趣和我做一件事？我准备组建一个团队，开发研制碳纤维相关设备，打破国外的技术封锁。接着详细地介绍了他先期所了解的碳纤维的优越性能、产业格局和生产制作难度。当时碳纤维对我来说，只是一个陌生的字眼，而正是这一次简短的谈话让我踏入了一个新的行业。

与他一起调来的还有搞纺机设计的于素梅、孙绿洲、刘新苗和席玉松。

张国良继续带着李怀京、张建国和芦静他们上东北、走山西、访北京、赴上海，去参访实验室和找专家。

他们用的是通过专家找专家的办法，每次拜访一位专家，然后专家会介绍他的同道朋友，张国良就再去找另一个专家。

反正全国知名的碳纤维复合材料专家也就那么多。

张国良来到了山东淄博齐鲁石化腈纶厂，接待他的是总工程师刘宣东，一位从事大腈纶生产的专家。

山东人热情、豪爽，刘宣东带着张国良一行人参观了腈纶原丝生产线和关键设备。都是对事业有追求的人，聊起来特别投机，彼此留下了深刻的印象，甚至可以说惺惺相惜了。

一个月后，刘宣东没想到张国良又带着人来了。这次张国良问得更详细了，有关设备的外形、尺寸、布局等等，刘宣东一一作答。

然后就是在一起吃饭，几杯兰陵老白干下肚，聊得更投机了。两个人年龄相仿，张国良是77级大学生，考的是湖北工学院（后为武汉理工大学），刘宣东是78级大学生，上的是青岛纺织工程学院（后来合并为青岛大学）。

刘宣东说我还认识山东大学的王成国教授，他的课题组实验室有一个碳纤维小生产线，他从20世纪80年代就开始搞了，我90年代初期就带人去过山东大学和威海、青岛做过调研，彼此很熟悉。

张国良说，那太好了，麻烦你带我们去看看。

一行人又匆匆赶到山东大学，拜访了王成国教授，参观了他的小生产线。

一行人还拜访过中科院山西煤化所研究员贺福教授和吉林化纤集团的王国信工程师。

在山西，他们还拜访过榆次市（今榆次区）化纤厂厂长刘则明，他已经研制成功了二甲基亚砜复合腈纶，质量较为稳定。刘则明 1953 年毕业于北京大学化学系，他的《聚丙烯基碳纤维原丝》项目获得过纺织部科学技术进步二等奖，1997 年离休，刘则民很欣赏张国良，但因为他最先被聘为山西恒天技术总顾问所以来不了鹰游。

贺福教授研究了一辈子碳纤维，是我国碳纤维领域的奠基者之一，为我国碳纤维事业的发展做出了杰出贡献。曾荣获全国科学大会奖及国家科学进步二等奖，是享受国务院特殊津贴的科学家。

张国良对贺福教授印象很深，感情也很深，称他为"我的老师"。

贺福 1964 年毕业于山西大学，同年分配到中国科学院山西煤炭化学研究所工作，直至 2003 年办理退休，并由原单位返聘至 2011 年。

初看起来贺福是一个很不起眼的老头儿，个子不高，说话慢声慢气，带着浓重的山西交城的口音，不仔细听的话，甚至都不能一下完全听懂他的话。

第一次见面张国良和贺福就整整谈了一天，贺福很详细耐心地讲解张国良提出的所有技术问题，他能把那些高深的技术理论用一些形象化的浅显的道理解释清楚，使听者一下子就能把握和理解。

贺福语重心长地说，我做了一辈子碳纤维，到现在我国碳纤维问题还没有解决好。现在老了，退休了，所里还让我留在单位，整理资料，做一些试验。现在，你们这些人又加入了这个队伍。要干就要下决心好好干啊，千万别半途遇难而退啊！

说这话时，他的眼眶里闪着一丝泪光。

为什么泪水时常涌上双眼，只因为爱得深沉。

他眼里流出的，仅仅是咸咸的、涩涩的泪水吗？

临别时，贺福教授把自己的专著《碳纤维及其复合材料》《碳纤维及其应用技术》送给了张国良。

张国良继续请来山东大学的王成国教授、北京 703 研究所的张工程师、无锡宜兴天鸟高新公司的老总缪云良等专家来鹰游集团授课。

几个人都是化纤和碳纤维领域的大腕。

张国良请人，请的都是实干家。

王成国教授从 2000 年 7 月开始主持山东省碳纤维工程技术研究中心工作至今，他先后主持完成多项国家"863""973"项目等重大攻关课题，参与起草修订了我国"十五"碳纤维攻关战略目标和实施方案。他的团队成功研制了具有自主知识产权的碳纤维原丝生产线和用于制备碳纤维的预氧化碳化线，为实现我国碳纤维工程化和产业化奠定了基础。

缪云良是碳纤维方面的专家和企业家，也是张国良的好朋友。

北京 703 研究所的张工程师则是碳纤维制造和产业化方面的专家。

张国良很尊重专家，几十年来一贯如此，每个专家对此深有体会，但他对专家的态度是：相信专家但不能迷信专家，遇到疑惑处，总是要多问几个为什么？

张国良喜欢江西老乡、水稻杂交之父袁隆平，一个人硬是在稻田里滚了那么多年，脚踏实地搞科研，培育出杂交水稻，当你看到袁隆平刻苦工作的情景，看到他在田间地头进行科学研究，看到他饱经日晒风吹的脸，就会对这样的专家肃然起敬，这样的专家才是实干的专家，这样研究出来的成果才是真正的第一生产力。

一般来说，专家的话是对的，但也有偏颇或不对的地方。每个专家都有个性，有的专家门户看得很紧，也有的自命不凡，何况对于碳纤维来说，本来就有硝酸法、亚砜法、干法和湿法以及其他生产方法，出现门户之见也在所难免。另外实验室试验线和大规模生产，存在很大差距。对于书本知识，有一句话说"尽信书，则不如无书"，就是这个道理。

但张国良为什么把他们都紧紧团结在自己周围呢，因为他们都是奔着碳纤维来的，碳纤维是他们的梦想。

几十趟南下北上，几乎找遍了国内研究过、试验过碳纤维的人，参观了所有开展碳纤维研究的国家重点实验室，充分了解碳纤维的性能、特点、研发现状、国际国内产业化进程以及项目的可行性。

张国良发现，经过国内多家科研机构三四十年的研究，碳纤维各单元技术在实验室都已成熟，几个国家重点实验室也试制出了碳纤维，但产业化一直不能实现的原因有两方面，一是分散的碳纤维各单元技术不能有效对接，各吹各的号，各唱各的调。比如，聚丙烯腈的技术在高分子研究机构，原丝制造技术在纺织技术研究机构，而碳化技术则在材料研究机构。二是有些实验室工艺不能直接地简单放大，必须再创新。以碳化工艺为例，实验室就是将一小段碳纤维原丝直接放入封闭的碳化炉进行碳化，只要出来的碳纤维合格就可以发表论文了。而在生产中，且不说实验室方法效率很低，重要的是实际应用中的碳纤维不能是一小段一小段的，它要求生产过程必须连续，一边进一边出，照搬实验室方法就行不通了。

比如吉林市，碳纤维的研发在全国开展得最早，有多家研制碳纤维的企业如中油吉化、中钢江城碳纤维、吉林碳谷、吉研高科，但同在一个地域范围内的几家公司在研发和生产中互不通气，各干各的，没有相互间的协作。

张国良认为，没有装备支撑，没有工艺基础，实验室成果的产业化就无法实现。而通过装备研发，将各单元技术集成起来，碳纤维产业化就一定能实现。而装备研发是我们的强项，鹰游纺机是国家重点高新企业。

他形象地比喻，实验室的理论成果、大腈纶工程控制技术、化纤设备的制造经验是碳纤维产业化的"三把剑"，只要这"三把剑"凝聚在一起，形成合力就一定能成功。后"两把剑"鹰游人已舞了10多年，比较熟悉。

张国良是一个喜欢打比喻的人，在与多位专家的交谈中，他慢慢地发觉，搞碳纤维就好比烧木炭。烧木炭首先要造好木料，太老太硬的木料和生长速度太快太松软的木头，结疤树杈又多的木头都烧不成好的木炭。只有不硬不软没有结疤的好木头才能烧成好的木炭。他认识到，做碳纤维时，原丝就好比木料，碳化就是烧木炭，把原丝做到高纯度、无瑕疵、理想化的腈纶丝，再通过碳化，碳丝就烧出来了。做碳纤维虽然技术难度高、风险大，但以现有的技术实力也并不见得不可完成。

国内纺织企业大都以引进国外成套先进设备为荣耀，但忽略了引进成套设备的一大弊病是限制了企业的再创造。

张国良却不迷信国外成套设备，他认为，在生产过程中，设备的适应性以及设备在运行过程中的灵活性受到了很大影响，进而制约了新产品开发的广度和速度，这一点也正是国内部分企业长期研发碳纤维但一直无果的症结所在。

张国良相信手下的企业，鹰游纺机是国家级重点高新技术企业，拥有强大的纺织机械设计的技术实力和先进的制造水平。

他觉得，目前研发碳纤维，已经有了一个非常好的发展平台。你要升起风帆，就有强劲的东风；你要插翅高飞，就有托举你的祥云。尽管还有风风雨雨，还有沟沟坎坎，但什么也阻挡不了前进的步伐。

他要整合全国各方面的科技优势，走集成创新之路，实现碳纤维产业化。

中华民族的伟大复兴，需要雄心，需要壮志，需要一面面迎风招展的旗帜，令整个世界为之惊叹。

此时，来自鹰游的雄风，已经鼓满了张国良的胸襟，为了国防的强大，为了民族的昌盛，他要发起一次人生的冲击，这也是历史的召唤！

想到这里，张国良仿佛变成一只雄鹰，正扇动着巨大的翅膀，直冲云霄……

张国良又想去海边一趟了。每每做完一件事情，他都爱到海边去看一看那滔滔白浪，去听一听那振聋发聩的涛声，去追随那些海鸥飞翔的剪影，他迫不及待地想闻闻海风中带有咸腥味的那种好闻的气息。

多么缥缈的远古的大海啊！远远地飘来了一个声音，混沌迷离，若隐若现，像在呻吟，像在诉说，张国良静心屏气地倾听。渐渐地，他听见了，那个声音仿佛从大海深处传来，带着大海的深沉和奥秘。日月之行若出其里，星汉灿烂若出其中。月光下，大海向天空、向大地映射着粼粼的波光，那是海的女儿在轻抒心曲。

鹰游集团关于研发碳纤维的正式报告，早就递到市政府分管领导那里去了。

施炎仔细看了报告，事先他也和市长汇报过。他再三思忖，搞碳纤维技术难度很大，风险太高，这风险不能让张国良一个人担。因此，他建议由鹰游集团投资70%，奥神投资30%。

分管副市长说话，是代表政府的，也就是下命令了。

张国良的加入，立马使鹰游和奥神合作的事情提上日程来。

双方曾有过密切的合作，再合作就不难了，很快就准备成立神鹰新材料有限责任公司。奥神，鹰游，两个名字加在一起就成了神鹰，名字就是这样得来的，倒也是很好听的一个名字。神五、神六，鹰击长空，遨游太空，挺气派，也不乏想象。

这时候，公司还不叫碳纤维公司，而叫新材料公司，对外还有点保密。鹰游占了70%的股份，奥神占30%的股份，张国良是董事长，芦静是副董事长，总投资1000万元。

神鹰新材料公司缺一个总经理，得有一个干将来领军，这个干将人选早就在张国良的脑海里转了好几个月，他选择了时任集团副总经理的李怀京。

李怀京干过鹰游纺机的总经理，又一直参与了碳纤维的调研，张国良把他再次推向了前台，推向了第一线。

李怀京知道这项任命时，连续好几天没睡着觉，这是一个新的公司，他的担子很重。

张国良说你别怕，有我呢。他又把老将陈浩然，从鹰游纺机拉到神鹰新材料干起了常务副总经理。有关陈浩然的故事将在另一个章节出现。

张国良有很多支撑他的力量，连云港市领导是支持他的，银行方面是支持他的。有一句话说，看一家企业有没有实力，你可以去看一看与之合作的银行，看看行长们对他们是否支持。

银行行长说，碳纤维生产出来，我们也自豪。因为有我们的一份力量、一份支持、一份心情在里边。

当然，银行也不是傻子，银行贷款首先考虑的是风险，其次是收益。如果一家企业自身效益较好，有发展前途，信用好，并且又有存款，这样的企业对银行来说就可以称得上优质客户。

张国良与中行、建行、农行都有很好的合作，这时候的鹰游集团，早已不是银行找上门打官司的时候了。

商业关系是社会关系的一部分。

而社会关系，说到底，则是人与人之间关系的总和。

张国良对我说，上马碳纤维离不开股东的合作，团队的合作，人才的合作，以及资金的合作。

张国良同时要考虑两件事，一是请专家加盟，二是开工建设，这两者几乎是同时进行的。

施工机械要进场，员工要到位。

就在这个当口，张国良从电视上看到这样一条新闻：中共中央总书记胡锦涛视察东北某企业，提出要加快碳纤维的产业化。

他立即张罗找地皮——他这人干事就像拼命三郎，看准了，立即就得把它拿下来，能抢先1分钟也是好的。

但一时间还真没有地皮，他只好找朋友商借了15亩地，将工厂先建起来投产再说。

有人很不理解，你这么急干什么？这个项目无论从哪一方面来说都是受各部门支持的，你只要走一下程序，几个月时间就行了，何苦急着赶这么点时间呢？

张国良说我必须抓紧时间，这东西早出来一天，国家就可以早一天摆脱受制于人的局面；另一方面从企业讲，也能早见效益。

之后，张国良分别给刘宣东、王国信他们打电话，电话里透着真诚和激情。他说我们几个人都是有碳纤维梦想的人，为了共同的梦想应该走到一起来，大家共同为国家干一件大事。

刘宣东他们呢，从几次和张国良的交谈、研讨中，知道这是一个能干大事的人。而且通过实地考察或者是火力侦察，鹰游集团的创新研发能力、创业环境、企业文化都可得到满分。

他们心有所动，他们心向往之！

刘宣东对我回忆说，张国良是2005年10月份邀请我来的，他说你对腈纶比较了解，请你过来加盟神鹰的团队。我说事出突然，让我考虑考虑。

刘宣东又对我说，我加盟神鹰，不是为了钱，而是因为我们对碳纤维的共同兴趣。

11月23日晚，张国良派办公室主任来接刘宣东。

刘宣东说，来得这么急啊？

办公室主任说，急啊，等你等不及了！

刘宣东对我说，当时思想很混乱，甚至有点沉重，毕竟在淄博摸爬滚打了23年，有点故土难离。还有人事关系也难办，企业总经理是我的校友，他可以放我走，但董事长反对我走。我之前找过他们，甚至到了董事长家里去解释，从没说老企业不好，可董事长说，你一走，职工怎么看？都像你，企业怎么搞？

刘宣东又说，我爱人也在这个厂，两个人办手续时厂方添了不少麻烦。

但张国良的雄心，神鹰的机制和前景，无疑更诱人！相比之下，淄博老厂决策层面对市场举棋不定、瞻前顾后、犹犹豫豫，失掉了魄力也失掉了不少商机。

走！

刘宣东决意加盟神鹰，辞去了公职携家带口，带着大腈纶生产的丰富经验和自己20年来收集的碳纤维资料。

别了淄博！车子载着他上了高速路口，办公室主任看出刘宣东闷闷不乐的样子，专门放了轻松欢快的音乐给他听，可他哪里听得进去。他说别再放音乐了，越放音乐我越难受。

刘宣东后来又带来了邢善甲和刘恒祥。

王国信从吉林赶来了，在花甲之年带着30多年碳纤维工艺研究的经验来了。

他还从大国企吉化集团公司带来了崔丽敏，崔丽敏的专业是分析化学专业，而分析检测工作是碳纤维生产过程的"眼睛"，没有"眼睛"就是盲人摸象，没法开车生产。

5名专家成立了碳纤维项目专家组。

张国良对我说，我去聘请这些专家的时候，这些专家二话没说，不讲待遇，不讲条件，什么都没有探讨，全家就迁过来了，全都说这个话：我给国家出力的机会也不是很多的，碳纤维我都关注了很多年，想动手总是没机会，张总你下这个决心，有这个机会动手，我们就来了，没什么条件好讲的。

张国良感叹，我是带了一支碳纤维产业化的国家队。从这个意义上说，如果没有国内科研机构多年科技开发和腈纶生产技术的国产化所带来的技术、经验、人才的积累，就没有神鹰碳纤维的今天。

张国良说，在核心技术领域，一个伟大而自尊的民族绝不能幻想别人的恩赐，自主创新之路，注定是一条艰辛之路，但更是一条希望之路。

春节快到了，在张国良带领一群人风风火火搞碳纤维的时候，集团的各个公司齐头并进，形势喜人。

盘点近年，由于美欧对我国纺织品服装纷纷设限，致使贸易摩擦日渐突出，纺织行业就像坐上了"过山车"。但张国良引领鹰游集团克服了原材料涨价、纺织品受限、市场竞争加剧等种种不利因素的影响，各分公司保持了令人振奋的良好势头：

鹰游纺机通过产品不断地创新，市场美誉度不断提高，创造了一个月份销售额过千万元的历史纪录。

立成毛绒成功完成了"以涤代腈"的转型工作，品牌形象进一步巩固，最难得的是全年发生的贷款实现了 100% 的回笼。

飞雁毛毯表现出了出色的市场驾驭能力，成功开发了腈纶——波士纶混纺产品，节本增效，全年一等品入库率比往年提高了许多。

人造毛皮厂成功开发了系列高附加值的高新产品，客户群不断增加。

迎雁毛纺随着立成毛绒产品成功转型，成功进入了针织绒市场，增加了产品的利润率。

金典服饰实现了外销收入占销售总额的 76% 的好成绩，成为各个展会上的亮点，出现了通宵达旦、加班加点赶订单的激动人心的场面。

鹰游纺织的"金镶玉"产品逐渐向超市、家纺店及周边地区发展。

…………

春节过后不久，2006 年 2 月 24 日，神鹰新材料公司正式宣布建设碳纤维生产线。

这一天，是神鹰碳纤维产业化的起点。

碳纤维领域涉及高分子、无机和有机化学、材料科学等多学科高度交叉，化学工程、纤维成型、自控、机械等多工程技术高度集成，由于没有国外的样品和技术作为借鉴对象，只有充分的基础科学和应用技术支撑、先进的工业技术保障、严格的工艺和质量管理保证，才有可能取得高性能碳纤维的突破性进展。

在专家面前，张国良虚怀若谷，而虚怀若谷的结果，是这些专家很快给他出了一道难题：他们要求他把投资规模再扩大 1 倍。

张国良惊出了一身冷汗，在请专家的同时，他已经开始建厂房，是按照直接生产碳纤维的设计进行的，这样，投资可以省一半。但这些专家提出，必须从头干起，从生产碳纤维的原丝开始生产。

他们说，我国碳纤维生产上不去，一个重要原因就是原丝质量不过关，像日本东丽公司的模量已快达到 1000 了，而我们有的连 100 都不到，因此，要想搞好，必须从头解决问题；全球碳纤维行业的领头羊日本东丽公司，当年因为原丝质量受制于人，产品质量始终不过关，只好在 5 年以后再回头来自己生产原丝，我们不能再走这条老路。

当然，这意味着设备投资等成倍增加。

张国良咬咬牙，决定从头干起。

建这样的一条生产线，需要投入多大呢？有数据显示，日本东丽公司准备在欧洲再上一条生产线，约需总投资 80 亿日元，合 6667 万美元左右，这样的投资在刚刚步入发展轨道的鹰游集团是无法想象的。

那在国内上一条生产线投入多少呢？据权威统计，按照最节约的方法，也需要两亿元。

然而，两亿元张国良是拿不出的，在拼命挖掘内部潜力后，他搜罗出 8 千万元，建设银行贷给他四千万，这样他一共有了 1 亿两千万的资金。

离两亿元还差八千万，怎么办？

张国良心中有数，神鹰人自己进行设备设计和安装，这样就能节省很多钱。

员工们也为公司分忧，自愿拿出家里所有的钱，虽然不能从根本上解决资金缺口，但却透露了一个重要信息，即人心所向。这是任何金钱买不到的。一个企业，有这么好的员工，还有什么困难战胜不了的呢？！

张国良为此感慨不已。

行文至此，得来上一段小插曲。

作为全国人大代表的张国良，在每年的全国两会中，认识了同是全国人大代表的王永顺。

王永顺当时是江苏省科技厅厅长，他军人出身，中等身材，有充满热情的眼神和一副匀称强健的体格。王永顺以工作严谨而著称，在全省科技界享有盛誉。他对连云港并不陌生，对连云港太阳能和水晶产业的发展做过考察和推动工作。

每次谈到王永顺，张国良总是喜滋滋地说，我和王厅长既是一起开会的全国人大代表，又是乒乓球友，他还是能说知心话的老领导、老朋友。

可就是这个老朋友，当张国良在2006年全国两会期间向他说起进军碳纤维的构想的时候，原以为他肯定会支持，但出人意料的却遭到了他的坚决反对。

王永顺说，做碳纤维，难度太大，许多单位研究了二三十年，投入巨大，至今没有明显进展，凭你的力量，干不好的。

虽然王永顺反对的态度让张国良感到意外，但他对碳纤维技术过程和难度的深刻了解，倒让张国良着实吃了一惊，说明他对这个项目也是做了深入研究的。

王永顺原来是从高校出来的，学过材料专业，后来在科技管理部门工作20多年，对科技管理、科学技术发展等问题研究比较深入。

在和张国良出席两会期间，他还专门做客聊天室，谈起自主创新的问题。他说自主创新不是故步自封，自我封闭是不可能有活跃的创新思想和创新实践的。创新非常重要的条件就是要开放，要充分利用国内甚至国际范围的科技成果，站在人家的肩膀上搞自主创新，这样更符合自主创新主导者的实际利益。

但他之所以劝张国良撒手，还是觉得碳纤维搞起来太难，弄不好人财两空，是对老朋友的关心。

王永顺的反对并没有让张国良冷静下来，张国良还是干起来了。他心里还是有底气的，别人干失败了，并不说明自己就一定失败。

后来，张国良又几次当面向王永顺汇报，仍然没能说服他。

张国良说，4月21日你在全省科技局长工作会议上还说要掌握一批核心技术、形成若干优势产业，带动一批关联产业的发展，碳纤维就是这样的好项目啊。

王永顺说，省科技厅已为另一个国家级科研单位立项，不可能再为你立项了。

这下张国良犯难了，这么大的科研项目，一定要科技部门立项，否则对项目进展是不利的。没想到自己竟过不了王厅长这一关，但这关不过不行，还得要想办法说服他。

张国良要是正式向他打个报告，阐述那些已向他汇报过的理由，肯定不行。说不定他看都不看，把报告就扔到一边。

怎么办？怎么把王厅长的想法"扭过来"？

要把王厅长扭过来，就得出奇招！

想来想去，张国良突发奇想，把这份报告写成一份散文诗吧。

报告是正规格式的，内容却是张国良写的洋洋洒洒两千多字的散文诗，题目就是《碳纤维的梦想》，副题是《致江苏省科技厅王厅长》，张国良通过特快专递寄给了王厅长。

没想到这份不上套路的报告，让平日很严肃的王厅长笑得直不起腰来。王永顺拿着张国良的报告，一个一个办公室走过去，说你看看，你看看，张国良给我写了这样一份报告。

那天，科技厅很多领导都看了这份报告，大家都笑了。他们说张国良这个人不按套路出牌，出奇招。可这一招又最能打动人心。

这可能是中国最独一无二的一份报告。

这份让王永顺笑了一天的报告，让他看出了张国良的雄心和魄力，看出了张国良的报国之心，看出了张国良的别出心裁和创新精神，看出了张国良不达目的不罢休的豪情壮志。

他分外重视。

从此他十分关注张国良的碳纤维项目，不仅几次亲临现场考察，还向张国良介绍了许多国内外碳纤维进展的情况，提醒他注意一些关键性的节点问题。不仅为张国良立了项，给了他很多支持，还为他介绍了有研究成果的专家、教授。

张国良对我说，别人说这是散文诗，我称作是打油诗。

但你又怎能说这不是诗呢？

诗以言志，歌以咏怀，抒情言志是诗歌的本意。

诗歌本来就应该如同万紫千红的鲜花一样，去妆扮这个世界。张国良这首诗写的报告既不是朦胧派也不是简约派，却是充满了阳刚和激情，道出了张国良的赤子之心。

不把这首散文诗收在这里，对读者和本书来说都是一个缺憾，我还是把《碳纤维的梦想——致江苏省科技厅王厅长》收进来了，诗写于 2006 年 5 月 16 日。

我在实现一个梦想，

我被梦中的激情所燃烧，

做出中国人自己的碳纤维。

为此，一段时间以来，

我吃不好，睡不好。

我知道中国的军民产业对碳纤维的渴盼，

打破西方国家禁运和技术封锁是如此重要！

几十趟的南下北上，

我拜访了我国研究碳纤维几乎所有的专家，

也参观了研究碳纤维的几个国家级重点实验室。

没有一个专家不对我泼凉水，

他们都认为这东西难度太大，

国家几十年来花了这么大力气，都没能工程化、产业化，

凭你一个还没有入门的民营企业能行吗？

我做了，我真的做了！

我以极大的热情，坚强的信心去做了。

王厅长，我没有蛮干，

恰恰是这些认为我干不了的专家，

他们的谈话给了我反向的思维，深刻的启示。

我有了自己的思路，

好像是找到了一条中国碳纤维的真正的出路。

正是因为我国一批优秀的专家，

几十年辛苦努力，

在试验室里做出了真正的碳纤维。

碳纤维已有了理论的支撑，

这一点非常重要。

碳纤维的原丝，

就是一种理想的腈纶，

它决定了碳纤维的最终品质。

而我国大腈纶的生产工艺早已十分成熟。

我从事制造大腈纶的生产线已有十多年，

对此非常熟悉、了解。

这是三把剑：

一是实验室理论成果；

二是大腈纶工程控制技术；

三是化纤设备生产的手段和经验。

这三把剑缺一不可，

它的合力就能成功。

有一点认识很重要，

不能仅指望哪一个实验室来做碳纤维工程化，

实验室成果与工程化有很长的一段距离。

我用这3把剑支撑了一个平台，

这个平台要聚集多方面的成果和力量。

攻关组里有我国成功做出碳纤维中试线的总工程师；

也有从事多年大腈纶生产的一批工程技术人员，

加上本公司纺机研究所的设备研制力量。

这一批专家组成的碳纤维工程化攻关队伍力量是强大的，

是攻克碳纤维的国家队。

我真的干了，

有决心、有信心、有能力、有条件地去干了。

我不是蛮干，是很科学地、有根据地去干的。

我倾注了极大的热情，也拿出了这些年所有的积累，

包括人力、财力、物力以及个人的经验和经历。

现在基建、生产线制造已基本完成，

马上要全面进入安装调试阶段。

争取 7 月份打通生产线。

生产能力为年产千吨原丝，四百吨碳丝。

我肯定能做成，时间的早晚，进度的快慢而已，

但不会太迟。

我不会退缩，我没有退路。

做出中国人的碳纤维，

做成中国碳纤维的生产基地。

王厅长，相信我，支持我，

这个理想我一定要实现，

也一定能实现！

　　这份诗写的报告，没有科学论证、没有枯燥无味的数字，有的是 64 行情真意切的告白。拳拳之心意味深长，无不透露出一位企业家呕心沥血、百折不挠的顽强拼搏精神。

　　张国良对王永顺说，没有你的鼎力相助，很难说有碳纤维项目的成功。

　　王永顺相信张国良的能力和勇气，张国良钦佩他的见识和胸怀，这也是莫逆之交的一种境界吧！

　　　　《国家责任》2015 年人民出版社出版，首发于《中国报告文学》杂志

抗日山——一个民族的魂魄（节选）

第一章　一座山的诞生

王成章

1998 年秋，北京。国务院前副总理谷牧住处。

"连云港人民很想念您啊，谷老，"这是我的第一句问候，"我也很想念连云港。我前年去过，变化挺大的。"谷牧笑着说。

听说我的老家是赣榆，谷牧说："赣榆是我的老根据地呀。"我们的手紧紧握在一起。

谷牧接着追忆："你们赣榆有一座抗日山，山上埋葬着我军很多的领导同志，像符竹庭啦，彭雄啦，田守尧啦，他们当时都很年轻，符竹庭我见过几次，军政兼优啊，太可惜了。山上还有国际友人希伯，我和他很熟悉的。"

"抗日山，原来不叫抗日山，就是从符竹庭开始，好多同志都在那里阵亡，以后那个地方就叫抗日山了。我有抗日山的照片，照片后面是罗荣桓，朱瑞站在那里。"

——1998 年 10 月 27 日北京采访手记

山东军民的灯塔

黄海之滨，苏北鲁南，沂蒙山余脉，有一座抗日山。

阳光像是一层不锈的金属丝线，笼罩在抗日山上。

在群峰簇拥下，抗日山年轻而有活力。

周围的夹谷山、子贡山、小塔山、朱雀山、马山、金牛山、葫芦山环抱着它，毛泽东主席批示修建的红领巾水库在山下碧波荡漾，一切是那么美妙。

抗日山是八路军滨海军区、滨海人民的精神高地。

镌刻着八路军总司令朱德五言诗《抗战五周年挽八路军阵亡将士》的纪念碑，在阳光下熠熠生辉。

远眺抗日山，法国诗人瓦雷里的诗《海滨墓园》涌入我的脑际：

> 这片平静的房顶上有白鸽荡漾
>
> 它透过松林和坟丛
>
> 悸动而闪亮
>
> 公正的"中午"在那里用火焰织成
>
> 大海，大海啊
>
> 永远在重新开始
>
> 多好的酬劳啊，经过了一番深思
>
> 终得以放眼远眺神明的宁静
>
> …………
>
> 我攀登，我适应这个纯粹的顶点
>
> 环顾大海，不出我视野的边际
>
> 作为我对神祇的最高的献供
>
> 茫茫里宁穆的闪光，直向高空……

抗战时期的抗日山俯瞰着脚下的滨海军区。

滨海军区南起横贯大半个中国的陇海铁路，北至山东半岛的大动脉济胶铁路，东临白浪滔天的黄海，西界静静的沂河。地形长方，由东北斜向西南，东西约 400 华里，南北约 600 华里，贯通着沂河、沭河，交错着台潍、海青、日莒数条公路干线；有巍峨壮丽的山区和一望无际的平原，也有天然良港连云港、石臼所、柘汪、岚山头，是华北和华中的结合部。泰石公路把全区分成南北两半，南部简称路南或滨南，北部简称路北或滨北，生活着 500 万人民。

千万魔爪撕碎山河，人们在血泊里倒下，又从血泊里顽强地站了起来。

笔者出生在这块高地的腹部赣榆县，从小听着抗日山的故事。

长大了，觉得这些故事断断续续，有些地方模糊难解，就有了从更深层次上了解它的欲望。

为了留住历史，不留遗憾，笔者曾于 2001 年来到这里采访，试图留下人们对它的记忆。

这个大山上没有失败者。

这是一座不死的山，无论斗转星移，岁月沧桑，它的风骨和品质从未改变。

2001 年 8 月 24 日，笔者供职的连云港日报周末特刊版上，刊登了笔者采写的通讯《一座山的诞生》。为了保持原貌，笔者不作删改，兹录于下：

　　山，以抗日命名，用热血铸就。抗日山烈士陵园，是在抗战最艰苦的年代里兴建的，这本身就是一曲高亢的革命英雄主义赞歌。那高塔，那丰碑，令人联想到那炮火硝烟的岁月。战士们一手拿枪，一手拿镐，创造了敌后抗战史上一大奇迹。在抗战胜利 56 周年来临之际，我们来到这座英雄的山，走访调查了一些老同志，我们想了解的是这座英雄山的诞生过程，以及与此相关的革命故事。这对我们后辈同样重要。

　　脚步轻轻，我们不想惊扰每一位安眠的英魂。

　　3576 个英雄的魂魄啊，你们且请安睡，且请安睡。

　　这里的每一个名字，都滚着硝烟，裹着烈火，都是歌，是诗。

　　60 年前，这座海拔 173 米，位于赣榆西部夹谷山南、沂蒙山区南部余脉的原名马鞍山的山，自八路军在山上建立抗日烈士纪念塔后，就注定了千古留名。

从1941年到1944年间，八路军115师教导2旅，山东军区和滨海地区广大军民，远见卓识，节衣缩食，4次兴工为死难烈士树碑建碣。中华人民共和国成立后，中共赣榆县委和赣榆人民，又多次整修扩建。如今她是江苏省文物保护单位，全国重点烈士纪念建筑物保护单位，苏北鲁南党员教育基地。

笔者多次来到这里，一半是为了缅怀，一半是为了寻找。

建烈士塔的日子里

笔者来到赣榆县党史工委，戚桂森主任告诉我们，赣榆县党史工委、县志办的同志一直关注着抗日山史料的收集整理工作。1983年，适值符竹庭、彭雄、田守尧同志牺牲40周年，赣榆县委隆重举行符竹庭同志牺牲40周年纪念活动，邀请了烈士当年20多位部属来抗日山缅怀述旧。《抗日山志》《血洒赣榆留英名》两部志书，于当年出版。他们特地约请当年建造抗日山烈士陵园的负责人柴川若寄来回忆录：《马鞍山被改变着——记建立马鞍山纪念塔的经过》。

柴老在回忆录中作了如下追述："1941年春，青口战斗的胜利，特别是18勇士的英勇事迹对人们的鼓舞，使各方面对建立抗日烈士纪念塔的意见臻于成熟。历月余，工程完毕后，计塔身方圆8尺，高约8尺，全部面积仅占64平方尺，烈士姓名也难容下。8月，旅政治部下了大决心，重新建了一座，用时约3个月，于1941年7月7日抗战5周年纪念日之际完工。为了节省运输人力和减少敌人的破坏，纪念塔决定竖立在山顶，为节省人力物力，塔基便放在一块天然的大石上。1941年冬天，'海陵反蚕食'战役，4团9连一个班全部壮烈牺牲，坚守住了阵地，人们把他们的遗体葬在纪念塔前。1943年春，小沙东海战烈士灵柩运到马鞍山上埋葬，从此这个孤僻的小山，便成了一个朴素的烈士公墓。军区成立，政治部利用第一次工程所余石料，建树了一座榴弹形的小纪念碑，于抗战6周年竣工，赣榆战役符政委不幸牺牲，整个滨海人民一致要求为他建墓，同时山东军区为国际友人希伯同志建纪念碑，一并于1944年'七七'完工。这4次兴工都是用的现时现地实用材料。部队政治机关对建塔工作给以极大的注意，尤其是符政委的关心和毅力，给了每个工作者以无限的力量。"

"修山工作中，海赣独立营指战员，每人平均约移动5吨的重量，尤其是四中队，速度超过普通速度一倍。他们为了节省衣服鞋子，在施工中一直不穿上衣和鞋子，当地群众见了无不啧啧称叹。整个独立营搬运石头没用工具，创造了一种'传递法'，大家称他们为'驮山虎'。旅直属队集中全力曾于一夜平掉一个小山头。工兵连为'小沙东海战'烈士建冢，1250吨泥土工程，50个人在10天中全部完成，平均每人移动重量达25吨。"

"有人以为建筑纪念塔，会耗资百万，但事实恰恰相反，既没有耗资百万，也没有占用民力，八路军与人民群众紧密结合，一手拿枪，一手拿镐，共同创造了人间奇迹。"

在赣榆，我们找到了盛志良，他曾经到南京采访过当年承建烈士陵园另一负责人刘宗璞，盛志良今年60岁。

1982年12月30日上午，盛志良在南京市广州路东头电业局宿舍院见到了饱经沧桑的刘宗璞老人。透过历史的烟云，刘宗璞陷入深深的回忆："修建抗日山烈士陵园是符竹庭同志的主张，经费来源为军区指战员每人每天节约一两粮食。1941年成立了山东省滨海军区抗日烈士纪念塔建塔工程处，负责人是宣传股长柴川若、胡邦凯，我是1943年8月去的，做柴的副手，柴川若调走后就由我负责，直到1945年鬼子投降。当时技术负责人是大杨、小杨兄弟，小杨是党员，大杨技术上很有才干，工程设计、施工、美术、铸造都很在行，符竹庭铜像就是他负责铸的。"

"工程处设在刘沿庄村东，施工紧张时住工地，常驻部队约一个排。共有100多名劳动力，生活标准是每天3钱油3钱盐（16两制），菜金为3分或5分，高粱未能吃饱。施工时间大约为三四月份筹备，五六月突击施工，七月后正常施工。"

第二天上午，盛志良又找到刘宗璞写于70年代的日记，老人专门有一章节回忆："建烈士塔的日子里"，老人在日记里写道："……牺牲的战士在战场上只要运得下来的大多数都埋在山上，在山未建前牺牲的同志主要是在碑上刻上烈士的名字供人们瞻仰纪念，建塔后送上掩埋的烈士是一人墓前一个碑，碑1米高，上刻名字。有几次战斗激烈，做碑来不及，就两三个合葬在一起，碑上按左右刻上烈士名字。"

"一般石碑1米高，大的陵墓纪念塔因石料大，要到山下三四里的一个小山上找料，将石料初步做成后送到山上磨细刻字。当时运输可难啦，一块石料往往用两部牛车并起来套上五六头牛拉，上山时还要加上许多人一起往上推，吊装也挺困难，没有起重机，我们用人工堆土办法，一层层地往上砌，整个砌成后再将堆土抬走，两层楼高的纪念塔就巍然挺立了，我们的革命干劲可大哩！"

书法家武中奇与抗日山

革命老人王继佐被称作革命的"活词典"，老人今年73岁，精神矍铄，记忆力特好。老人参加过淮海战役、济南战役等大小百余次战斗。在城头镇大河东村，我们见到了他。

"开始建抗日山那阵子，我才10岁，还是儿童团呢。你们说的柴川若，我认识，他几乎天天在山上。山顶战士的塑像原来是水泥做的，条件艰苦呀，物资匮乏，连水泥也是爱国士绅捐献的，直到中华人民共和国成立后才用7吨生铁重铸的。陵园当初没有坡段，从山顶往下建的，都是土坡。"

"抗日烈士纪念碑立碑之时要写碑文，有关同志从方圆几十里地找来几个擅长书法的私塾先生，写了几遍后，山东军区政治部主任肖华都看不中。最后黎玉副政委说，我给你们推荐一个书法家吧，这就把武中奇推出来了。武中奇当时正在中共山东分局党校学习，党校设在哪里呢？就在班庄乡新集村。武中奇进党校之前是山纵2旅4团团长，黎副政委和他很熟，还多次住在他家呢。武中奇来了，这么一个年轻小伙子，他能行吗？没有大号毛笔，武中奇让战士找来几十根苘（苘麻，是重要的纤维植物之一，麻质略粗，供制绳索用），他把苘扎捆起来，把苘一端的内芯去掉，去掉苘皮的皮质，这笔锋的形状就出来了。好一个武中奇，只见他屏气运毫，笔走龙蛇，转眼七个斗大的方字出来了，笔意含万钧气势，头角峥嵘，一次书写成功。经能工巧匠精心镌刻，至今铁骨铮铮，完美无损。私塾先生们又惊又羡，连声称赞说，怪不得人说八路军中能人多，今日真是大开眼界。武中奇一口气又写下了七八幅字。”

"1981年武中奇来到抗日山，一到这里，他大喜过望，想不到自己当年的书法真迹保存得那么好。他说他曾在山东沂南县为烈士们撰写过碑文，可惜毁于战火，他细心地把自己当年的作品一一拓下。1982年武老在南京举办书展邀请我和另两位同志去参观过，1983年他又在北京办书展，军事博物馆的同志征收了他在抗日山的书法拓片。”

"1982年在南京，武老要我留心一件事，他说他当年在滨海地区刻下了500枚印章，不知现在还能不能找到。但从那以后我连武老的一枚印章也没找到，南北转战，生离死别，战火纷飞，到哪里重觅这些印章呢？”

山上，那17个春秋

"当年鏖战急，弹洞前村壁"，如今在抗日山下的刘沿庄，还能找到这样的弹孔。83岁的杨绪生老人，正和刘宗瑾、刘光炬、刘元举几个老兄弟唠嗑呢。

杨绪生说："打从一建烈士塔，我就参加了，我是石匠，那年23岁。从石塘里采来大石再加工，做成条石、碑石、石柱。这之后历次修抗日山我都没落过。告诉你吧，我从40岁才离开抗日山的，粗算起来，我在山上干了17个年头了。”

"每天我们从家里带着干粮上山了。干粮主要是地瓜干煎饼，山路很近，七八点钟我们就和战士们一起采石头了。早出晚归。八路军待我们真好，每天给我们10斤粮食，或者是小麦或者是玉米，他们每天口粮还不足一斤。他们知道我们要养家呵，战士和我们像一家人一样。柴川若没事就找我们谈心，嘘寒问暖的。记得有一次他来我家把祖上留下的康熙字典借去一阵子，不久又还给我了。"

"八路军和我们一起干活。敌人来袭，他们先掩护我们撤退；敌人一走，我们接着干。那时欢墩一带有多处敌人的据点。记得有一次国民党军队重兵偷袭，一个排的战士掩护民工且战且退。疯狂的敌人在抗日山山门附近的土丘上架起重机枪，向山顶的战士塑像和符竹庭的铜像扫射。塑像和铜像部分被毁。符政委头像被击中23弹。敌人狂射之后就溜走了。我们回来后肺都气炸了。抚摸着符政委的铜像我流泪了。后来八路军又重铸了铜像。"

革命老人王继佐还向我们讲述了有关抗日山的另一个可歌可泣的故事：1947年4月，国民党整编48师一个团的兵力包围了抗日山，当时我军只有一个排，增援部队还未赶到。来自城头镇大淘头村的战士王锦铎一颗手榴弹把敌人的机枪炸哑了。敌人嗷嗷叫着冲了上来。在马鞍石附近，王锦铎一手抓住一个敌人，用牙齿拉响绑在胸前的手榴弹，与敌人同归于尽。

永远的符政委

"赣南闽西初相识，万里长征风雨同。君赴敌后驱日寇，血汗赣榆留英名。"1983年，中共中央政治局委员、解放军总参谋长杨得志这首纪念符竹庭的诗充分反映了人民对符竹庭的怀念。

《符竹庭同志简历》上如此记载："1941年春，率教导2旅进滨海。3月，率教导2旅及山纵2旅一部，发动青口战役，创建滨海抗日根据地。"

修建抗日山烈士塔出自符竹庭的构想。为建陵园，前方将士从每天仅有的 9 两粮给养中省出 1 两。1942 年 8 月 2 日，抗日烈士纪念碑举行落成典礼，符竹庭是主祭人。

1942 年 7 月抗日烈士纪念塔落成典礼上，符竹庭将军曾语重心长地说过："我军众多将士为反法西斯侵略，献出了宝贵的生命，如今安葬在巍峨的马鞍山上，假如有一天我牺牲了，请同志们记住，也要将我安葬在这里！"没想到第二年，也就是 1943 年 11 月 26 日，符竹庭将军就以身殉国了。滨海军民遵照他生前的嘱咐，为他建立了精致、庄重的六角形墓亭。

采访中得知，符政委的铜像是根据当时《山东画报》摄影记者郝世保的照片铸造的。从 1941 年到 1943 年，郝作为八路军 115 师的摄影员和记者，曾几次到符政委的部队采访拍照。

刘宗瑾老人还记得安葬符政委的情形：符政委的棺木由北边运来抗日山时，墓已建成。在棺木往墓穴安放前，为了再看一眼符政委，我们把棺盖揭开，但见符政委一身草绿色新军服，脸盖一手帕，手帕下左眼角上方有一小块纱布。目睹此情此景的同志无不泪如泉涌。

抗日山，山做的丰碑，英雄身虽死，浩气永久存。

当我们离开抗日山的时候，苍山如海，残阳如血。

抗日山，首先应是教导 2 旅的抗日山。每次看到抗日山，笔者都会想到符竹庭。这不仅仅因为他是教导 2 旅政委和后来的滨海军区政委、区党委书记；不仅仅因为他参加红军后，长期从事部队的政工工作，而是因为他的内心深处，有一份要完成的使命，他要为后人留下一份遗产。

而我们也需要这份遗产和光荣！

作为八路军、新四军驰骋疆场的结合部的赣榆县，一支有着辉煌战功和优良传统的红军部队，就驻扎在这片神奇的热土上，历史把一支英雄部队的特质凝聚在这座山上。

1941 年，时任教导 2 旅政委的符竹庭，亲自为抗日烈士纪念塔踏勘选址，跑遍了赣榆、莒南、临沭 3 县边界山区的芦山、子贡山、小塔山、朱雀山、马山、金牛山、葫芦山……最后选中了赣榆县第四区谷阳乡的马鞍山巅。

这里背依山东军区的后方，群山环抱，东临大海。

这里离山东军区、115师师部常驻地西朱范、蛟龙湾、黑林很近。

这里有致力抗战的滨海根据地腹部的成千上万军民。

纪念塔自1941年7月7日开工，1942年7月7日落成，共投资4000元（法币）。在抗日烈士纪念塔即将建成时，教导2旅政治部在文件箱中又找到1本烈士花名册。为使烈士英名不被湮没，决定利用纪念塔所余石料，兴建续塔和纪念堂。当年8月开工，翌年7月7日建成。

我们还是让原始的资料说话。

柴川若在《马鞍山被改变着——记建立马鞍山纪念塔的经过》一文中回忆：

……谷阳区4个乡利用冬暇时间，不避冰天雪地为纪念塔磨碑，表达了他们对主力军的热爱。

石工的进步是显著的。一开始，部分人受谣言迷惑，曾发生逃躲现象。后来，他们甘愿放下35元的活计不干，以突击姿态投入建塔工作，他们说："八路军为咱们老百姓流血，咱要为八路军流汗。"职工会长刘光聚，为符政委建墓，成了实际上的工程师，他曾有半个多月时间日夜考虑工作问题。他和普通工作人员一样待遇而无丝毫怨言，使整个工作速度提高一倍半到两倍。所有这些，是与前赣榆职工会长郑玉芬同志踏实朴素的工作作风分不开的。

从1944年春季生产运动开始后，即停止用军力和民力建塔全用拘役人犯代替，使他们在建塔劳动中改造自己。经过几个月的劳动，500多名受敌奸利用的失足分子和二流子，得到了改造而被释。他们都很高兴，不少人要求参加主力军。

英雄们壮烈牺牲，换来了革命的无数次胜利，鼓舞着我们努力工作。在全体建塔工作人员中，90%以上为老病伤残，他们并不悲观，工作都很积极。如炊事员钟凤顺，全家只父子二人，抗战开始，爷儿俩同时参军，其子为抗战献出生命，老钟当时已50多岁，在建塔工作中，表现很积极。看守班长肖长寿，已45岁了，入夏以来还未睡过午觉，最近他的右腿关节肿了一块比拳头还大的包，仍坚持工作。这里没有工程师，只有个别老工人和青年学生，他们充分发扬了革命的积极性和创造性，胜利地完成了设计和施工任务。

抗日烈士纪念塔落成后，马鞍山以巍峨的新姿屹立于滨南平原，黄海前哨。马鞍山回到了人民的怀抱，获得了解放和新生！

修建抗日烈士纪念塔，石工由赣榆县抗日民主政府选调，壮工由各部队派人承担。

1941 年时任赣榆县谷阳区抗日民主政府三清乡乡长、共产党员董玉宝，是赣榆县班庄乡曹顶村人，离休前任河南省信阳地区教育局副局长。1986 年他在《赣榆杂忆》一文中，专门用一个章节回忆了建塔的筹备经过：

1941 年春，115 师后勤处的柴川若同志来到三清乡，找我商讨要在我乡的马鞍山建立抗日烈士纪念塔的事宜，叫我动员老石匠老艺人出来帮助兴建。这一事莫说还给钱包工，就是没有钱老石工也愿意帮助兴建，因为八路军是共产党领导的人民军队，他们帮助赣榆人民求解放，为打日伪汉奸而捐躯，为了纪念他们的功绩，建塔留念，人民都赞成。马鞍山又是三清乡的所在地，像三清阁河东、河西、小河北、曹演庄、于演庄，他们人多地少，一到冬闲家家都上山打石头，做石头活，如农用的石磙、石砘、石磨、石碓臼、石门转，还有打油用的石夯，盖房用的石猴子、打米用的石碾、碾石猪槽、石牛槽，旧社会地主资本家为他祖先树碑立碣的石碑石牌坊，都是他们做的。石工技术高超，断磨、雕刻、刻龙凿凤，他们都会。守山吃山，靠水吃水，靠着穷石头山，土地又薄，依靠土地收入不够糊口，只有打石头做石工，赚钱糊口，这也是祖祖辈辈练出来的手艺。他们用手工自己做炸药，打炮眼炸石头，自己会铁工，打钢钎，打钢钻子，他们这些手艺，能工巧匠都是练出来的。有些老艺人，都有几十年的手艺锻炼，他们会刻圆底字、方底字、尖底字、麻底字，会刻大字和小字，你的字形只要写出来，保证笔锋显露，苍劲秀丽的形象不变，而且字底的花纹形式更美好，这是方圆数百里的人所共知共晓的事。

建立抗日烈士纪念塔的筹备会，是在于演庄召开的。所到的人员有十几个，都是老石匠老艺人，年龄多在五六十岁，年轻的也有四十多岁，他们做石匠活、雕字、刻石的历史都不短，富有经验，这次会议也可以说是石工的技工会议。会上柴川若同志讲了话，交代了任务，说明解放赣榆县和滨海区对敌斗争中牺牲的指战员，他们是为国捐躯，为人民立下不朽的功劳，我们要为他们树塔留念。那天还讨论了，树这么高的塔，怎能立得起呢？这是我提出的，我是没有经验。柴川若同志说：塔身准备用多块方形石垛起，不是一块整石。我说：那样高能抬得上去（我那时连个吊车也没见过）？柴川若同志说：准备两种方法，一种是通过关系借吊车，一块块吊上去；另一种方法是堆土法，过去大地主建坊也是用堆土法，堆土埋一层砌一层，待完工后，把所堆土全部扒掉即成。我听了后觉得柴川若同志真有办法，我也受教育不少。那天的会，中午还专门设宴招待这些石工艺人两桌。

于演庄的建塔会，只能说算是奠基会议，以后抗日纪念塔，又经滨海地委行署几次兴建，中华人民共和国成立后徐州地委几经扩建，连云港市的几次拨款扩建，始建成今天这样规模宏伟的抗日烈士陵园。

1998 年 8 月 1 日，连云港文联的艺术家们在省城南京举办了一次书画展览，笔者作为随队记者前往。展览的第一天上午，武中奇老人来了，我陪着他浏览着书画作品，他饶有兴致地一一观看，时而驻足时而颔首。我说："武老，我老家是赣榆县的，听说当年你为抗日山题写碑文是用苘麻写的？"

武老笑笑说："是啊，没有这么大的笔，只有用苘麻了，而且是伏在冰冷的石头上写碑文。"他静静地看着我，似乎想起了什么，"赣榆是滨海老区啊，当年我在滨海地区题写了很多碑文，不知道保存得怎么样了，我很想再去那里看看啊！"

临别时，武老专门在我的笔记本上写下了他的详细地址，对我说："以后有时间到南京，到我家里坐坐啊。"

军旅书法家武中奇，生于 1907 年农历八月十三，山东长清县（今长清区）

崮山镇土山村人。1918 年，武中奇到济南一家印刷厂做刻字先生，开始接触书法艺术。

20 世纪 30 年代初，他被山东泰山革命烈士祠纪念武训学校的校长范明枢先生聘为书法金石教员，武训学校是秉承爱国将领冯玉祥先生旨意开办的。1936 年，中共山东省委曾入驻济南曹家巷 11 号武中奇家，黎玉介绍他加入了共产党。

1936 年 9 月，武中奇按照黎玉指示，到济南监狱送信并探望被捕的中共山东省委宣传部部长赵建民，后来把他营救出狱。

1941 年春，武中奇参加中央高级党校山东分局党校第二期学员培训班。8 月 20 日，武中奇与冯玉华在蒙阴县遂家店子附近的穆阁寨举行婚礼。从此结为终身伴侣。

1942 年春，山东分局党校校长肖华派武中奇到赣榆县马鞍山，为"抗日烈士纪念塔"题字碑铭。

烈士纪念塔坐落在马鞍山顶峰一块出露地表的基岩上，纪念塔为正四面体，边长 1.45 米，高 14 米，用当地产优质的花岗岩砌成。塔顶为地球造型，球造型上为八路军戎装像，一手执旗，一手持枪，面向东南方。八路军像原由石膏塑成，1964 年改为铸铁像，高 2.8 米，2.7 吨，由赣榆县农业机械厂铸造。

黛青色的山岚之中，一尊铸铁像闪着神奇的紫光。

抗日烈士纪念塔南面为塔铭："抗日烈士纪念塔"。

北面为《抗日烈士纪念塔序文》，东、西两面为烈士英名录，均由武中奇书写。

《抗日烈士纪念塔序文》为：

　　我 115 师教导 2 旅是中国共产党党军中的一支劲旅，是中国人民自己的武装，是争取中华民族中国人民与中国工人阶级彻底解放的铁军。他在红军时代，有 10 年英勇斗争的革命历史，流了巨量的鲜血，牺牲了无数的头颅；在争取中国人民解放的事业上，贡献了丰功伟绩。在中国革命史上写下了最光辉的篇章。自日寇发动卢沟桥事变全民族展开神圣抗战以来，我旅指战员，更以百倍的忠勇和牺牲精神，在党中央集总和师首长的直接领导下，为争取中华民族彻底解放而坚决战斗，显示了无比的英勇，尽了最大的牺牲。因而在抗战史上也就创造了最伟大的战绩。给予日寇以最严重的打击和最大的歼灭。回忆抗战开始，日寇企图以武力一举而灭亡我国，由河北直扑山西，势如破竹。我旅奉命开赴前线，在平型关一役，首先就歼灭了日寇自命为最精锐的坂垣师团，给予日寇灭华气焰以迎头痛击，兴奋了全国军民，给予一切恐日病者和唯武器论者一个事实的粉碎，使一切丧失抗战信心和对抗战动摇的人们都坚定起抗日意志，奠定了抗战五年的胜利基础，坚定着争取抗战最后胜利的信心。随着抗日战争的发展，我旅深入晋、冀、鲁、苏开展敌后游击战争，与敌寇进行千百次的白刃血战，尤其是山西的午城战斗、广阳战斗、西公岭战斗、油房坪战斗，山东的梁山战斗、陆房战斗、白彦战斗、武安汴桥战斗、胡集重逢战斗，河北的南候贯战斗，苏北的青口战斗，以及苏鲁边无数次的反扫荡战斗，不仅给予日寇以大量的歼灭和严重的打击，而且使敌后千百万人民都坚定起胜利信心，并奋起铁拳与敌人展开斗争。我忠勇的指战员在历次的战斗中，都竭尽了对于国家民族的忠诚，发扬了伟大的民族气节，以至高无上的牺牲精神，不惜流尽最后一滴血，同凶恶的日寇搏斗到底。同样，在坚持抗战、团结、进步的方针下，我忠勇的指战员不仅从各方面去成为团结进步的模范，而且更不顾任何牺牲去进行反对投降、分裂、倒退的英勇斗争。在晋西的反叛逆战役，在鲁西的反汉奸石友三战役以及保卫鲁南根据地堡垒之边联讨逆战役，与天保山剿匪等战役中，我忠勇指战员都不顾头颅热血，为铲除国家民族之蟊贼而坚决战斗。这种伟大的牺牲精神，是我全党全军的光荣，也是全世界一切先进人类的光荣。抗战五年以来，我旅无数忠勇指战员因奔驰于民族解放的疆场，有的在酷烈的战斗中英勇牺牲了，有的在艰苦的工作中消磨了身体。此种精神，成为我党我军的光辉典范。为使烈士英名流传万世，为千百万人民瞻仰敬慕，为了继承先烈所未竟之神圣事业，并发扬其革命精神于当前和今后的斗争中，特在抗战五周年之际，树立纪念塔，并将五年来抗日烈士英名刊载于石，以志不朽，而昭激励。谨序。

旅政治部

《抗日烈士纪念塔续序》：

  抗战 5 年来，我军因处于敌人的后方，和犬牙交错分散的游击战争环境，又由于斗争的残酷，战斗的频繁，使无数为民族解放、人类幸福而牺牲之烈士，虽大多数的英名详载于抗日的历史，然亦有不少烈士做了无名英雄。当我旅抗日烈士纪念塔将要落成的时候，忽从文件箱中获得烈士花名册一本。歉咎（疚）之余，不胜欣慰，因为烈士英名未被湮没，尚能与青史并传千古，但深为惋惜的是塔已经树立，无法将烈士英名添补其上，我们除了向烈士们表示万分歉咎（疚）和哀悼而外，特另树碑石，以资瞻仰。

115 师教导 2 旅政治部
8 月 1 日

  1942 年 7 月 7 日，抗日烈士纪念塔如期建成；8 月 2 日，举行了隆重的落成典礼。罗荣桓、肖华等党政领导和山东各界人民参加了典礼。典礼隆重而又肃穆，战地记者欣潮采写了《伟大的民众祭——记抗日烈士纪念塔落成典礼》一文，发表于《大众日报》1942 年 8 月 13 日第四版上：

  8 月 2 日这一天，当天上的繁星还闪烁着光芒，皎月尚悬挂中天的时候，大大小小的队伍就开始向矗立着抗日烈士纪念塔的山岗上移动了，这是伟大的群众队伍！在这移动着的队列中，有年轻的男女战士、工人、农民；有白发苍苍的老者，还有天真无邪的小学生和孩童。他们也懂得应该怎样纪念烈士们和怎样表示自己崇高的敬意。

  大大小小的队伍前进着，沿途还不断有人参加到队伍中来，队伍越来越长。

  当队伍走上高山的斜坡时，东方撒出了满天美丽的彩霞。

穿过松枝扎成的大门，一幅"踏着先烈血迹前进"的庄严横额，映入每个人的眼帘。

队伍从松枝的大门，从横额的下面前进着。无尽头的队伍啊！从山脚下一直通向山顶；山坡上已是密密层层，山的下面还在不断地向前进！

啊！这是盛大的民众祭啊！

5年来，烈士们用头颅和鲜血换取来的辉煌战绩映在纪念塔上。在七百多次主要战斗中，击毙敌军一万零九百多名，击毙伪军五千三百多名，缴马步枪八千七百余支，轻重机枪一百二十挺，大炮二十九门。这是使敌人多么胆战心惊的标志啊！

有几个战士，慢慢地在塔上烈士的英名录中寻找他们所熟悉的名字（那是在抗日战场上曾经和他们并肩作战、英勇杀敌而牺牲的伙伴），当他们找到熟识的名字时，沉痛而又敬仰的感情立刻控制了他们。

当乐队奏起哀乐，那嚣杂的声音立时停止，全场一片沉寂。无限的悲哀浸染了每个人的心。接着，千万张嘴唱起了哀悼的歌。

主祭人符竹庭献了第一个花圈之后，各机关、团体的代表和来宾接着献了花圈。花圈啊，白色的海洋，它象征着抗日烈士们心地纯洁和广阔！主祭人带着宏大的队伍向那高耸入云的纪念塔行三鞠躬礼，表示对为民族捐躯的烈士们无限的崇敬。

是的，许多参加这次祭礼的人也许只流过一次宝贵的泪，那就是今天哀悼为祖国而战死的烈士们。许多参加这个伟大祭礼的人，生平只有过一次最大的感动，那也就是今天哀悼壮烈牺牲了的战友吧！

在烈士塔前沉痛的祭文表示了千百个群众的意志。

"……我们绝不怕任何险阻和困难，一定坚持敌后的抗战，克服任何困难，熬过这艰苦的两年，争取反攻的胜利，把夺了烈士们生命的日本法西斯军队赶出中国去！我们一定要继承烈士们为民族解放、人类幸福，牺牲一切的伟大精神，为建设民主、自由、和平、繁荣的新中国而奋斗到底！"

接着由陈代师长、黎副政委、马副议长、张伯秋先生、彭畏三先生等致悼词。

陈代师长说："英勇牺牲的烈士们，你们的鲜血不是白流的，你们的死是有代价的，你们是最先进、最坚决，最勇敢的战士，你们为民族、为党、为国家而牺牲，你们的英名将永远铭记在人民的心坎里！"

黎副政委说："他们能不怕牺牲完成战斗任务，这是人类最崇高的道德、气魄。我们今天追悼他们，应该继承这种人格和美德……"

马副议长说："烈士们的丰功伟绩是值得我们纪念的。我们今天不仅沉痛与悲哀，我们最主要的是继承他们的精神，奋斗到底！……"

大众的情绪由沉痛转为激昂了，振臂呼出了他们的心声：

"抗日烈士精神不死！"

"踏着烈士们的鲜血前进！"

五千多人举行完了葬礼，这支民众大军源源地开赴山下时，远道赴祭的另外民众队伍又一批一批地开上山来。

啊！这是使人怎样也不可忘怀的伟大的民众祭呀！

据家住赣榆县墩尚镇墩尚村的原符竹庭勤务员成延胜回忆：烈士纪念塔建设过程中，成延胜天天跟着符竹庭在工地上奔走，有时候就吃住在工地上。到了工程后期，天气十分炎热，符竹庭关照后勤保证饮水供应，防止有人中暑。有一次休息时，符竹庭和大家聊天时说："修烈士墓也是打鬼子！假如我有一天牺牲了，也把我葬在这儿！"大家忙打断他的话："首长，快别这样说！不吉利！"符竹庭一笑，说："打仗哪有不死人的！"大家也都笑了，谁都没有把这句话当真。因为死亡仿佛根本就和身经百战的符竹庭联系不到一起。

这是符竹庭说这番话的另一个版本，没想到一语成谶，1943 年 11 月 26 日，符竹庭壮烈殉国。

滨海军民遵照他生前的嘱咐，在马鞍山上为他建立了精致、庄重的六角型墓亭，墓亭正面刻着符竹庭的生平和事迹。墓亭中央安放着符竹庭的彩色铜像。在这里，他可以继续以敏锐的目光俯瞰着曾经战斗过的广大根据地；在这里，他可以继续以他那亲切和蔼的面容，迎接着来自四面八方的战友和乡亲。

参加施工的军民被烈士的事迹鼓舞，以极大的热情投入施工。旅轮训队在大雨滂沱中修路，石工顶着凛冽的寒风磨石。施工没有机械，全靠人力。工兵连50名干部战士10天运土1250吨，海赣独立营政委谢奉山率领干部战士运石料，为了节省衣服、鞋袜，光着上身，赤脚驮石。他们一手拿枪，一手拿镐，创造了敌后抗战史上的一大奇迹，被群众誉为"驮山虎"。施工进度很快，1944年7月7日竣工。偏僻荒凉的马鞍山，成为初具规模的抗日山烈士陵园。

为符竹庭铸造铜像的是战士剧社的"二杨"兄弟俩，铜像是熔炼30余公斤子弹壳铸成的。潘振武将军写的《战歌春秋》书中的"二杨"，老大叫杨立祥，老二叫杨林祥。马鞍山烈士纪念碑以及在战斗中牺牲的政委符竹庭同志的铜像，也是他俩参加设计、雕塑的。1942年，刘少奇来山东视察工作时，还接见了他们老哥俩。

"二杨"还参与了临沂华东革命烈士陵园的设计，但他俩当时并不是专业的工程师，有人撰文回忆：在师政治部文娱科里，有个干事叫杨林祥的。因为他们兄弟二人同时参军，他是老大，我们都叫他大老杨。大老杨从小生长在北平，是个在天桥摆小摊的手艺人。他心灵手巧，技艺超人。他竟在即无图纸、资料，又无顺手的工具的情况下，做出了山东敌后第一把土造小提琴；往后，在马鞍山修建抗日烈士陵园时，他又在没有起重机等大型机械的条件下，用他自己发明的土吊车，指挥工人把十几米高的整块石头做成的纪念碑竖了起来，成为解放区有名的土工程师。他做的烟斗，刻工精细，光亮滑润。淡淡的油漆下面，露出圈圈点点的木质花纹。罗荣桓政委听了，非常高兴，频频点头称赞，但又不解地问："这象牙弯把和这个金箍箍儿，是哪儿来的？"

大老杨被他的话逗得哈哈大笑，忙告诉他说：

"这把儿是牙刷把儿弯成的，磨得光洁，好像象牙；那'金箍儿'，是一段截下的子弹壳儿！"

1944年7月7日，抗战7周年纪念日。马鞍山再次举行隆重的追悼大会，纪念抗战7年以来牺牲的符竹庭、彭雄、田守尧等英雄烈士。战地记者冠西采写了《马鞍山的追悼》的大会速写：

今天，在马鞍山来自滨海各个战斗岗位的党政军民代表，战斗、生产模范，国际战友，抗属，烈属，敌占区人民代表5000余人，带着7年来艰苦奋战的辛劳和对敌战死同志的沉重哀悼，肃立在符故政委的墓前。他们悲愤地静默着，但是他们没有哀伤和眼泪，因为他们是在深远的敌后，在自己7年血战中，从敌人手里夺回的土地上追念着自己的同伴。当他们记起所有的战死同伴时，只有更增加了对敌人高度的仇恨和勇敢。

哀乐响起了。黑色的帷幕慢慢揭开。浅蓝色的汽灯光里，六角形的陵墓露了出来，墓壁上，符政委的半身铜像，笑容满面地昭示在滨海八百万人民代表的面前，5000个人的头肃穆地低垂，月色隐没，山风飒飒，远处一只水炉的汽笛忧抑地呼啸着……在挽歌唱起的时候，随着那悲壮的调子，人们默忆起："……长征二万五千里，英勇转战在敌后……"符政委和烈士们一切勇壮的故事。

行过祭礼，滨海军区刘代政委（刘兴元——笔者注），代表主祭团以沉重但是有力的语调致祭词。他鼓舞大家继承烈士遗志，勇猛前进，他阐明目前极端有利的国际形势，他说："单单从这座抗日山上，就可看得清楚：中华民族的解放斗争不是孤立的，不仅苏英美及一切爱好自由、民主的国家支持我们，就连法西斯的德国和日本的人民也和我们并肩作战，已经把血流在我们国土上的希伯和金野博同志就是证明。"他号召大家为烈士复仇，他坚定地高呼："在我党中央领导下，胜利一定是我们的！"滨海区高议长朗读了滨海各界致祭符政委、国际战友及全体抗日烈士的祭文以后，国乐声中，昏暗的人海里走出一列列各界代表，庄重地走上台阶，把系满追忆的花圈，虔敬地献在烈士灵前。

黎明开始了，曾经涂染烈士鲜血的滨海平原和海岸，淹没在茫茫大雾中。巍然高耸于雾海之上的抗日山，在乐队和主祭团率领下，展开了雄壮的公祭大游行，大队沿着宽阔的马路缓缓上升。在左边是一万五千六百八十五立方尺"小沙东海战士烈士冢"。这威严的金字塔式的建筑，记载着彭雄、田守尧同志指挥的悲壮海战的伟大史诗，往上是一个小小的广场，正中站立着圆锥形的"国际友人希伯同志纪念碑"，那上面用英文和中文铭刻着"为国际主义奔走欧亚，为抗击日寇血染沂蒙"。希伯同志伟大的国际主义精神，永屹立于中华民族新民民主主义的河山之上。

人民永远也不愿忘记是谁给了他们饱暖和幸福，战士们也永远不愿忘记是谁以鲜血头颅给自己奠定了胜利的基础。从符政委往上一连3个广场，在松门耸立挽幛招展中间，数不清的劳苦群众、民兵、士绅、学生和战士，团团包围着陵墓，包围着烈士塔，挤满了墓旁的竹亭；在大幅彩画、诗歌、照片的面前，识字的读着所有烈士的战斗事迹，不识字的侧着耳，留意听着，老大娘端详着铜像、照片，花了眼的老先生，掏出眼镜，一字一句地抄着墓铭、碑文。战士们一个个伸头跷脚，在塔下一行行的烈士英名中找着自己所熟悉的战友，烈属大娘哽咽地拍着战士肩膀，要他们把自己儿子的名字指给她。烈士的姓名一年年地加多，新的塔也一年年地继续建筑。这些，没有人不感觉心情更加沉重。但你只要看一看山下隐没在晓雾里美丽的滨海平原，谁也要立刻振奋起来。烈士们用生命换取了民族独立。今年虽然新添250个烈士名字，然而，一年内，滨海区子弟兵团从敌人手里收复了11300余平方公里国土，解放了1100多个村庄，拯救了70多万祖国的同胞，并且支持和巩固已有根据地的建设——这只有更加鼓舞人们去战斗，像山半腰峭壁上丈多高的大字昭示的一样："踏着烈士的血迹前进。"

大队攀登上抗日山绝顶的50余级石阶。猛抬头，十几米的高塔，峭然屹立眼前。一个全副武装的八路军战士，一手撑旗，一手持枪，雄伟地站立塔顶新中国的土地上，凝视远方。鲜丽的国旗在轻云淡雾中迎风飞扬。大队至此，不禁爆发出暴雨般的口号："烈士精神不死！""为烈士报仇！"

站立"烈士"鸟瞰全山：云雾中，亭塔交错，马路曲折。伟大的抗日山，标志着共产党八路军在敌后滨海血战7年的光辉历史，也感召着一切烈士的后继者："生，要像军人一样的生！死，要像军人一样的死！"一直战斗到胜利。

在追悼符竹庭、希伯、金野博及全体阵亡将士大会上，曾与符竹庭一起决战平型关、挺进冀鲁边的山东军区及115师政治部主任肖华，悲愤激昂地作了《我们要报仇》的演讲：

亲爱的同志们！今天在伟大的抗战七周年追悼阵亡将士大会上，我代表中共山东分局、代表八路军山东军区，向英勇牺牲的将士，表示沉痛的哀悼，对他们伟大的革命精神表示崇高的敬意，并向烈属致以亲切的慰问。

谁都知道人生必有一死，但死要死得有价值，像汉奸败类刘桂棠，像赣榆的李亚藩，像朱信斋、刘国祯……他们为了升官发财，为了自私自利，出卖民族利益，这些人的死是毫无价值的。他们多一个，不如少一个；晚死不如早死。他们不愿意死，我们偏要把他打死。这些人的死至多像一个臭虫，一个苍蝇一样，满身的肮脏，死后也遗臭万年。但是，我们的抗日烈士就完全不同，他们的死是有伟大的价值的，他们具有中华民族的伟大气节，他们的死给人民增加了无限的光辉，给中华民族打开了宽广的大路。他们有伟大的忘我精神，他们视死如归。在7年来敌后的艰苦抗战中抛头颅、洒热血，前赴后继，英勇牺牲。他们的死重如泰山，深似海洋，像太阳一样的光明。他们表现了中华民族优秀子孙的光荣传统，表现了共产党员的优秀品质，他们为国家、为民族尽了最大的义务。每一个不愿做亡国奴的中国人，都应沉痛的纪念他们，学习他们。

但是，中国偏偏有一些顽固家伙——孤立论者、观战论者，他们污蔑八路军。然而马鞍山上的血迹，封住了他们的口！

同志们，大家都亲眼看到：7年来我们从敌人手里夺回了广大土地，建立了许多抗日根据地；我们从敌人手里夺取了武装，武装了人民，武装了军队；我们从敌人的血腥统治下，拯救了人民，实行了减租减息。这些胜利都是烈士们的流血牺牲、英勇战斗所得来的。我们的每个胜利，都是与烈士的鲜血分不开的。

在7年抗战中，我们不仅牺牲了许多优秀的中国共产党党员，也牺牲了最亲密的国际战友——希伯和金野博同志。他们为了国际主义的胜利与我们一同作战。

希伯同志十多年来为中国革命，为中国人民进行了许许多多的宣传工作，他以锋利的笔，同八路军、新四军的枪密切结合起来，打烂了敌人的钢盔。直到牺牲前的一秒钟还和八路军紧紧地战斗在一起。

日人反战同盟的金野博同志，也同样是如此。当他在火线上负伤被俘以后，临死前仍不屈不挠地高呼："打倒法西斯军阀！"这种伟大的气节是值得我们学习的。

同志们！抗日烈士们的血和国际友人的血是交流在一起的，在这里分不出中国烈士的血和国际友人的血，大家一致为打倒日本法西斯而战斗。

我们纪念他们，就要学习他们伟大的国际主义精神，巩固反法西斯统一战线，为最后击败法西斯制度而战斗。

7年抗战中，我们牺牲了无数共产党员和优秀干部，像你们今天看到的，彭雄同志、田守尧同志和符竹庭同志的坟墓——仅仅在马鞍山上，就埋葬了几个团、旅以上的干部，在山东来说，还有我们的刘子超、杨忠、黄华、刘正、赵镈、李竹如、陈明、钟效培……诸同志的光荣牺牲。

拿最近牺牲的符竹庭同志来说，他是一个优秀的共产党员、八路军的青年高级将领，他十五六岁就参加了革命运动，经历过土地革命、二万五千里长征、经历平型关战斗，冀鲁边、鲁西、鲁南许许多多的残酷战斗，以及在滨海区的无数次战斗，都表现了他优越的指挥天才和英勇善战的精神。

他不仅在战斗中是我们的模范，在工作上也表现出脚踏实地，实事求是的精神，在生活上也表现出艰苦、朴素、严肃、紧张的习惯。在学习态度上，更富有高度的进取心。在他的岗位上，党和上级给他的任务，都能很好地完成。他不幸在1943年赣榆战役中，被万恶的敌人夺去了生命。他虽然死了，但他的伟大精神是永垂不朽的，他的心永远活在千百万人民的心中。希伯同志、金野博同志，以及许多英勇的同志，都永远活在我们心中。

同志们！在这里我要告诉敌人，今天死了个希伯却有千百个希伯站起来了，如今天的罗生特大夫，不仅如此，并且还有全世界千百万反法西斯人民，他们将同我们站在一条战线上。今天牺牲了个金野博同志，但山东日人解放同盟成立了；牺牲了一个符竹庭同志，而千千万万的符竹庭同志却在继续成长起来了，而且更英勇地和敌人搏斗。

我们纪念他们，就要"以眼还眼，以牙还牙"，以我们的血讨还这笔血债！现在讨还这笔血债的时间已经很近了，欧洲第二战场开辟了，苏联红军夏季大反攻又开始了；在东方我们向日本帝国主义清算这笔血债的时间也快要到了。

同志们！磨好你们的刺刀，民兵们！埋好你们的地雷，全体同志一起动员起来，继续向着他们的事业前进！

现在我们有三个任务：

第一报仇！第二报仇！！第三报仇！！！

在马列主义、毛泽东思想的旗帜下，团结前进！我们要坚定信心，胜利一定是我们的！

1946年清明节，滨海军民万余人再次祭扫烈士墓，唐亮政委致辞说："烈士的鲜血换来了抗战胜利与今天的和平，他们的血没有白流，他们的英名将千古不朽。"滨海行署谢辉主任说："抗日山上的烈士是滨海人民的灯塔，我们要永远踏着他们的血迹前进！"

抗日山山脚下，那么多的苹果树，多得像一个军团的兵力，在暮色中发出急促的呼吸。用生石灰水刷出的树干，像军人打着绑腿或伤兵缠着绷带，让所有的目光齐刷刷地惊叹并肃然起敬。

．．．．．．．．．．．

"吾华好男儿，正好抗日死。民族赖以立，国亦得所恃。捍国不惜身，伟哉诸同志。寰宇播英名，千古传青史……"朱德五言诗《抗战五周年挽八路军阵亡将士》，千古雄文，慷慨激越。

今天，山东滨海军区的丰碑矗立在抗日山上。每一个站在纪念碑前的中国人，一定非常自豪，高耸的丰碑是光荣的旗手，坚实的基座是无数无名的英雄。

这是中华民族的坚实巨大的基座，这是前辈留给我们的精神支柱。

抗日英雄们在这里安身立命，有的把儿子、孙子一代代地交给了这座高地。我知道，抗日山这座高地仍在创造着新的精神海拔高度——我愿意视之为一种象征，我希望我们的后代能把它置于一种更高的期待视野。

长篇报告文学《抗日山——一个民族的魂魄》人民出版社 2011 年出版，

首发于《中国作家》杂志

和你在一起（节选）

王成章

黄海之滨，无山何来的岭？可在市郊亭湖区步风镇庆元村，却有一个叫五条岭的地方。5 条南北并列的长长土堆，是人为堆积而成。这里埋葬着并不十分著名、但却相当惨烈的盐南阻击战中殒命的解放军将士的遗骸，民间俗称五条岭。1947 年 12 月底的盐南阻击战，战况惨烈，鏖战 4 天 4 夜，加上天寒地冻、风雪交加，死难的解放军官兵有 2000 余人，国民党军队也被歼灭 4000 余人。因战时条件所限，烈士们大都被当地民众匆匆掩埋在了这里，很多是叠躯而葬，没有留下一个名字、一块墓碑，而且绝大多数是在若干年后依然无法弄清他们是谁的无名氏！这场罕见的悲壮战役，已渐渐隐没在历史的烟云中，可 2000 多名无名烈士，人们并没有忘怀。

——题记

那一年冬天，里下河平原上的雪是红的

2011 年 3 月 20 日，星期日，天气特别阴沉，冷风凄凄。中午 84 岁的宋祥老人，从盐城来到五条岭烈士陵园。他从一条岭慢慢看到五条岭，边看边

说："战友们，我今年又看你们来了。我今年84岁了，我们分开64年了。你们舍生取义，把幸福留给了我们。"他来到新迁入的烈士墓丛中，逐一观看烈士的姓名。当他看到蔡健、施安龙、邵广红、卞松云的名字时已是泣不成声："战友们，我经常想起我们曾经一起战斗的情景，你们的面孔我都记得。今天见到你们的名字，我又仿佛见到了你们，你们都还好吧？我今后还会经常来看你们的。"老人说蔡健和他一个连队，战斗中就牺牲在他身旁。离开陵园时，老人眼里含满了泪水：1947年，我们从五总界被敌人包围，我们边扑火边朝金家桥方向突围，不长的一段路我们就牺牲了4位战友，其中一个是连队文书，战斗异常激烈。我多次寻找都寻找不到他们的墓地。看老人的表情，仿佛那场战斗就在他面前。

——守墓人卞康全日记

平原上，五条土岭垒成的坟茔。

岭之上，国有殇。

1947年冬，在决定国家、民族前途命运的关键时刻，一场极其惨烈的战斗发生在现盐城郊亭湖区步凤镇串场河畔，史称盐南阻击战或第一次盐南战斗。2000多名我军将士英勇牺牲（见《盐城县志》第十八篇"军事志"、《中共华中工委史略》）。战后3天，盐东县政府组织县总队、民兵和群众将2000多名烈士遗体用船运和人抬的方法运至便仓以东3千米以外的袁坎乡港南村（现步凤镇庆元村2组）一块荒地里集中掩埋。由于战事频繁，烈士较多，无法一一安葬，遗体被匆匆放置于5条新挖的土沟中集体掩埋，堆成五条长岭，共占地126平方丈，岭高1米多，南北排列；每条岭长40多米，呈东西向。民间俗称"五条岭"。

尽管每次战斗都不相同，但五条岭烈士掩埋的过程应该是一个特例。

60多年来，2000多具无名烈士的遗骸，孤寂无闻地掩埋在土岭中、荒草下。

可能作为现代人的我们是无法透彻体会烈士们那种大无畏精神的，想想当年，号角嘹亮，杀声震天，血流成河。无数活生生的汉子，为了我们的家园，倒在了地上，在倒下的最后瞬间，他们想到了什么？是远方的母亲，还是啼哭的婴孩？

硝烟已冷！让我们把思绪重新拉回到盐南阻击战前后。

1947年，解放战争进入战略相持阶段。盐南阻击战之前，活跃在盐阜区、苏北平原上的华东野战军两支劲旅——11纵队和12纵队，与地方部队并肩战斗，1947年8月12日解放了盐城，歼灭郝鹏举42集团军第一师和盐城县保安团及还乡团地方武装，近1万人，活捉少将师长李铁民，少将参谋长韩尹明。11月下旬，解放军在苏中南线发起强大攻势，接连拔除敌据点50多处，歼敌9000多人。

国民党军深惧苏北我军威胁其长江航线和津浦铁路，蒋介石意图挽回败局，12月中旬令顾祝同急调4师90旅和51师的一部，共5个团13000余人，组成"追剿纵队"，由师长王岩率领从北线增援苏中，对解放军采取报复行动。当行进至东台扑空后又北犯盐城，12月20日至白驹、大团一线和便仓、陈家巷一带。为打击敌方气焰，解放军华中临时指挥部决定，集中苏中军区11纵队31旅、32旅及苏北军区12纵队34旅和盐阜独立旅协力打击敌方有生力量，防止对方重占盐城。25日，解放军各部先后进入阵地：31旅、32旅负责大团一线，切断敌方退路；盐阜独立旅在便仓串场河西阻敌逃窜；34旅负责伍佑以南，主攻来犯之敌，其中102团在陈家巷以北、柏家港以南，准备迎击黄巷一带的敌军；99团（纵队特务团）埋伏在便仓以南，负责警戒支援；101团负责后卫。

26日上午，敌军一个连从陈家巷沿公路向北，遭解放军102团伏击，大部分被活捉，少数顽抗者被击毙。傍晚解放军又发起攻击，各伏击点奋力冲杀，将来犯之敌拦腰砍成几段，短兵相接，与敌人拼搏。解放军11纵队92团、94团围攻困守大团之敌，歼敌268团之2营和269团的一个营。解放军12纵队34旅99团、102团包围敌人一个先头团，于黄巷、陈家巷一带激战。对方遭解放军重创后，就地收缩兵力，抢占沿公路的村庄为依托，加修工事，企图负隅顽抗。

27日清晨，敌90旅旅长薛仲述、副旅长张晓柳和何世统带着残存的卫队，在便仓以南大潮湾西渡串场河企图南逃，在三角圩一带遭解放军盐阜独立旅截击，敌副旅长张晓柳及卫士被生俘。

28日，战斗进入激烈阶段，国民党军队由刘庄一线向北增援，同时又派飞机空投物资支援，解放军11纵队91、92两个团奋力阻击，以保证12纵队攻击黄巷南侧部队之安全。激战至29日。30日，华野华中临时指挥部得知南线国民党军队北来增援，决定撤出战斗。国民党军队亦南撤。至此战斗结束。

此役，共歼国民党军队整编第4师90旅旅部和所属269团全部和268团一个营，113旅旅部及所属两个团和另一个团大部，51师辎重营3个连，毙敌4000多人、俘96旅副旅长张晓柳一下3000多人，缴获重机枪200余挺及其他武器弹药、军需物资若干，粉碎了敌人"追剿"华东野战军和重占盐城的阴谋。

在四昼夜的激烈战斗中，由于敌人利用被破坏了的通榆公路作掩体，又依托便仓南关桥、东小桥工事坚固，机枪火力猛烈，致便仓敌据点久攻不克，加之敌人耍弄假投降的诡计和风雨交加、滴水成冰的恶劣气候，解放军有2000多名官兵献出了宝贵的生命。

盐南阻击战（也称盐南战役或盐南战斗、盐南伏击战），有重大的政治、军事意义。毛泽东主席都很重视，在毛选第四卷《评西北大捷兼论解放军的新式整军运动》一文的注释（4）中写得一清二楚："在苏北，华东野战军一部，在1947年8月至12月间先后进行了盐（城）东（台）、李（堡）栟（茶）、盐（城）南等战役，共歼敌24000余人，收复了苏北广大地区。"〔转引自《毛泽东选集》第四卷第1295页，人民出版社1994年6月第2版〕。

据研究此战史的王兆唐先生说，当时袁坎乡设有12纵队特务团指挥所，附近是华中指挥部。第一集团冲锋突围，竟一下子冲到特务团指挥所。为保卫两个首脑指挥部，特务团与34旅102团拼杀敌人，多次肉搏，有抱着敌人用嘴咬的，有用集束手榴弹冲进敌群爆炸而炸焦了的。营长杨三林右膀负重伤，左手挥刀拼杀，腿负伤还消灭多个敌人。战士朱林富是个轻机枪手，负重伤还坚持战斗，敌人冲到他身边时，他已滚进水沟芦草地，敌人未发现，他才幸免一死。特务团尤其2营伤亡很大，歼敌也很多。

尽管个别史料称之为伏击战，但笔者更赞成叫它"阻击战"。

也正因为是平原上的"阻击战"，所以才会牺牲那么多战士。

烈士们大都十八九岁，多数没有成家，即使成家的也没来得及与妻儿告别；有的才入伍几个月，就血染沙场，却没有能留下自己的名字！

盐南阻击战后，幸存的将士立即北上南下，继续硝烟弥漫的征战岁月，2000多名牺牲将士被掩埋在五条岭后，几乎所有的幸存士兵都不知道，自己的战友被葬在了何处。

那一年冬天特别冷，那一年的战斗特别激烈、残酷。

那一年冬天，里下河平原上的雪是红的。

那一年，乡亲们心里的血流成了河。

今年81岁的离休干部徐宝顺当年参加了这场恶战，徐宝顺出生于1931年，虚岁15岁时就参了军，被编在华东野战军十二纵队106团1营2连当通讯员。1947年冬天，16岁的徐宝顺所在的部队接到命令到盐城南的白驹阻击敌人，以打破敌人北上、支援山东战场的计划。

"那天我们一接到命令，就从射阳、南洋方向出发向南，本来计划在白驹、刘庄一带阻击敌人，没想到是一场遭遇战。当时的通（南通）榆（赣榆）公路全是土路，为了阻击敌人北上，战前已被民兵、游击队挖了很多深沟，一米多深，一米多宽，西边是串场河，东边也是一条深沟大河，目的是不让敌人的汽车大炮通过，但对我方的徒步行军也造成很大困难。那天夜里雨一直哗哗地下，我们的棉衣全湿透了，冷得像刀割，个个都成了泥人。我跟着二排行动，一排走在前面。半夜两点钟，一排在行进过程中突然发现前面出现了敌人，敌人也发现了我们，仓促之间我们的连长一声大喊率先冲了过去，一边冲一边喊'冲啊，杀啊'，与敌人展开了肉搏战！一时间阵地上一片杀声……"

由于敌方利用通榆公路作掩体，又依托便仓南关桥、东小桥坚固的工事，机枪火力猛烈，我军伤亡不小。

"一会儿就听到前面喊：'好消息，缴到一挺机枪！'喊叫间机枪就从前面往后送。为这挺机枪我们牺牲了3个人，最后把敌机枪手摁倒才缴获到。半夜里我们冲，敌人也往前挤。一排全部牺牲后，二排就冲上去，很快也只剩几个人。我们连长姓陈，如东人，他的大腿被打断了，还高喊'冲啊'。一连另外一个通讯员是我的重孙一辈，依稀记得叫徐寿宏，一起在滨海老家当的兵，也牺牲了。"

"大约一顿饭的工夫，我们连阵地上渐渐人声稀了，也听不见敌人叫喊，其实我离敌人只有20米左右，隔着沟对峙，只听机枪声、炮弹声在头顶上轰响，我向前后喊了几声，没有人答应。"

"那年冬天的雨下得太大了，我记得非常清楚，'小三十晚上'（元旦前一天）也下个不停。我在路沟里三四天没吃一口，有时就喝点雨水，也不知道饿。那时我们的武器真差，大多数人都是老套筒、汉阳造。我的3颗手榴弹早就扔光了，7颗子弹也打光了，一般战士只有5颗子弹啊！打光了就从敌人手里夺。渴了也不能到河边取水，敌人的机枪盯着呢。我们不怕肉搏，但也不能做无谓地牺牲。"

天寒地冻，大雨滂沱，老天爷也在考验解放军官兵，他们用热血抵御着寒冷的侵袭。为了建立新中国，他们的枪口凝聚了太多的希望。

徐宝顺回忆，"白天，我们和敌人都躲在民兵挖的沟里头，因为双方的机枪手都盯着对方，谁要一露头，肯定没命。担架队上不来，我们的伤员只能躺在沟里，有的就躺在泥水里。我们连长的大腿骨头都露出来了，但直到第二天晚上流血过多牺牲的时候，他都没有吭一声，临牺牲前，他还命令我把后面的部队调上来！"

"等到第四天晚上，敌人开始往南撤，我们后面也吹号了，命令撤退，但双方的机枪还在隔空交火，不能随便露头。我喊了几声'还有人吗，还有人吗'，我们连在前面还剩一个战友，他应了一声，一听要撤退，他立即从沟里站起来准备往后翻。谁知他一露头，敌人机枪一梭子弹就打在他的后背上，他滑了下来，嘴里血沫直流。我会水，一头扎进东边冰冷刺骨的大河里，敌人近了，都能听到他们叽里呱啦的说话声。我借着芦苇的掩护，游了一里多路才爬上对岸，一看，很多战友倒在了冲锋的路上，泥水都是红的。"

"薄薄的棉裤湿了半截，结了冰，走起路来像是穿了铠甲一样，哗啦哗啦地响，把两条腿都磨破了，大腿内侧都磨烂了。"

当赤着脚、全身冻成了冰棍的徐宝顺深夜撤到一个村庄，只有两个年纪大些的炊事员守着，烧了一锅粥等着战友们，最后只等来了3个人。

"看到我浑身水淋淋地回来了，炊事员一边帮我换衣服，一边高兴地说'仗打完了，我早为大伙准备好了两锅稀饭，就等着大家回来吃！'我哭着告诉他们，'连长牺牲了，其他的战友都牺牲了！'听了我的话，炊事员们都痛哭起来！"

"因为三四天没吃饭，肚子里只有一点谷糠，怎么解也解不下来。"

老人说的话活像绘画中的白描，没加任何渲染。要知道，逝去的都是用五尺身躯抵御机关枪的壮士呀，刚才还四肢健全，活蹦乱跳，眨眼间就成了一堆黏糊糊的血肉。

天还没亮，上面命令下来："立即追击逃敌！"几个人当即出发。"我光着脚跑，地上的冰像刀尖似地直刺过来，一双脚血肉模糊，一跑就是上百里，钻心疼。打了一仗后，又接到命令回头向北去打益林战役，一跑又是几百里。"

徐宝顺说，当他回头经过几天前的战场时，泥地上一片一片的红色。"牺牲战士的遗体都往东运了，说是要集体安葬，但具体安葬在哪里，我们就不知道了，不过根据方位来判断，葬在五条岭的可能性非常大！"

"我们部队有个规矩，只要有一点时间，一定要把牺牲的战友安葬。那天经过伍佑一带后，我就想知道他们安葬到了哪里，谁知一想就想了60多年，一直不知道下落。"

此战之后，徐宝顺又参加了益林战役、济南战役、淮海战役、渡江战役、解放上海等大仗，从枪林弹雨中走了过来，迎来了新中国的成立。在渡江战役中，一发炮弹擦着他右肩穿过，军装都被烤焦了，虽幸免于难，但埋进土里两个多小时，被拽出来后，耳朵就残了。

"当初和我一起参军的有300多人，很多人牺牲了，滨海老乡就只剩我和沈斌达两个人。"

他说："那个时候，我们能当兵心里是非常高兴的，再艰苦也不叫苦、不叫累、不埋怨。回头想想，心里确实是怀着崇高理想的，跟着共产党走，打出一个和平幸福的天下。"

84岁的顾立桂，阜宁县三灶镇同兴村人。1岁时因家乡洪灾，举家外出逃荒到灌南县百禄，躲了几年才回阜宁。1946年9月，17岁的他参了军，任华东野战军12纵队34旅100团通讯员，参加了1947年冬惨烈的盐南阻击战。离休前在南京师范大学纪委工作。盐南阻击战打响时，他已到司令部4科，负责总务后勤。"战前我的一个老乡、九灶沈庄的沈忠诚来找我，他刚刚当兵，心里没底。我对他说，等战斗结束，我到连队找你好好聊聊，他背着枪就走了。"顾立桂回忆，"不曾想老乡第一次相见，竟然是永诀，战后再也找不着了！"

老人回忆："战斗第二天中午，我奉命到前线查看后勤。两条长堤间有块开阔地，我弯着腰穿行，不时有冷枪打过来。子弹声啸叫不用怕，它是在头顶飞；声音嘶嘶嘶的，都打在身边，才危险。我好不容易避过狙击手，到观察点一问，情况还可以，但再往后就困难了。打了几天几夜，不少战友就是冻饿而死的，枪伤、冻伤的何止这个数字！"

回首往事，顾老不胜感慨："我们毙俘对方7000多人，是个胜仗。留下来打扫战场的人应该仔细一点，多挖些墓坑，标注上姓名。战友们哪一个不是有名有姓的，怎么成了无名烈士？遗憾哪！"

记得一个参与掩埋烈士遗体的战士对身边的战友说："等我死了，你得好好埋埋，相处一场，没别的要求了。"

熟悉此战史的王兆唐先生说，参战前，战士们被要求在自己身上留有六项记证：姓名、年龄、籍贯、职位、部队番号、父母姓名等，故掩埋烈士一般都知道身份。当时营团干部牺牲一般都有棺材。12纵队撤出战场后，到现在的滨海县新荡休整两个月，进行战役总结，当时有关部门还编写了《盐南伏击战纪念册》，内有烈士名录、干部题词等，是油印的，"我见过一本，1948年国民党军进犯家乡建湖县沿河镇时，被我父亲烧毁。"

60多年生死两茫茫，不思量，自难忘。

我们谁也不知道，烈士们都有哪些亲人在痴痴地等待他们回去，也不知道，他们牺牲时，是否曾为见不到母亲的最后一面而喊一声妈妈……

盐南阻击战的亲历者、华东二级战斗英雄——83岁的周竹林老人，说起身边牺牲的战友，禁不住喟然长叹，声音哽咽。

他说，自己的老部队经历过苏中七战七捷。1947年冬，战斗在大团、便仓一带打响，20岁的他是突击营敢死队警卫排排长。奉命率警卫排50多名干部战士与兄弟部队一起坚守伍佑杨桥一线阵地，打退敌人多次进攻，掩护盐城后方机关和部队首长安全北撤。在战斗进入白热化状态时，敌我双方都杀红了眼，玩上了命。"怕死？没有的事！哪个喜欢打仗？但要看为谁打仗。我们是为天下的穷苦人民打天下，要解放全中国，自然不怕牺牲，心里有压倒一切敌人勇气。"

"当时敌人即将冲进阵地，情况万分危急！我是排长，准备带队出击，副排长是山东胶东人赵太秀，一把拦住我，说'我是山东人，战死了不要紧，你是本地人，还要带队伍打下去。'立马冲出战壕，扑向蜂拥而来的敌人。不一会儿只听一声巨响，阵地上一时一片静寂，原来赵副排长拉响了身上的集束手榴弹与十多个敌人同归于尽了……等到接到上级撤退命令时，全排已不足 10 人了。死去的就埋在这里。"老人悲从中来："要不是他，我说不定今天也埋在这里了！"

周竹林说，当时解放军新兵比较多，武器也较差，少数人有缴获日军的三八步枪。有的战士还用汉阳造、老套筒，打一枪拉一下。敌人的武器都是美国造，轻重机枪多，火力优势明显，还有飞机增援，仗打得十分艰苦，"我身边的战友一个接一个地倒在冲锋的路上，其他人接着往上冲，没有一个人后退，最终打垮了敌人。"有不少战士来自山东，穿着灰军装，一样勇敢。

有人说，战争，犹如一场死神的盛宴。一旦踏上战场，就等于随时准备献出生命。

老人一生经历过多次大仗、恶仗，早已将生死看淡，但面对五条岭，却非常激动。"那时候当兵，不管你什么样，小鬼也好，只要会打枪，部队就要，多一个人多一分力量呀！这些年来，我的头脑里始终是战友们当年的样子，一个个生龙活虎、勇敢顽强。现在看到他们的墓地，真不知该怎么说。"

"我是百战余生，还获得了独立自由勋章和解放勋章，现在享受着幸福生活，儿女孝顺，心情舒畅，可一想起牺牲的战友就心痛。"周竹林唏嘘起来，"那个时候，根本来不及隆重安葬，只好就地掩埋。部队撤走后，如果不能及时记录公布，往往就成了无名烈士。""自己始终有一个心愿未了，就是有生之年能到五条岭来看看战友。可是，一来自己年事已高，又不认得路，去一趟要花几十元，而自己老两口经济窘迫……"

那天，他在五条岭恭恭敬敬地向战友行了一个军礼。

一个军礼，跨越了 60 多年！

84 岁的原 11 纵队战士宋强，兄弟姐妹 7 人，排行老二。因出身贫寒，上不起学，只能给地主放牛、做长工。17 岁那年冬天他偷偷地参加了民兵，干过游击队、武工队，直到 1945 年才公开了新四军的身份，编入 11 纵队。他回忆说，敌兵在后撤途中抢占通榆公路两侧的村庄为依托，加修工事，负隅顽抗。我军在一片平原里发起冲锋，地形颇为不利；且敌军占有武器优势，冲锋部队伤亡较大。便仓守敌还搞假投降，待解放军一接近，突然枪炮齐发。我军猝不及防，牺牲很多。敌军还在阵前施放硫黄，纵起大火，一些战士牺牲得非常悲壮。"他们太年轻了，许多人参军还不到一年！"

作为军人，得时刻做好牺牲的准备。宋强在衣服的 4 个口袋里各放一个纸条，上面写着"盐阜区盐东县伍佑区袁坎乡联合村宋强"的字样，以便死后可以给家里报个信。记得有一次，敌人在后面追，面刚下锅，侦察员报告敌人就在附近，炊事员只好把半生不熟的面挤干，让战士们每人盛半碗装在布袋里继续行军。

陈福余老人是华野 11 纵的老战士，便仓战斗的场面刀刻一般印在他的脑海中。"我们一个班 12 个人，打便仓后牺牲了 8 个，大多 20 岁不到，其中有 3 个山东人。""一想到五条岭里埋了两千战友，心里哪能不难过啊！唉……"他哽咽起来。

亭湖区公安分局退休干部严俊朝老人说："我们村一共去了 4 个人，只回来一个。我二叔严万付当时是排长，牺牲在伍佑凌家桥前线。另两个是严福芝、严如清父子，父亲是送饭的，儿子是战士，都牺牲了。我当时虽然很小，但非常清楚地记得当时回来的人说，河里的水都是红的。"老人曾经在便仓派出所工作，一到清明就渡河去五条岭祭扫。

原 12 纵队的老领导，也时时想念英烈战友。原特务团政委许逸萍，江西省石城县人，1934 年 14 岁参加红军，参加过长征，三过草地。1973 年 3 月 21 日曾专门去信给战友，询问当年烈士的下落，却根本不知道五条岭的存在；特务团参谋长赵伯芦在北京，离休前是国防大学领导；12 纵队参谋处长陈克天在南京，92 岁，离休前任江苏省副省长，他们都曾打听过当年的战友葬在何处。12 纵队孙克骥是政治部主任，中华人民共和国成立后任南京军区副政委、政治部主任，当年与夫人束颖都领导盐南伏击战，1976 年 4 月 28 日也写信询问当年英烈的下落。

战友情，生死情；军民情，鱼水情。

周竹林难忘住在伍佑一个只有3间矮草房的农家的经历，房东大妈将仅有的一点米熬成粥，冒着危险送到前线。"我们和老百姓是鱼水关系，军队是鱼，老百姓就是水，这在战争年代特别明显。"

提起当年埋葬烈士的情景，卞康全的父亲卞华说："那叫一个惨呀！"当年打仗时，虽然他只有八九岁，但已经记事了。"先是便仓那里炒豆似的打枪，然后打死的战士就开始往下抬了，都是抬到这里埋的。当时这里是一块平整的荒地，战士的尸体抬来之后，民工队就在这片荒地上从东到西挖一条长40多米、一人多宽、一米多深的沟，第一条埋满了，就在北侧平行着再挖一条，依次向北，一共挖了五条深沟，将战士的尸体埋下去。一开始尸体都是两个人用担架抬下来，后来太多了就用船运来。先来的还有棺材，当地有棺木的老人将棺木捐助了出来，南边第一条岭有三分之二的战士都是装在棺材里埋的，算是盛殓了，但有的大棺材里放进了两个战士的遗体。后来棺材用完了就用白洋布裹！"

86岁的卞坤老人依然记得。"那年冬天，天寒地冻，战场在便仓那边，七八里外就能听到乒乒乓乓的枪炮声，照明弹往天上一打，这边一根针掉在地上都看得清清楚楚，整整4天4夜哪！那几天一直下着小雨，又冷又湿。负责掩埋的很多不是本地人，听说有的是担架队的。很多乡亲都围过来搭把手，大家眼里都含着泪。晚上帮忙的村民回家了，但民兵还在继续埋，一连埋了三天三夜。那些牺牲的战士看年岁和我差不多，有的只有十七八岁，一脸孩子气。"

"那场面真让人不忍心看啊！"战士们有的头被打破了，有的被烧得焦黑。因为下雪下雨，很多人身上都是血和泥浆，"由于敌情太紧，这些都是被匆匆抬下战场的，根本来不及清理，更无法清点谁是谁了，直接就葬了。"

"船运来的遗体越来越多，棺材用完了，只好用白洋布一裹搁在沟里；白布也用完了，只好在沟底铺一层芦席，然后直接把人抬进去；最后芦席也没了，就人摞人，第五条岭摞了三四层，一米深的坑都填满了，高出了地面，最后盖上土。"老人继续回忆着，"最后抬来的尸体很多都是缺胳膊少腿的，大家就拼凑尸体，少头的找一个头来，少胳膊的找一条胳膊来，尽量把遗体凑完整了再埋葬！"

盐阜一带港汊众多，晚风吹来，运尸的河道里当年应该也是充满了血腥气。

据卞康全讲，附近的便仓港就是便仓河，但老百姓一直叫它便仓港，便仓港有河无港。其实"港"字的第一释义就是"江河的支流"，便仓河从西向东迤逦而来，一直到达黄海，当年是一条重要河道。往东输送的是粮食和布匹，往西输送的是盐和芦草。如今河道成了一段一段的了。

卞康全讲述了一个运尸人的故事，老人叫卞万善，住在王姚村。2009年清明节，前来祭拜的人们陆续走了，只有卞万善一个人待在那里迟迟不走，一遍遍地抚摸着坟头和墓碑，一遍遍叹息。卞康全是个有心人，就问老人为何不回去。老人眼里顿时盈满了泪水，说："这些人死得好苦啊！有些人当年就是我把他们运回来的。"

1947年，卞万善才11岁，18岁的民兵队长陈红友（音）带领民兵去便仓运尸和打扫战场，可能是死人太多吧，把他也带了去。那天早晨5点左右出发，沿着便仓河沿走了10里路，到了便仓已经是7点左右了。一到战场，场面真是惨不忍睹。遍地都是尸体，什么形状都有，有的头被打烂了，有的身上都是枪眼，所有人浑身上下都是血和泥浆。民兵们凭服装分辨哪是解放军官兵哪是国民党兵，卞万善帮着大人抬尸体，拣拾烈士断裂的手、足、腿和臂膀，用的是农村用的泥兜子。阵地上有很多烈士的头颅，可见当时肉搏战的惨烈。卞万善当时也不知道害怕，记得最后一次竟然背了3个烈士的头颅，累得不行。就这样从早到晚清理了一天，遗体装满了13条船。前面七八条船装的是完整遗体，后面几条船装的都是残肢碎块……

五条岭从此成了历史上一个特殊的名词。

葬亲之地，自古以来有坟，有墓，有冢；实在不行的，有坑，有穴，有塘……唯独在盐南，将士们垒身而葬之地的名称是"岭"。山岭山岭，尽管岭比山矮，可也是大地上耸起的头颅、筋骨和胸膛啊！五条岭，五条血肉垒成的五个庞大的身躯，在风雨阴晦、晨雾暮色中，是五条战马，是五条游龙，随时匍匐前进或一跃而起，纵马驰骋……

高高的意杨树下，一排排隆起的土堆上，是用泥土刚刚做起的坟头，远远望去，东西方向平行排列，连绵起伏，就像五道深深的战壕，仿佛埋伏了千军万马，此情此景，令人震撼。

可以推断，当时部队和地方政府本来就是要选一个比较隐蔽、人迹罕至的地方来埋葬这些烈士。战争年代，为了防止烈士掩埋、安息的地方被破坏掉，就找了一个敌人不容易来、不容易发现的荒地，五条岭成了他们的选择。

对于五条岭这块土地的历史，卞康全听父亲说过，很早以前这块地的主人叫陈绕汉，卞康全的爷爷奶奶曾在他家打过短工。可惜他去世早，其妻顾氏没有子嗣，几十亩地无人耕种，且又是盐碱地，麦子没成熟，一场雨水下来，往往没了收成。而且还要缴纳赋税，顾氏就把这块土地给了当时的政府。中华人民共和国成立后顾氏曾到卞家来过，卞康全母亲程庆莲见过她。

当年，五条岭东北不远处的陈长安家里住了一个解放军军官、一个马夫、一个伙夫，还有两个贴身警卫，一共5个人。"他们都是外地人，话听不大懂，但对老百姓非常好，一针一线也不乱拿，桌子凳子收拾得规规整整。战斗中，军官中了冷枪，牺牲了，部队撤走时，我们家里人都哭了。"老人告诉记者，60多年来，他最后悔的是当初没有问一下他们的姓名，"烈士打仗牺牲全是为了我们老百姓，但村里没有一个人知道，哪怕一个烈士的名字，我们心里有愧啊！"

老诗人丁芒曾在盐南阻击战后发表过他在战场上写的诗："朔风冷雨锁云天，坚守长壕夜不眠。湿袄著身寒刺骨，钢枪倚臂冷侵棉。疗饥生米夸珍味，止渴泥浆胜玉泉。更觉青砖磨雪刀，迟明敌血洒军前。"

在《咫尺死生录》里，丁芒回忆道：

　　盐南（伍佑）战斗时，我作为前线记者，随突击营行动。水网地带河沟特别多，为了快速接近包围敌人据点，来不及搭桥，逢沟就扑水过去。当夜北风怒吼，气温猛降，新发的棉衣，都冻成邦邦硬的冰铠甲了。我们的营部，安在一间小草棚里。敌炮楼的机枪，不时向我们扫射，子弹穿壁而入，草棚里火花四溅。我和通讯班的小鬼们，一溜儿蹲在营部一侧的战壕里。简易的壕沟又狭又浅。

　　越是紧急的关头，生命的呼喊偏偏越响：肚子饿得"咕咕"叫。可搜遍衣袋、挂包，什么吃的也没有。我看见身旁的通讯员，在掏米袋里的生米嚼。一个机关干部向持枪战斗的战士要吃的，简直是罪过。我只好咽唾沫，手又不自觉地乱摸。终于摸到一个东西——牙膏！啊，还有半截！我迫不及待，一仰脖子，把半截牙膏统统地挤进了嘴。

正当我品味着这令人惊喜的特大发明的"夜宵"的时候，忽听到身旁那小鬼轻喊一声："啊，班长，我……"头一歪，就倒在我肩上。侧身一看，他额上的血正汩汩流向唇边。没有嚼完的生米，也半吐在嘴外。

他是中了流弹了，可这流弹一点声息也没有呀！他正在为战斗而设法维护自己的生命，却不经意间丢了生命！他一生前后的语言，就是喊了声"班长"！这是向组织上报告自己的生命状态？是表示未完成任务的遗憾，还是对班长有所嘱托？他生命的最后一闪念究竟是什么？或者连这最后一闪念都没有来得及完成……

我深深沉浸在哀痛里，设身处地为这位小烈士瞎想了许多。甚至想到在他生命的最后一秒钟，恐怕连自己的父母、兄弟姐妹的容颜，都没有来得及在脑际过滤一遍！当时我却没有想到：我明明距离这颗流弹也才半尺不到啊！

平常人哪能体味到：在战场的战壕里，身体和死神越近，心理上的距离却是越远。这种心理，大概就是烈士们"为真理斗争，为革命献身"精神的体现吧……

五条岭北3公里左右的友谊村还有二条岭，当年的埋葬情况和五条岭差不多，86岁的陈茂礼老人回忆道，"1947年冬天吧，在我们村西面三四里路的黄巷发生了一起战斗，战斗打了几天，枪声连续不断响了几天，很激烈。第一天晚上就有牺牲的战士被抬了下来，一开始都放在村里的民兵队长刘永明（音）、蔡新和（音）家，等到战斗结束的第四天，两家里摆放的战士遗体共有108具，其中有四个连长，战士们都很年轻，小的十七八岁，大的也不过30多岁！"

"战斗刚结束，大家就匆忙决定把战士集体葬在一片荒废的田地里，挖了两个长坑，战士的遗体被一一放进去。除了 4 个连长有棺材，其他的战士都是用白布裹着的，白布用完了就直接放进坑里！当时每个战士的坟头都插上了一块木牌，上面写着战士的姓名、职位、部队番号等资料。后来一位连长的亲属就是根据木牌把自己的亲人挖出来带回家的。但后来国民党兵反攻时，把这些木牌全拔了扔掉了，我们也就无法知道这些长眠在这里的烈士的姓名了！"

"以前我们村里有个小学，每当清明时，学校里都会组织学生们到两条岭上祭扫烈士，后来小学撤销了，来祭扫的人就很少了……"

岁月如刀，刻下的是永久的记忆。

村民卞素珍老人的父亲当年是支前民工，曾在便仓战场上抬过伤兵，在五条岭掩埋过烈士遗体。她说："父亲在世时，常跟我们讲五条岭，说在第五条槽坑掩埋时，里面躺满烈士遗体，高出了地面，最后一些遗体是斜贴上坡的，最后覆上黄土。"一说到这里，就让人不忍心听下去。

卞素珍的一个姨哥哥也参加了盐南战斗。"家里人都叫他'小压子'，姨哥哥是个孤儿，三姨娘想生个儿子，就把他抱回龙堤南面的家。后来他参了军，打盐南战斗前住到我家。"卞素珍仍然记得"小压子"哥哥长着方脸，裹着绑腿，背着带刺刀的长枪。"他跟我妈妈说：'姨娘，马上要去打仗了，不管能不能回来，叫我妈不要担心。'说完就往便仓那边出发了，走了就没有回过头，再也没有任何音讯，不知道是不是葬在了五条岭。"

国共之争的实质是代表底层百姓的共产党对腐朽的国民党政权的摧枯拉朽之战。"人民战争"靠的是人民，解放军以弱胜强，包括根据地的建设、分田分地，靠的是民心，那时的军民关系很融洽。

85 岁的谷建民老人后来看到报纸上有关五条岭的报道，马上找出珍藏了 20 多年的《射阳革命史料选辑》，就着放大镜仔细查找，并用红笔一一标出在盐南战斗中牺牲的先烈。"有 60 多名射阳籍烈士牺牲于 1947 年冬天的盐南战斗。可是，直到看到报纸后，我才知道他们被埋在五条岭！"

"那年我 20 出头，是兴桥乡津哨小学的国文教师。由于年轻又识字，第一次被抽调支前就是去盐南战场，后来还被抽调去淮海战役支前。"

盐南阻击战前夕，兴桥抽调了几十个人去战场支前，大多是 20 岁左右的年轻人，也有少数年纪稍大些的代儿子支前。谷建民回忆："一到战场，我们就被分在担架队，一组二三十人。那担架床很简易，用两根长棍和两根短棍绑成梯子形，中间用草绳结张网。伤员经过简单包扎后被抬往后方，牺牲战士也往北边送。"

"前方枪口对枪口，一阵阵枪声不绝于耳。敌机俯冲时，低得可以清楚地看到上面的图案，机关枪子弹打下来溅起一大片烂泥巴。我们把伤员和战士遗体从战场上抬到一个民房里，另一拨人接过手，一站一站换人送到后方，所以虽然是我们把他们从战场上抬下来的，但谁也说不清楚被送到了哪里。"

"前方战斗异常激烈，支前民工也是很艰苦，粮食一开始就吃光了，三天三夜没吃一口，也不觉得饿。累了用杂草打个地铺，十几个人挤着取暖。连续四五天支前，冰天雪地的，硬是扛下来了。"

"伤员被抬下来前，我们也帮着照应。不论是重伤还是轻伤，都不喊不哭。有时间他们疼不疼，他们只是摇摇头，却听到牙齿直打架的声音。战士们受过阶级教育，晓得打仗为了谁，真正是舍生忘死！"

阻击战结束后，谷建民赤着脚回到家，继续在村小当老师，没多久又被抽到淮海战役前线做支前工作，经历了整整 3 个月的枪林弹雨。解放战争中，他的哥哥谷祥，曾任华野 10 纵 84 团连指导员，在灌云县的一次战斗中壮烈牺牲，时年 25 岁。

"盐南阻击战的烈士中，有我的伙伴、我的同学。"谷建民约略统计，兴桥镇至少有 9 名烈士牺牲在这场战斗中。"董殿成、高平、苏荣凤……有的和我同村，有的就住在隔壁村，都是一起长大的玩伴。"

高平，津南村人，1946 年参军，参加盐南战斗时是 12 纵队 101 团班长；董殿成，方向村人，比谷建民大一两岁，家住村西边，曾和谷建民一起读书上学，牺牲时是 12 纵队 101 团战士；苏荣凤，方向村人，也同样牺牲于盐南战斗……他们一直都生动地活在谷建民的记忆中。

"高平比我大三四岁，就住在隔壁村，他大高个，四方脸，读过书，会拉胡琴，是村里的知识分子。他牺牲的时候已经结婚了，有了儿女！从战场回来后，他老婆孩子到处打听他埋在何处，也来向我询问他的下落，我也不清楚，上哪找呢？母子俩大哭了一场就回去了。60 多年无法寻找到他们的最终归宿，想起来就觉得悲伤啊。"

65 年来，谷建民始终有一个疑问——烈士当年被运到什么地方去了呢？"烈士家里收到了部队的通知书，知道他们已战死沙场，却不知道他们葬于何处。"

"战争年代，上哪里去打听、哪里去寻找？"尽管不知道烈士们埋在五条岭，但他们的事迹却一直流传于乡间村落。"荒烟蔓草，可以湮没英雄埋骨之地，却终究没有湮没我们对他们的纪念，我当教师时就常给学生讲。"

"我年事已高，现在再不讲可能会误了大事。"

"在盐南战斗中牺牲的不止这 60 多人，其他各县各乡的烈士也有，还有不少是山东的。希望能把这些散落的名字集中起来，最后一起铭刻在五条岭的烈士碑上，也让那些烈属们多年的思念有个寄托的地方。"

宿迁市泗阳县王集镇陈同义烈士的女儿陈生兰说："得到父亲牺牲的消息，我奶奶挪着小脚跑了两天两夜跑到盐城，但当地人告诉奶奶说她来晚了，我父亲前一天晚上就牺牲埋掉了，并且是很多人埋在一起的！奶奶只得跑到坟上大哭了一场就回来了！"

"中华人民共和国成立以后，我和奶奶一直都受到国家的照顾，政府每个月都给奶奶发抚恤金，我上学的费用也都是政府给的！但 60 多年了，我一直不知道父亲葬在盐城的什么地方，也不知道到哪里去祭扫。"

泗阳县张家圩镇集体村朱育华烈士的侄子朱慈贵说："我伯父是牺牲在盐城的，听说当时是大冬天的还下着雪，我伯父先是受伤的，没来得及救治就死在了雪地里。我爷爷到盐城找过，但没有找到，后来他一直给我讲伯父的事情，说到死都没有看到伯父一面！"

"听说伯父本来在家念书的，后来就直接当兵走了，虽然当时家里给他说了对象，但还没有举行仪式。我上小学时还看过他的烈士证书，后来老房子倒了就没有找到！"

在盐南阻击战的大团之战中，第 92 团 2 连的沙飞龙和郁振祥负了伤，民工抬着他们在泥泞的田埂上，深一脚浅一脚地往后方医院走去。夜晚风雨夹雪，冷得出奇，躺在担架上的两人由于在出击途中扑了几条河，身上早已湿透，加上肚内饥饿，冻得直发抖。见此情景，一位民工立即招呼前面的同伴停下，将自己身上的棉袄袖口还没淋湿的棉花，一团一团地抽出来，塞到伤员的手心里，深情地说："同志啊，手心里握一把棉花，也会暖和一些。"此情此景，令两位在战场上流血不流泪的伤员热泪长流。

盐城开发区正丰村的退休教师唐福林老人说"当年我家里就住过兵"，虽然时隔60多年，但老教师依然清晰地记得当时住的是后勤兵："有一位营教导员，两个警卫员，一个叫吉兆友，一个叫王立中，在我家为前线部队做饭，每天早上出、下午归。"

唐福林姐弟3个，他们当时还小。"当兵的每次从（伍佑镇）构港村前方回来，都要带3个烧饼给我们，一人一个。当时老百姓家很穷，又是冰天雪地，很难吃到烧饼，60多年了，我至今还记得烧饼的香味。"老人说，后来看到报道，才知道前线部队有的三天三夜没吃上一口饭，"共产党的部队什么时候心里都装着老百姓，一点不假。"

因为感恩于解放军（当时有的还穿着新四军军服）的照顾，唐福林在中华人民共和国成立后当了中学教师后，每到清明，他总要带上学生前往五条岭祭拜一番，"人要是忘本，还是人吗？"

数年前，他偶然从地摊上发现一本旧书《革命烽火炼劲旅》，系曾参加盐南阻击战的华野11纵31旅（后29军85师）战史，当即掏钱买了下来。"上面有31旅在此战中牺牲的排以上干部名单，一共38名，大都被埋在了五条岭。"

步凤镇一位老同志回忆："当时我才五六岁，还记得打盐南战斗时家乡驻过兵。当时家里做豆腐，一个小炊事兵预订了豆腐，但被其他连队提前买走了，他一时着急把做吊浆的纱布拿走了，结果被部队干部狠狠地批评了一顿，不但送还了纱布，还道了歉。"他认为，共产党是真心为老百姓好，所以才能得天下。

解放战争中，国民党著名将领赵家骧说了一句话："共军全是亡命之徒。"国民党军在"亡命之徒"面前只能败退，为什么我们的前辈会变成"亡命之徒"？因为他们知道为什么而战，是为解放水深火热的穷苦百姓而战，为推翻反动腐败的剥削阶级而战，为消除万恶吃人的旧社会而战。同时老百姓与解放军站在一起，老百姓支持解放军，解放军爱护老百姓，老百姓称解放军为穷人的队伍、人民的子弟兵，在老百姓的大力支持下，解放军为人民利益而战，激发了无穷无尽的战斗力。

得民心者得国家。

盐城有一句民谣"吃菜要吃白菜心，当兵要当新四军"，陈毅将军曾动情地指出："淮海战役是人民群众用小车推出来的。"

解放军每到一地，就向当地百姓宣传共产党的政策，开展土地改革，分土地给广大农民，赢取民心。广大农民如何拥护解放军，从以下几点可见一斑：

每次战役（特别是在群众基础深厚的根据地地区），几万名解放军的背后，都有数十万农民自发地为部队担任运输工作，运粮、运弹药、运伤员。除了运输工作，广大农民还帮忙照顾伤员、挖工事，还为战士缝鞋做被服。冬天打仗的时候，哪怕自己家断粮，也要省下粮食支援解放军。广大农民还是解放军最好的侦察员，国民党进驻哪个村子，有多少人，什么装备，马上就有农民去向解放军汇报。

没有人民，"用小车推出来一个淮海战役胜利"的事情又怎么可能发生？

卞康全听父亲讲，当年村民深夜冒雨运尸的时候，由于死者众多加上血肉模糊，忙乱之中也有把国民党士兵拉来的，发现身上有金戒指和现钞，再细看帽徽领章才知道是国民党兵。村民们把他们葬在五条岭南面约 300 米的乱葬岗上去了。

庆元村一些上了年纪的老人告诉笔者，以往下大雨的时候，五条岭下有骸骨被雨水冲刷出来。雨停后，村民们总要去上一些新土，将骸骨掩埋。

"每一个牺牲都是永垂不朽的"，这是电影《集结号》的宣传口号。但对于"每一个牺牲都是永垂不朽的"这句话，应有不同的解释，就是看你是为谁而战！凡是为正义事业牺牲的军人都是值得纪念的，也是必须纪念的。因为他们不是为了自己而献出生命，而是为人民做出的牺牲。

同样是流血，同样是死亡，其性质却大相径庭。

五条岭无名烈士提醒我们：新中国的诞生是无数无名英雄付出了宝贵的生命换来的；血与火的斗争岁月，并没有那种童话、神话，更多的是汗水、泪水、鲜血，以及枪林弹雨……我们可以反思战争，但不可以亵渎英灵。

这里是永远的记忆，还是永远的遗忘？连活着的战友也不能知晓牺牲的弟兄们竟然就葬在身边，这又是何等的悲伤？如果没有媒体的深入报道，谁又能听见那 2000 多孤魂一直在那里沉默的呼号?

没有一个名字其实并不可怕,可怕的是我们永远不去主动追寻。他们是谁的儿女?谁的父兄?他们的家乡在何方?他们的亲人今又安在?谁能告诉我们?

战火纷飞的年代,也许牺牲不算什么!当大地一遍遍被炮火耕耘、深翻;身旁兄弟们倒下的躯体,被炮火的巨浪、弹片的呼啸,绞杀得死亡了无数次;但灵魂不倒!精神不倒!枪支不倒——枪口中怒射的火焰不倒!

斜阳照耀着五条岭。

定格了五条岭。

鲜血凝成了五条岭。

五条岭虚怀若谷,五条岭博大精深。

65 年之后,笔者轻轻吻着这片热土,吻着那些葬在荒野却站立在时空高处的灵魂。

每一次追溯,都是一个信念,一片敬仰,一种永励。

笔者用汉字积蓄情感与力量,笔者知道:这些汉字,是我们共同流淌在血管中的几千年的骄傲和永远的忠诚。

站在无名烈士墓前,我轻抚着温润的碑身,心潮起伏久久难平。我仿佛看到了当年纷飞的硝烟和激烈的战斗。

没有一个生命是多余的、廉价的。但对于一个士兵来说,使命是高于生命的———对于全世界的军队都如此。

那些日子,我常想知道,这些长眠地下的英雄烈士们是谁?有着什么样的容颜?都有什么样的故事?他们的亲属现在生活得可好?

他们死去的瞬间,可能什么也来不及想,可能想了许许多多,唯一没有想过的是出名。

是啊,一切都籍籍无名!

无名的身体,无名的头颅。

包括埋葬他们的土地……

然而无名者无畏,所以五条岭历经"文革"、四清等运动仍然故我。

岁月在不知不觉地流过,昔日的英雄逐渐淡出人们的视野。而历史又怎能轻易忘记？

　　忘记历史，我们会失去前进的方向；铭记历史，我们脚下的路才会更加坚实。对逝者最大的缅怀，就是将更多的爱、更多的温暖和更多的珍惜投入到我们生活的这个时代。

　　五条岭，你别哭。

　　所有的足迹大地都会知道。

　　失去的，还会回来。

刊发于《中国报告文学》杂志 2012 年第 8 期

凤凰比翼竞风流

张宜春 男，笔名百刃（百韧），中国作家协会会员。著有长篇报
告文学《东方耶路撒冷——我的圣地抗日山》，长篇诗歌
《致高天密林的精灵》，长篇小说《乡镇党委书记工作指
南》《叹斜阳》等。

大岭又叫凤凰岭。传说曾有一对凤凰栖落于这片荒山秃岭上，从此这里有
了绿荫菽禾，流水炊烟。祖祖辈辈的大岭人仰慕降福的凤凰，但谁也没见过。

1984年秋高气爽的日子里，石家庄的王清丽、西安的孟繁星、张家口的
齐艳、徐州的王艳、安徽砀山的葛爱玲这五位城市姑娘，通过新闻媒介，"飞"
到苏北赣榆县大岭乡，找到了如意郎君卢继永、李道中、李作旺、徐宜谦和张
德芳。

从此，大岭乡的父老乡亲便把这五对新人叫凤凰。

那一年，《人民日报》《中国妇女》杂志，《中国妇女报》《中国青年报》
《农民日报》《新华日报》《扬子晚报》、江苏人民广播电台、江苏电视台及连云
港市各级新闻单位纷纷报道。

默默无闻的大岭乡一夜成名，天下尽知。

弹指一挥间，凤凰十年奋飞，如今风流安在？

凤凰栖身地还穷吗？

乡党委书记刘兴振回忆说："那时我任乡经委副主任。当时全乡的工农

业总产值只有 1669 万元，农民年人均收入仅 600 元。大岭乡青年通过新闻媒介向城市姑娘求婚。他们没有许诺优厚的条件和不实之词，只是以自己对生活和爱情的专注与执着来向城里姑娘表示：这里不是缺少美好与富裕，而是缺少发现和开拓。当五位城里姑娘毅然而来时，大岭乡父老乡亲以空前的热情和礼遇迎接自己的媳妇和客人。十年改革为他们营造了幸福美满的栖身地。去年全乡工农业总产值达 1.8 亿元，是十年前的十倍还多。楼上楼下，电器电话，已不是什么新鲜事。"副乡长孙克全插话，"凤凰岭一富，又飞来一批新凤凰，自愿飞到大岭乡乡办企业中的好几位大中专毕业生，也与大岭姑娘恋爱结婚了。"

谈话间，徐屯村支部书记老徐闯进来，"刘书记，我们村新分的电话指标不够，不少农民说就是再加 1000 元也要装，出门在外谈个生意没电话不方便啊。"刘兴振说："快通知邮电支局，向县局争取容量。"在座的"凤凰户"李作旺忙站起来问："我那部在不在计划数？"老徐笑着道："说什么也给你装上，好和你那张家口的岳父通话。"

凤凰窝是不是空窝？

百闻不如一见。一家一家地走访"凤凰户"，只见现代化家具琳琅满目，进口的、国产的彩电、冰箱、洗衣机一应俱全，没有一家烧柴烧煤，锃亮的液化石油气灶在冒着蓝莹莹的火苗。家住小站村的葛爱玲仍风姿绰约，不失城里人的标致与风韵，她指着四上四下的别墅小楼说，这房子土建已花了 8 万多元，再粉刷装修，要十多万元呢。到刘艳家时，丈夫徐宜谦刚从县城回来，上面放着真空管太阳能热水器的浴室里正响着"哗哗"淋浴的声音。女主人用上好的春茶正待客，徐宜谦面带红光地走了出来。在王清丽家，双胞胎女儿卢苏方、卢苏圆正捧着"宫廷"牌八宝粥吃得津津有味。谈笑间，卢继永腰间"嘟嘟"蜂鸣，他拿出寻呼机一看，顺手抄起案上的电话给呼他的人回电话。

凤凰们在忙什么？

卢继永结婚时 22 岁，在乡经管站做临时工。26 岁那年，他便成为全县最年轻的经管站站长。1992 年，他被调到墩尚镇，他靠 2000 元贷款，两年时间，吸纳股金 1674.15 万元，实现效益 180 万元，去年为全镇农民减负 50 多万元，企业连续两年被人大评为"人民最信任单位"。爱人王清丽就教于镇成人教育中心校，她的心已和这里的农民、土地紧紧地贴在了一起。

张德芳目前是大岭乡汽车改装厂的农民工程师，在汽车修理、改装、电烤、喷漆等方面成为一方高手。去年他所在的厂创利税 240 万元，张德芳为此立下了汗马功劳。他的爱人葛爱玲在大站小学当老师，所教班级的成绩连年居全乡上游。徐宜谦目前在县城开了一家汽车配件门市部，大岭乡与美国一家公司合资兴建的"达泰汽车配件制造有限公司"正聘请他为经销总代理，他准备到市区开设销售窗口，扩大经营规模。爱人王艳在供销社工作，她已停薪留职，欲加盟丈夫的营销业务，并将经营触角伸展到老家徐州。李作旺作为全乡知名的秀才，既会摄影摄像，又长于书法绘画和建筑艺术装潢，他的多幅艺术品参加过省市展销，目前就职于乡党委办公室。爱人齐艳在粮管所，是全乡有名的"先进工作者"和"三八红旗手"。在乡卫生院做护士的孟繁星是一位美丽、贤淑、坚强、敬业的女性，她在做实验时左手被酒精大面积烧伤，她无怨无悔，在家庭出现暂时困难的情况下，她仍然厮守着这片她痴恋的热土。去年，她以优异的成绩考入淮阴卫校，重温入学深造的温馨之梦。公公李启俊说："李家有福，打着灯笼也难找我家这样的好儿媳妇。"

凤凰们还在想什么？

这些不远千里而来的姑娘在欣喜之余仍有缕缕淡淡的乡愁。心直口快的王清丽说："刚来时，我们都 20 岁刚出头，那时我们天真烂漫，追求执着。可真正投身当时的农村生活时，我们也曾心灰意冷过。1985 年妈妈从石家庄来时，看见我在灶房里烧火做饭，也进来帮我抱草填灶烧火，不知是心疼女儿还是烟熏的，总之妈妈的眼里始终含着泪花。我当时直想哭，但怕妈妈伤心，还是笑着说这里好。事在人为，现在好了，每年娘家都有人来，他们说，我们的变化比家乡大，这里的生活不比城里差。"葛爱玲老师说："物质生活没得说，只是农村的精神文化生活暂时还不好和城里比，虽然彩电、卡拉 OK 能使我们与城里的距离拉近，但社会交往和文化娱乐还是处于一般人情交往的档次。"王艳与徐宜谦的孩子取名"思念"。可以看出，远嫁的女儿还是思念着家乡，怀念着生她养她的远方父母。求知、求富、求潇洒是凤凰们的新追求，恰巧改革开放又为他们的追求提供了翅膀。《红楼梦》中的一句诗道出了凤凰们的心迹：
"好风凭借力，送我上青云。"

原载《人民日报》1994 年 11 月 1 日 "当代青年"

穿越世纪的守望

李洁冰 作家。著有长篇小说三部、中短篇小说集两部，英烈传记
三部。曾获公安部第11届"金盾文学奖"、江苏省第8届
"五个一工程"奖、第5届"紫金山文学奖"等。

一、一封六十七年后的家信

公元2015年3月，乍暖还寒。

初春的鄂东大地，莺飞草长，油菜花一片金黄。这天，位于大别山南麓
的清泉镇新华正街10号，迎来了一群身份特殊的客人。抬着祭奠的花篮，一
路拾级而上，走进古木苍郁，由一座有两千多年历史的文庙改建的浠水县博物
馆。走在最前面的，是一位白发苍苍的耄耋老人。她布衣素衫，神情庄重。在
众人的搀扶下，走进革命史陈列厅。众人肃立，哀乐在大厅低回。老人站在那
里，久久凝视着前方。对面墙上的英烈谱中，有半个多世纪以前引领她走上革
命道路的良师，至亲至爱的战友。他依然是那么俊朗，儒雅，双目炯炯，眉宇
间散发着灼人的英武之气。阴阳两隔半个多世纪，如今纵有万千心语，却只能
无言相望了。老人压抑了一下自己的情绪，从口袋里掏出一封信。少顷，一个
深情而浊重的声音，缓缓在人们耳边响起。

老徐，你离开我们已经 67 年了，今天，我带着你的儿孙到家乡来看你，并用写书等方式来悼念你……

你是在革命低潮，蒋介石大肆屠杀共产党人的 1927 年参加革命和加入中国共产党的。从此，你肩负党的重托，长期在隐蔽战线与形形色色的牛鬼蛇神战斗了二十年。正当国家即将解放的 1948 年 10 月，你却被蒋介石杀害在雨花台，遗骨无存，终年只有 39 岁啊！

…………

与此同时，你为革命所做的牺牲是巨大的。你不仅牺牲了年青宝贵的生命，家庭也因此遭遇重挫。但你却用自己光辉的一生，谱写了一首壮丽的诗篇，为家乡树立了一座英雄碑……

这是一封六十七年后发出的书信。很难看出是出自一位九十一岁老人之手。但它背后所隐藏的巨大的信息含量，却折射出横跨半个多世纪的沧桑风雨，令在场所有的人为之动容。

文中被唤作老徐的人，是舍身打入敌营二十年，智勇双全的红色特工徐楚光。在黎明即将到来的一九四八年，于雨花台慷慨就义。写信的人，则是他的第三任妻子，同为革命者的朱健平，现更名为朱晖。

"徐楚光曾经多次说过，家乡山清水秀，有机会要带我到那里走一走。没想到，这个承诺耽于时世，竟然拖了整整六十七年……"朱晖老人说着，声音不禁哽咽起来。

是啊！当年的徐楚光，在解放大军四面隆隆的炮火声里，一根摇橹，荡舟于玄武湖之上，已经在谈笑间勾勒胜利后的图景了。那时候的朱晖，在心上人的陪伴下，对未来的新生活同样充满了憧憬。两位年轻人都不会想到，此后不久，竟然是生死两茫茫，天地遥隔……

祭奠仪式结束后，朱晖与长子徐健，女儿定生，特地在徐家的祖坟前拍了一张合影。弹指一挥间，据当年母子三人第一次拍照，时隔整整六十余年。在那张泛黄的黑白照片上，女孩剪着童花头，一双圆圆的小眼睛透着机灵；少年容貌淳朴、刚毅，模样酷似父亲。照片的背面，是年轻的母亲写下的一行字：

一九四八年即将离武昌去鄂豫军区时与云彬，定生合影留念。

时代的车轮辗过半个多世纪，照片上的字迹，却依然清晰得惊人。

那段时间，正是孩子的生身父亲，徐楚光身陷囹圄的日子。

…………

二、待看红日

南京市宁海路 19 号刑讯室。

冰冷的水泥地上，四面阴森。一扇洞开的铁门里，火光熊熊，映射出巨大的阴森可怖的投影。一根皮鞭在空中挥舞着，发出夺命的呼啸。钢刺鞭，老虎凳，辣椒水，电烙铁，竹签，骑木马……满壁皆黑，只有炭火炉子里发射出毒热，瘆人的烈焰，让胆怯者心魂俱丧……

徐楚光被押解进来，亲历眼前的一切。他凛凛七尺，何尝不是血肉之躯，鞭子的嘶鸣，何尝不在他身上引起剧烈的生理反应。可是为了心中的信仰，为了让普天下的劳苦大众能在阳光下安宁、祥和的生活。这位红色特工自被捕起，便视死如归了。看着眼前那些手执皮鞭的小丑拙劣地表演，他心里清楚，对方正在上演天亮前最后的疯狂。

伎俩用尽，徒唤奈何。在毛人凤的授意下，刑讯者对徐楚光这位具有钢铁般意志的人使出了保密局引进的最后毒招，电刑。

无声的电流，就这样通过缠绕的环形线发力，经由徐楚光的手腕，四肢，迫近肝脾，直冲大脑，而后走到全身。伴着电流的加速循环，这位钢铁般的汉子一次次失去知觉，又一次次从昏厥中被震醒。而全身则呈现出胸闷，气短，头痛欲裂，几近呕吐的状态……

多年以后，当我们拂去历史的尘霾，在回溯这段往事时不禁想问，面对酷刑的折磨，他真的感受不到疼痛吗？他的大义凛然，究竟必须拥有怎样强大的心理支撑？从一首他赠友人洪侠的诗里，也许能够找到些答案。诗中这样写道：

敌强我弱感时坚，国事蝴蟾莫等闲。

死里求生风雨里，待看红日照人间。

好一个待看红日照人间！正是由于如此强大的信念支撑，徐楚光才秉持着慷慨赴死的信念。

血在沸，心在烧，

在这恐怖的夜里，他死了，

他死了，在这白色恐怖的夜里，

我们的小同志，是被枪杀的。

子弹丢进他的胸膛，躺下了

一个小小的石子，

草地上，流着一片鲜红的血

…………

这是著名诗人柔石在他的作品《血在沸》里写的句子，纪念一位被屠杀的年轻的小烈士。读来可谓声声泣血，句句锥心。

1948 年 10 月，红色特工徐楚光和千千万万镣铐加身的革命志士一起，倒在了新中国诞生的前夜。现存的文牍资料里，对这一段过程，鲜有记述。只说明他是在当年 10 月份，被国民党杀害于南京。至于埋骨何处，迄今无从考证。

我们的英雄就这样倒下了，倒在黎明前的黑暗中。

此时，沉重如铁幕一般的黑夜，正行将被千万道箭镞般的霞光洞穿。从南到北，到处都在摧枯拉朽，插上迎接解放的旗帜。我们无从得知，他究竟倒在什么地方，是河流，山坡，还是海洋……那颗罪恶的子弹，究竟在何处穿过，并在英雄的躯体上刹那间催开千万朵寒梅。他倒在了祖国的大地上。热血从他的体内喷涌而出，汹涌着，迅速朝周边蔓延开去……那是他深沉挚爱的土地，冰封雪盖的土地！它曾经如此的贫瘠和荒芜。但一切都挡不住春天的来临。在英雄血浸润过的大地上，四季轮回，万物竞长。

三、生死遥隔

1947 年 8 月。湖南长沙处在一片裹天搅地的酷热中。

天星阁 5 号的女主人朱健平，正陷入失眠状态。丈夫出远门一个多月了，至今音信全无。这不能不让她心存忧虑。

夜半，外面突然响起一阵嘭嘭嘭的敲门声。

"赶紧收拾东西，我们走……"启开门缝，丈夫的同事张冰急惶惶地闯进来。朱健平来不及多问，赶紧抓了几件衣服塞到箱子里，然后抱起床上熟睡的女儿。儿子云彬将书包背在身上。就听吱呀一声，一行人便在门外了。

一列长长的火车从远处呼啸而过。刺耳的汽笛声，伴着巨大的车轮滚动的声音，逶迤远去。震得脚下的地面都在发出微微的颤抖。循着那声音，几位夜行人不约而同地加快了脚步。

…………

颠沛之路是漫长的。有次辗转途中，小定生得了肺炎，连日高烧不退。张冰艰难地吐出一句话，"送回武汉吧，我们还得继续赶路。"朱健平的心，像被狠狠揪了一下，"孩子还在发烧啊！""正因为这样，才得赶紧把她送走。""可她还那么小……""健平同志，这是组织上的决定，执行吧。"

"张叔叔，你们放心走吧，我留下来照顾妹妹。"云彬在旁边怯生生地说。

张冰点了点头，轻声催促道，"快走吧，不能再耽搁了。"

"等一等！"朱健平下意识地喊了一声，然后去包袱里摸了半天，找出一张小照。那是娘仨数日前在照相馆里拍的。莫非当时照的时候，就预示着今晚的分离吗？她颤着两手，将照片背面翻过来，在月光底下写了一行字。

一九四八年即将离武昌赴鄂豫军区时与云彬，定生合影留念。

师傅攥住车把，低吼一声，走哇！朱健平万箭穿心，将照片掖到女儿的抱被里，浑身像打摆子似的抽搐起来。孩子是从她身上掉下来的肉，就这样生生地分离了！她一边想，一边哭。思路完全混沌了。张冰站在那里，静静地陪着她，看着她哭。徐楚光的营救行动还在推进；他现在要做的，就是不断前行……

天亮的时候，两人赶到渡口边上。一艘木舢板飞快地驶过来。悠扬地打个呼哨。那是一句苏北民歌的调子。如此新鲜，强烈地激荡着候船人的耳鼓。

张冰转过来，目光炯炯，朗声说了一句，"健平，回娘家了！"

朱健平站起身来。看到对方捻开手心里的一张纸条。"徐楚光同志有话留给你……送君到此，我的任务算是完成了。就此别过吧。"

朱健平将纸条接过去，一行熟悉的字映入眼帘："请将健平送回娘家。"

亲人呐！这是你的笔迹啊！攥着这张不知经过多少次辗转，已经变得皱巴巴的字条，朱健平什么都明白了，突然间泪如雨下！

万顷碧波之上，一抹红轮正从云霾中缓缓升腾着，时隐时现，在天地相接间，以不可遏止的势头射出万道霞光。

…………

四、风雨自承

1947年3月，15岁的少年徐健，正在老家白鹤湾的田里干活。忽然听到有人喊他的名字。"你父亲让我们来找你，跟我们去上海吧。"

到家第二天，父亲就专门抽时间跟他作了一次谈话。

"读书吧，你从山里过来，要想知道更多的道理，唯有读书。"说这番话的时候，父亲神情严肃，又充满关爱。接下去的话题，自然是教他如何读书和做人。

少年徐健平生第一次背起了书包。

父亲依旧整天忙碌着。家里家外，来去匆匆。装束亦时常更换着。徐健眼睛里的父亲，堪称神通广大。他每天都在拼命读书，以此拉近跟父亲的距离。

农历八月十五到了。父亲难得地和全家过了个团圆节。

少年徐健并不知道，那竟然是他跟父亲的最后一次见面。从老家浠水过来，跟父亲在一起的时间，掰着指头满打满算，竟然只有半年。此后，他便跟母亲和妹妹一起，踏上了漫长动荡的颠沛之路！

兄妹俩寄居的这户人家，是徐氏家族的远房表亲。户主白天在码头上扛包，晚上拉三轮揽生意。家中老少十几口人，整天为糊口忙得团团转。时常缸尽瓢空，没有隔夜之粮。眼下，凭空添了两张吃饭的嘴，日子自然更加局促起来。

这天，来了一位美丽的阿姨。她问兄妹俩过得还好吗？少年徐健点点头。徐阿姨的目光，慢慢转到妹妹身上，"天那！这是怎么回事？"原来，妹妹定生患了疥疮。眼下，有的结痂了，但仍有不少地方化了脓……第二天早上，阿姨就将定生带走了。"小健，你是大人了。有能力照顾好自己……先暂时住在这里，等你父母有了消息，我们会马上来接你。"

1948 年 3 月，少年徐健再度踏上浠水的土地。

徐家的族伯，在得知徐楚光牺牲的消息后，辗转来到武汉，找到流落街头的少年徐健。"春耕了，田畴都等着落谷了，还是回老家去吧。"族伯说。瘦小的徐健，定定地望着面容黝黑的长辈，突然间放声大哭！

当故乡的风迎面吹来的时候，少年徐健再度泪眼模糊。是的，他是浠水的子孙，他又回来了。虽然孑然一身，但他的身上，已经被父亲注入了精神钙质。那是他在一生的时光中可以用来抵挡风雨的盾牌。此后天塌地陷，都不曾让他须眉摧折过。因为，他是徐楚光的儿子。

古老的浠水大地，此时正到处燃起革命的烽火。

徐健回到故乡后，很快加入到浠水地方组织，并在红色大熔炉的冶炼中飞速成长。直到中华人民共和国成立后，从黄冈市工商局离休。作为徐楚光的长子，后来在老家娶妻生子。如今儿孙满堂，安享晚年。作为徐楚光烈士的子孙，他们都是在各个行业勤恳做事，正直做人，没有愧对烈士后人这个称号。

五、楚地寻根

1965 年，北京理工学院大二女生魏玲被叫到系办公室。

一位身着军装便服的中年男人严肃地对她说，"小魏，有一件事情，我们不得不进行核实……据我们所知，现在跟你住在一起的，并不是你的亲生父亲。"

魏玲，北京理工大学无线电子系的团支部书记。高知家庭，性格坚毅，政治上积极要求进步。半年前，才把入党申请书递到系里。如今节外生枝，让她一时间心乱如麻。

走进家门，魏玲劈头问了一句，"妈，我到底是从哪里来的？"母亲愣了一下，"傻孩子，你在说什么？"魏玲又抛出一句，"有人说，我爸不是我的亲生父亲……"

母亲沉默了。少顷，转身走到阳台上，慢慢地在竹椅子坐下来。

"妈，快告诉我，这不是真的！"魏玲颤抖着声音，再次追问道。母亲扭过身体，一瞬间，仿佛老了十岁。"孩子，这一切都是真的。你的生身父亲，叫徐楚光……可他人在哪里？是死还是活着？不知道……"

魏玲坐在母亲脚边，看到对方目如深潭，仿佛瞬间穿越了六十余载的光阴，将一个尚未揭开的世纪之谜，又重新端到她的面前。

…………

五年后，魏玲踏上故乡寻根的旅程。

"我第一眼看到照片上的人，就知道他是我的父亲。这是来自生命的直觉，他的血液就流淌在我的身上。他的眉宇，气质，目光……"多年以后重提往事，年逾七旬的徐定生这样说。

但是，父亲究竟是怎样一个人，他还活着吗？即便是死了，最终埋骨何处？

湖北省黄冈市。久别重逢的兄妹俩，将一个横跨两个世纪的悬念，从时间的雾霾中扯拽出来。然后，又不约而同地沉默了。年过花甲的徐健，同样不知道天星阁一别的父亲，去了哪里。父亲被捕的消息，当年在家乡传得沸沸扬扬。再然后……流传着父亲被国民党杀害了的消息。少年徐健被作为烈士遗孤抚养，就地参加了革命。可是，父亲，这个具有特定含义的亲情符号啊，却随着时代风云的变幻，被赋予了太多的政治负荷。盖棺定论的父亲，总是被反复提及。活着还是死了，是名垂千古的英烈，还是其他……眼下，面对着千里迢迢从北京赶过来寻根的妹妹，徐健欲说还休。其时，整个国家仍旧被政治旋涡裹挟着，每个身处其间的中国人，都身不由己……

"去白鹤湾走走吧。"同父异母的哥哥，终于缓缓地吐出一句话。

秋风瑟瑟，白鹤湾张开怀抱，迎接着一位跨越千山万水的学生妹。11 岁的浠水男孩徐志钢，亲眼所见了这个场面。

在祖坟前，他看到父亲虔诚地燃起了一炷香。从北京来的姑姑，同样虔诚地将膝盖弯下去，双手合十，跪在地面上祈祷着。她肩头耸动，悲伤得几乎无法自持。以至于父亲一次次弯下腰，去拽这位远道而来的妹妹。"定生，别哭了。"徐健不停地说。"我们都活得好好的，父亲在天之灵，应该会看着我们的。"

那一瞬间，徐志钢觉得自己长大了。

北京姑娘徐定生回去了。在一片飘逸而过的山歌声中，她步履不再滞重，眼神也不再迷茫了。这股力量来自父亲的故乡。这里的山川河水，是她的父亲，是那位十七岁的少年行走于世的精神支撑。半个世纪以后，它同样支撑着他的女儿。仅此一行，今后无论遭遇多少风雨，她都不会退缩了，因为，她是徐楚光的女儿。

她相信，总有一天，一切都会水落石出。

十三年后，徐定生终于等到了这一天。

在同父异母的哥哥徐健家里，她看到了那张由国家民政部颁发的烈士证。红旗，国徽，鲜花簇拥的装饰框。中间托着两行大字：

徐楚光同志，在解放战争中，壮烈牺牲，经批准为革命烈士，特发此证，以资褒扬。

落款：中华人民共和国民政部。

时间：一九八三年六月十八日。

这是一份迟来的荣誉。

此后，众多与父亲相关的人度尽劫波。有的虽然早已作古，更多的人仍旧顽强地活着，终于活到云开雾散，天明月朗。他们从天南海北聚拢来。这些轻历过大生死的人，相逢一笑，云淡风轻。

那一年，徐定生三十岁。哥哥徐健五十一岁。

少年徐志钢二十三岁，光荣地穿上了绿军装。

母亲朱晖六十岁，已经是退出历史舞台的老人了。

六、两代苦觅

2008年秋天。上海浦江花园。

白领丽人姜凌虹素衣裹身，正在屋子里默默地收拾东西。数日前，她刚在黄浦江的殡仪船上送走了自己的父亲。一切尘埃落定，她开始慢慢整理父亲的遗物。无意中，竟然看到一封未曾寄出的信。

> 尊敬的有关部门：
>
> ············
>
> 据《南京英烈》一书记载，我的生父徐楚光1909年生，1927年年初入黄埔军校武汉分校学习，同年入党，长期从事地下工作；生母时海峰，1938年在华北入党和参加革命工作，后来他们就在当地结婚了。父亲在南京干地下工作卓有建树，如1945年8月13日，策动汪伪警卫第三师3000余人起义参加新四军。1945年春派人打入伪空军，8月份，协助原汪精卫的座机"建国号"飞机飞离扬州，投奔延安。十余名伪空军将校军官也陆续投奔解放区……1947年9月，父亲由长沙去大别山请示工作，途经武汉因叛徒告密而被捕，后被押送南京保密局，既没有屈服于严刑拷打，也没有被敌人的高官厚禄所利诱，严守党的机密，于1948年10月9日牺牲。
>
> ……斗争的复杂性，环境的复杂性，历史的复杂性竟然造就了我身世的复杂性，我那从未见过面的父亲，竟然深刻影响了我的一生。他在黎明前牺牲，可是中华人民共和国成立后，却无从了解他的生死，扑朔迷离的谜团，时常向我袭来。
>
> ············

信，长达五页纸，洋洋两千余言。上面清晰地写着她的父亲，与父亲家族有关的爷爷，奶奶的一些事情……讲述他如何在解放初期，随养母从苏北来到无锡；讲到在此期间，曾有人打探他的下落；讲到生母为让他顺利入学，曾让父亲生前的领导人写下一张条子，证明生父徐楚光的身份……后来，随着生母的去世，政治环境的波诡云谲，查找线索断了。此后，虽然多方寻觅，皆杳无音讯……

造化弄人，一至于斯。做了教师，"文革"又至。爷爷被疑为"叛徒"，命运又被捉弄，但任凭风吹浪打，我始终坚定不移地相信党，相信我父亲的清白，相信总有云开雾散的一天。

…………

信中说，这一天终于来了。父亲徐楚光有了定论。他相信，在提倡政治文明的今天，政策必将会落实到他身上。为此，他希望能够得到一纸烈属证书。信末，提供了查证他与父亲血缘关系的两条重要线索……

读到这里，姜凌虹犹如五雷轰顶！

她想起父亲住院的日子。有一次，用轮椅推着老人在花园散步。父亲忽然长长叹一声，"唉，将来你们有了时间，能再找找就好了。"姜凌虹随口回应着。这是家族的老话题了。作为 20 世纪 70 年代生人，她跟妹妹要读书，要考学，要就业，此后便是恋爱成家，抚养下一代。委实没有太多的精力去关注老辈人的事情了。

父亲退休后那几年，南下北上，来去匆匆，时而眉宇紧皱，时而将自己关在屋子里，挥笔疾书。他似乎一直在忙什么重要的事情……眼下，姜凌虹忽然意识到，晚年萦绕父亲的一个关键词，其实是寻找。可是，他又能找到什么呢？毕竟，那都是些 20 世纪的事情了。一纸文字上的认定，真的就那么重要吗？

2000 年元旦刚过，一家人晚上正守在那里看电视，父亲突然从沙发上弹了起来。他一改多年内敛的性格，眉飞色舞，拿着遥控器，将音量瞬间调到最大。与此同时，他们不约而同地听到一个熟悉的名字，徐楚光！"他，就是你们的爷爷啊！"父亲老泪纵横，指点着屏幕上那位年轻的白衣男子说，"看到了吗？这就是当年你们智勇双全的爷爷！"他嘴巴里嘟囔着，"中央电视台都播出了，看来终于水落石出了。"

那天晚上，老人久久沉浸在回忆里，夜不成寐，直至旭日临窗。

此后，父亲不断带回新的信息，爷爷的事迹进雨花台陈列室了，各路媒体都在陆续跟进，而且，听说爷爷还有其他后人……他开始不断地写信。给有关部门写信。而这些寄出去的书信，无一例外，都石沉大海……

没有人知道，这位退休老教师在日记里写下的那首《满江红》，竟然是他一字一句，献给生父徐楚光最后的绝唱：

> 忍别胎儿六十载，杳无信息。苦寻父，天南海北，梦中难觅。一
> 朝荧屏间忽相见，雨花台里忠魂集。青史正，英烈终留名，丰碑立。

现在，整理完父亲生前遗留下的东西，姜凌虹发现，自己的心开始沉静下来。她终于知道，自己该怎么做了。

当晚，姜凌虹键盘一敲挂到网上。她先是输入了徐楚光三个字。哗地一下，跳出了数十页信息……

姜凌虹快速浏览着。这时候，一条新华网湖北频道的消息，吸引了她的目光：

> 据徐楚光的儿子、黄州区 77 岁的离休干部徐健老人说，今年是
> 徐楚光诞辰一百周年，他将带书参加南京有关方面组织的纪念活动，
> 祭奠父亲的英灵。
> …………

天呐！这是伯伯！姜凌虹的心里砰砰狂跳着。这么说，爷爷不仅有女儿，竟然还有另一个儿子在世。他有名有姓，就活在这个世界上。

姜凌虹将光标一动，迅速指向括号栏里记者的名字。她觉得，有些被历史雾霾遮蔽的事情，是时候浮出水面了。

几天后的某晚上，电话铃声突然急促地响起来。姜凌虹心里突地一跳。来电显示上跳出的号码，是湖北省黄冈市的区号。

"请问是姜凌虹吗？汪先生让我跟你联系的，能告诉我你奶奶的名字吗？"

"时海峰……"姜凌虹攥着手中的话筒，只说了三个字，喉头就哽咽了。

"我叫徐志钢，是你徐健大伯的长子，你该喊我哥哥了。"

姜凌虹静静地站在那里，就觉得这样的声音，仿佛穿越了两个世纪，是从天外传过来的。顿时百感交集，眼泪禁不住流了下来。

七、世纪团圆

2009年10月6日，六都古都金陵秋意正浓，层林尽染。

这一年，是红色特工徐楚光诞辰一百周年。徐氏家族的全体后人在南京雨花台的首度相聚。

抬头朝远处看去，群雕矗立，蓝天白云，松涛阵阵。似在向英烈们致意。

…………

这是一次特殊的聚会，时空穿越了整整六十一年。

这是一次横跨两个世纪的寻找。亲人啊，在那些曾经的年月里，你究竟去了哪里！炮火连天，弹横遍地。一袭白鹤杳然去，纷纭世间便无踪。生也茫茫，死也茫茫，从此生死两茫茫，不思量，自难忘……

这是一次穿越两个世纪的守望。你没有走远，你奉献你所奉献的，你牺牲你所牺牲的。你用鲜血催开了夺目的信仰之花，却将一世的思念留给了你的后人。他们为此一直在守候，在等待你的归来。你是参天大树，是家族的精神支撑，守望你，就等于守住后人的精神家园。

这是一次跨越两个世纪的相聚。20世纪的战火和硝烟，已然远去。一个新兴的国家正在逐步走向宁馨与和平。而这些，都是你为此奔走呐喊，身心投入，并付出生命的代价所换来的。他们历尽劫难之后的团圆，就是对你所有付出的呼应；你在天上，他们在地上。天地人间，从此共一轮明月。

这是一次世纪团圆，更是一次新的启程。你将对人间和平、自由、爱的种子撒播在大地上，熬过了严寒冬季，熬过了风刀霜剑，待到草长莺飞之时，大地必将一片绿茵，繁花似锦。而你的后人，亦将踏着这样的路径，继续前行……

长篇传记文学《世纪守望》节选，2016年刊载于《雨花》特刊

吕祥璧烈士墓前的两代守墓人

李　明　中国作家协会会员，连云港市首届文学奖获得者。曾在国内多家媒体和文学期刊发表多篇文学新闻作品并获奖，出版个人专集8部，与文友们创办的"荠菜花文学社"被录为全国文学社团名录，现在报社供职。

"舍己救人英雄豪气贯长虹；碧血丹心烈士英名垂千古"。在江苏省东海县白塔埠镇驻地，矗立着一座庄严肃穆的烈士陵园，在青翠的松柏旁、洁白高大的纪念碑下，长眠着一位为拦惊马奋不顾身抢救4名学生的伟大共产主义战士、六七十年代曾与欧阳海、王杰齐名的中国人民解放军空军烈士吕祥璧。

在烈士墓碑前，有位身着蓝色服装头发花白的老人，他用毛巾小心翼翼地在烈士的遗像上擦洗。他就是吕祥烈士陵园的管传理员、二等甲级伤残退伍军人刘步云。

1968年5月，36岁的南京军区空军某部"五好战士""学雷锋的标兵"刘步云带着对吕祥璧烈士的敬仰之情，来到了烈士陵园工作。当时的陵园，只有一块石碑和几间房子，房子上横七竖八地贴着标语。门窗玻璃已全部被卸光，院内蚊虫飞动，深夜刘步云难以入眠，他披起衣服在烈士的墓碑前潸然落泪。这是烈士灵魂神圣的安息场所、爱国主义教育基地，每天要接待大批缅怀者，怎能让它这样凄凉？

一定要将它建设、美化好！

性格刚强的刘步云暗暗下了决心。此后的日子里他就拖着伤残的身体，清洗墙上的标语，拔掉院内的杂草。他向前来祭扫的单位讨树苗，找白塔机场的战士搞运输，请学生来"帮工"，几年下来先后栽种了1000多棵树木，使烈士的英灵能长眠于青松翠柏之间。同时，他又向县民政局申请购买了建筑材料，建成了占地5600平方米有围墙的烈士陵园，园中还增添了烈士牺牲处纪念亭、纪念碑。

环境搞好了，刘步云面临最大的难题就是宣讲。整个陵园就他一个工作人员，入伍时他是一字不识的文盲，在部队也只参加过3个月的扫盲班学习。他在介绍烈士事迹材料时，遇到了一个个"拦路虎"，怎么办？为了在很短时间将烈士的事迹材料全部背下来，达到最佳效果，煤油灯下，他度过了多少个不眠之夜。他讲解时声情并茂，带着对烈士深厚的无产阶级感情，声泪俱下，听者无不为之动容。有时一天下来，他口干声哑，精疲力竭。就这样花开花落三十三个春秋过去了，前来缅怀学习的人们一茬又一茬，只有烈士的墓碑依旧，刘步云平凡的工作依旧。吕祥壁烈士的英雄事迹已在数千万人的心灵上扎根，激励了一代又一代人奋发向上。可知道"刘步云"的人又有多少呢？

他就是这样默默地守着烈士的英灵，早晨他拖着残疾的身子擦洗门窗，晚上他带着疲惫的躯体打扫庭院，为长眠的烈士值班站岗。夏天他冒着炎热酷暑清除院内的杂草，冬天他顶着严寒风霜修理损坏的门窗。他是1962年在部队执行任务时尿道不幸受伤，造成长期小便困难。开始每3个月就需到医院动一次手术，现在每年也要动一次手术，否则就有生命危险。一家老少三代9口人，就靠他一个人的工资。按照规定，伤残军人的医疗费可以报销。但他认为，党和国家给了他第二次生命，给了他工作，给了他工资，怎么能伸手要钱呢？三十多年来，他没有报销过一分钱的医疗费、招待费、车票，就是外出学习、开会，也都是自掏腰包。

辛勤的劳动赢来了荣誉和鲜花。党和人民、部队并没有将这个默默无闻的守墓人忘记。他先后多次被东海县人民政府评为拥军优属先进工作者，出席市军民共建联欢活动。

1998年，他管理的陵园被评定为市爱国主义教育基地。

斗转星移，时间转眼过去了三个春秋，2003年清明前夕，记者决定再次采访这位带着病痛，在不停地清洗着岁月尘埃的老人。

吕祥壁烈士的墓地坐落在一片宁静的田野。院内苍松翠柏、花草绚丽。遗憾的是吕祥壁烈士遗像前，不见了昔日头发斑白的刘步云老人，只见一个年轻人用抹布在不停地擦拭烈士遗像前的尘埃。一问才知道年轻人叫刘华成，今年27岁；他含着泪告诉我们说，他是刘步云老人的儿子，父亲刘步云因患肝硬化等多种疾病，一年前就去世了，母亲吉德兰也因不幸患了癌症已在两年前去世，他们全家共在这里生活了36年，现在两位老人都去了，他考虑再三，决定继承父亲刘步云生前的遗愿，留在这里为烈士守灵，将青春年华洒在烈士的墓前。父亲刘步云26岁起，怀着对自己的战友吕祥壁烈士的敬仰之情来到这里。整日面对冰冷的墓碑，抛弃了一切功名利禄，用三十五载的青春年华祭奠英灵静寂的孤冢。父亲身体不好，母亲吉德兰身患乳腺癌，在病床上不省人事好几年，举家三代同堂，就是吃糠咽菜也没有向国家要过一分钱，这给年幼的刘华成造成了深深的影响，他暗暗下定决心要以父亲为榜样，将吕祥壁烈士的英雄事迹传遍大江南北、传遍祖国各地。

在谈到刘华成为什么子承父业时，他没有直接回答记者，而是背诵了吕祥壁烈士这样的一段日记："只有低人一等的思想，没有低人一等的工作，如果党需要，我愿做一辈子饭，喂一辈子猪，为人民当一辈子'老黄牛'。这是我的幸福。"

刘华成在白塔中学是个品学兼优的学生，还是体育委员，以他的基础努力考上大学是不成问题的。也许是受烈士事迹的感染、也许是父亲的言传身教，他毅然放弃了这个机会。一次，有位在南京打工的同学对他说："走，跟我去打工，一个月至少3000元。整天守着个墓有什么意思。"被他婉言谢绝。

如今的刘华成一个月工资只有700元。谈了几个对象，对方一听他的工作，见都不见就拜拜了。不过，也有被他的事迹感动，看上他的人。那就是他现在的妻子冯艳。冯艳是白塔小学一名临时代课老师，去年春天带学生来参观，被吕祥壁烈士的英雄事迹感染的同时，也被这位守墓人平凡的事迹和不懈的追求所感动，不久就结下了秦晋之好。

刘华成告诉记者，目前他正在上自修大学中文课程，还写了入党申请书。他说这里是爱国主义教育基地，要德才兼备才能胜任。平时在工作中，刘华成从小事做起处处助人为乐。他在上高中时，发现有个叫杨安的同学，是草浦人，家中有个弱智妹妹，家境十分贫困。刘华成十年如一日，杨安家中的农田耕种拉打他基本全包，杨安上大学时，他定期给杨安寄钱不算，四时八节还给老人送去礼品。有时陵园里跑来逃学的孩子，刘华成就不失时机地将他们带进吕祥壁烈士陵园陈列馆，给他们讲烈士生前的事迹，有个家庭比较富裕的孩子说："过去父亲每天给我 10 元钱，我都不想上，今后我再也不贪玩了，一定好好学习。"

刊登于 1999 年 11 月 7 日《东海报》头条、2001 年 4 月 3 日

《连云港日报》、2003 年 4 月 4 日《连云港日报》周末头条

血花红染胜男儿——张应春烈士传（节选）

李建军　二级作家，中国报告文学学会会员，江苏省作家协会会员，连云港市作家协会副主席。著有长篇纪实文学《血花红染胜男儿》、报告文学集《爱的风景》、中短篇小说集《寻访记忆》《亲爱人间》、散文集《一路走来》等。

楔子　悼念孙中山激情演说　感动柳亚子慧眼识珠

1925 年 5 月 3 日，农历乙丑年四月十一。江南古镇黎里。

四月的江南，一场春雨过后，冷风肆虐，花瓣零落，让人陡然觉得肃杀和清洌。晨曦中的古镇，雾霭尚未散尽，一条市河自东向西穿镇而过，将其一分为二，又以十多座拱形石桥将两岸勾连。河里行的多是乌篷船，有运送柴米油盐的，有自乡下贩蔬菜贩鱼虾来的，还有从水乡各镇载客过来的，较之平常陡增了许多。市河两边，是青石板铺就的老街，行人也明显多于往常，且大多面色凝重、步履匆匆，空气里仿佛弥漫着一种令人窒息的况味。

黎里镇市民公所，此时已经聚集了上千人，吴江县（今吴江区）民众追悼孙中山大会即将在此召开。会场布置得肃穆庄重，由柏枝搭建的牌楼苍翠青郁，高高矗立在大门口，上有"追悼大会"四个大字；二门口，高悬"为国捐躯"的匾额。礼堂正中，悬挂着孙中山先生的大幅遗像，两旁是对联："革命尚未成功，同志仍须努力。"大小花圈和挽联祭幛，密密层层地分列在遗像两旁。

上午九时，追悼大会开始。台上，一位身着黑缎旗袍的青年女子担任司仪。她长得圆脸宽额，剪着短发，有一双明亮俊秀的大眼睛。她首先介绍，担任大会主席的是国民党吴江县（今吴江区）党部常务委员柳亚子先生，并由他第一个上台演说。

柳亚子缓步登台。他演说的题目是《报告孙中山历史》。

柳亚子时年三十九岁。年仅二十岁时，他在吴淞口的海轮上秘密谒见孙中山，亲聆先生的教诲，并加入了中国同盟会。自此，便追随孙中山，宣传三民主义，致力于国民革命而不遗余力。柳亚子等人还发起成立了中国近代史上第一个"反抗满清"的文学社团——南社，与同盟会互为犄角，同心协力，共襄国民革命成功。在辛亥革命后那些风凄雨暗的日子里，这位南社盟主堪称坚持民主、保卫共和的坚强战士。他积极拥护孙中山的"联俄、联共、扶助工农"三大政策，和共产党人亲密合作。

柳亚子坚定地指出：孙中山国民革命的目的，是打倒帝国主义；孙中山一生的历史，就是反抗帝国主义的历史。

第二位上台演说的是国民党江苏省临时省党部的代表侯绍裘。他是国民党松江县（今松江区）党部负责人，也是一名共产党员。他与临时省党部秘书、共产党员姜长林一起，从上海专程赶到黎里，出席此次大会。侯绍裘发表了题为《如何竟孙中山之功》的演说，围绕着功业、道德和人格三个方面，满怀崇敬之情，追溯了孙先生伟大的一生。

最后压轴的演说者，竟是担任大会司仪的年轻女子，她就是柳亚子和侯绍裘都很熟悉的张应春。

此时的张应春，是黎里女子小学的体育教师。一年前，她由侯绍裘介绍，加入了改组后的中国国民党。张应春的父亲张农是南社社员，与柳亚子熟识。张应春与柳亚子的四妹柳均权是小学的同桌同学，两人友情笃厚。当年，她还是一个蹦蹦跳跳的青涩女孩，就常到柳家玩耍，柳亚子待她如亲妹妹一样。

张应春一改刚才担任司仪时的沉静，态度鲜明、情绪激昂地说：孙中山先生的精神就是革命。孙先生革命之目的，是要打倒帝国主义，打倒军阀，实现三民主义。三民主义，就是民族、民权、民主三大主义，是代表被压迫阶级说话，向压迫阶级宣战的。全中国的被压迫阶级，都要悼念孙中山先生，继承孙先生的革命事业。

张应春的开场白和她对三民主义的阐述，让台下的听众为之一震。特别是柳亚子和侯绍裘，他们从没有看过张应春如此亮相。她的表现出乎意料，甚至可以说是非常精彩；士别三日，当刮目相看。他们频频点头，暗暗叫好。

张应春接着说：当下中国，经济制度不平等，占人口大多数的工农阶级衣不蔽体，食不果腹，一天天地困苦下去。只有最少数的军阀、官僚、买办阶级和土豪，他们尽情地快活和享乐。他们每天打麻将、吃大菜、坐汽车，甚至纳妾、嫖妓；他们倚恃权势，污辱我们女子的人格；他们醉生梦死，不顾国家的存亡，不念及大多数工农阶级的痛苦。这是何等的不平！何等的可恨！

同胞们！革命，我们并不是为知识阶级和小资产阶级自身的利益而革命，而是为了大多数工农群众的利益而革命。同时，要唤醒工农群众，组织他们，为了自己的利益起来革命。

最后，张应春沉痛而饱含深情地说：孙中山是革命的领导者，更是主张男女平等、助推女权发展的第一伟人。孙先生的逝世，是全中国工农群众的最大损失。我们悼念他，更要加倍努力，加倍奋斗，完成他的未竟之志！

张应春的演说时而悲伤，时而激昂，仿佛满腔的热血都涌到了喉际，恨不得把一颗心捧给台下的听众，可谓声情并茂，直抵人心，全场为之沉思，为之震撼。

下午，举行声势浩大的悼念游行。黎里镇的三里长街，两千余人的游行队伍缓缓行进，观者人山人海。

张应春和另一位女国民党员瞿双成，捧着孙中山的遗像，走在队伍的最前面。当时黎里女子剪发尚未盛行，而她俩却是齐耳短发，便有围观者悄悄地说她们是"盛泽尼姑"。几个小孩听了，就大叫起来，"大家快来看盛泽尼姑！"

柳亚子皱起了眉头。盛泽是吴江的大镇，那里的尼姑大多做暗娼生意。张应春的发型与尼姑相似，这"盛泽尼姑"明显带有侮辱性。听了叫喊，人群中起了一阵阵骚动。但是，众目睽睽之下，张应春镇定自若，满脸肃穆，两眼依然发出炯炯的光芒，坚定地走在游行队伍前面。

目睹此情此景，柳亚子的眼眶湿润了。这个青年女子上午的演说让他心潮澎湃，眼前的表现更令他折服。这是个思想健全、意志品德高尚的奇女子啊！恍惚间，他甚至把她幻化为那英姿飒爽的鉴湖女侠——秋瑾。他在心里认准了她。

同样，侯绍裘也在久久地注视着张应春。他暗暗赞叹，这是一个不可多得的进步女性。人才难觅，人才难得，中国的革命事业需要这样的女性！

三个月后，由柳亚子、侯绍裘等人鼎力推荐，张应春当选为国共合作的国民党江苏省党部执行委员兼妇女部长。

当年秋天，由侯绍裘、姜长林介绍，经中共江浙区委批准，张应春光荣地加入了中国共产党。

第一章　出身于书香门第　父母是启蒙之师

吴江，地处江浙两省交界，被历代文人称之为"吴根越角"。

这里有个风光秀美的江南小村，叫葫芦兜。它毗邻汾湖，水乡特色浓郁。汾湖古称分湖，是春秋战国时期吴越两国的分界湖，北边一半属江苏吴江，南边一半属浙江嘉善。汾湖水经过莲荡、木瓜荡，流入村中，形成一个两头圆、中间细的小漾，活脱脱像个巨大的葫芦。

葫芦兜的河岸弯弯曲曲，民居依河而立，杨枝柳叶掩映下的粉墙黛瓦，高低错落。位于兜底东岸的张氏人家，临水一座宽敞的双落水河埠，一溜花岗石驳岸，虽然历经岁月的风化侵蚀有些残损，却不动声色地显示着这户人家曾经有过的辉煌。

1901年（清光绪27年）11月11日，农历十月初一。这座宅院的主人张农一直没有出门，他时而在名为"竹松书屋"的书厅里焦急地踱步，时而抑制不住内心的期待和喜悦，登上书楼，向远处眺望。那烟波浩渺的汾湖尽收眼底，三三两两的舟楫在莲荡、木瓜荡和葫芦兜的水面上游弋。

他在等待，等待这个家庭第一个小生命的诞生。

张农原名肇甲，字都金，号鼎斋，时年二十四岁，是个饱学诗书的秀才。他家的祖产，有百十亩水田，部分自家耕作，部分租给佃农，尚可维持家用。

张农的妻子金定生，是个端庄秀丽的农家姑娘。她嫁入张家后，孝敬长辈，夫妻恩爱，勤于持家，很得族人和邻里的夸赞。

傍晚时分，随着一声响亮的婴啼，一个小生命在张家呱呱落地。

接生婆赶紧来到书厅，向张农报喜："恭喜恭喜，添的是千金，母女平安！"

张农的心里，终于石头落地："平安就好，平安就好！"

他情不自禁地吟诵了一句当地的农谚："九月菊花遍地黄，十月芙蓉应小春……今天是十月初一，小阳春啊！"

于是，一锤定音：孩子取名蓉城，字应春。

张农曾经用一首诗描写家乡的水乡风光：

枫林红映斜阳晚，槲叶黄堆两岸多。

丛菊开时蟹蝤密，芦苇深处鸟声和。

张农的祖上，在葫芦兜世守耕业，家道渐渐殷实。清乾隆年间，世祖张孝嗣因聪明好学，擅长诗文，尤其嗜好金石，工于绘画，成为一方名流。张孝嗣的五个儿子，在他的培养下，各有所工，蔚然成家，青出于蓝而胜于蓝，被后人称为"葫芦兜五子"。

张农的父亲张文俊，娶妻袁氏，是吴淞渡桥袁兰升的长女。袁家是苏州望族，袁兰升也是当时负有盛名的诗人，其后人袁水拍则是现代著名诗人。张农受父母和家族的影响，自小喜好吟诗咏词，仰慕功名，勤习八股。弱冠之年，他赴吴江县（今吴江区）城，应童子试，考中秀才。同时，他和堂兄弟张仲友、张贡粟、张季让等人跃跃欲试，立志以"葫芦兜五子"为榜样，延续张氏先人的文脉。

对于这样一个耕读世家，葫芦兜犹如世外桃源。他们于一片清幽之中，潜心苦读，任情吟诵。

然而，历史的年轮进入20世纪初，山河破碎，风雨飘摇，素有"鱼米之乡"美称的江南，挣扎在灾难之中。到了此时，张氏家道渐渐衰落。

覆巢之下，安有完卵？这些年，张农由一个埋头耕读的读书人，变成关心时局、忧伤国事、忧虑民生的革命支持者。留存至今的一部手稿《葫芦吟草》，记载了他这一时期的心路历程。辛亥革命爆发，张农写下《闻战事有感》，急切盼望革命取得全胜："占我河山三百年，为奴为隶最堪怜。一朝鄂渚风云起，直捣黄龙气撼天。"

张农身为一介书生，为人正直忠厚。他同情食不果腹的农户，嫉恶为富不仁的豪绅，每遇旱涝灾害，都要给耕租他家田地的佃农减租，体恤贫苦农民的艰辛。因而受到村民的尊敬和称誉。柳亚子曾称道他："咸能周知民困，且多隐德，抗豪宗，庇农佃，盖其习性然也。"

耕读之余，张农常把小应春带在身边，到田间地头，到湖荡河畔，感受农耕的辛劳，体察贫民的艰难。于是，那些在村塾里摇头晃脑吟咏的古诗文，成了小应春眼前的真景实情。

到了农忙季节，张农和佃户一起，连天带夜抢收抢种，累得在地头上歪倒歇息。小应春跟着母亲给他们送饭送茶，一如唐诗所写："妇姑荷箪食，童稚携壶浆。"

在收割后的稻田里，小应春和母亲一起捡拾遗落的稻穗，"右手秉遗穗，左臂悬敝筐"。她不知不觉地领会到了"谁知盘中餐，粒粒皆辛苦"的深意。

有一次，张农带小应春到荷塘边看人采藕。时值隆冬腊月，水面上结着一层薄冰。那些采藕人赤着脚、挽起裤管、拉着小木划就下到满是枯茎残梗的荷塘里，两腿一上一下有节奏地踩动。待到一支莲藕露出一截胖乎乎的身子，他们便弓着身，双手伸进泥水里，顺着藕节深挖下去，直到把一支长藕完整地挖上来，再码放在小木划上。

"水里这么冷，这些采藕人都不怕冷吗？"五六岁的小应春对什么都充满好奇。

"都是血肉之躯，当然怕冷。可要是挖藕的怕冷不去挖藕，打鱼的怕冷不去打鱼，我们过新年就吃不上鲜鱼和鲜藕了。"

"那我们不吃鱼不吃藕了，让他们快上来吧，等天暖和了再来挖。"小应春着急地说。

"傻囡子，我们吃不吃没关系，世间的事不是你想怎样就能怎样的。他们不去采藕不去打鱼，就没有生活来源，拿什么去养家糊口？"

"那该怎么办呢？"小应春若有所思。

父亲的为人处事、言行举止对张应春的成长影响至深。而张农在潜意识里，也把这个长女当作男孩来教育与培养。

张应春的母亲金定生，是汾湖南岸金家湾的农家女。这个水乡小村地属浙江嘉善的陶庄镇，与葫芦兜水路相连。她能嫁到张家，算是进了名门大户。由于门不当户不对，金氏嫁到张家之后，一直有种自卑心理。

应春的出生，给这位张家新媳妇带来了做母亲的喜悦，丈夫的理解也让她深感庆幸。然而，后来的情况变得糟糕起来，甚至可以说，不幸接踵而至。按照男尊女卑的封建习俗，一个家庭，特别是大户人家，必须生养儿子，才能传宗接代，光耀门楣，否则就是断了香火。偏偏，金氏的第二胎、第三胎依然是女孩。于是，族人的冷眼看待，村民的背后嘀咕，像是在她的心头压上了一块重重的石板。金氏变得自卑起来，站在人前仿佛矮了一截。虽然丈夫偶尔还会安慰她，但她暗暗流着苦涩的泪，如同掉进葫芦兜的溺水者，在拼命地挣扎。她烧香点烛，求神问卜，日夜祈求菩萨保佑，给她一个宝贝儿子。

可是，命运似乎在与这个善良的女人作对，当第四胎临盆时，冷汗淋漓、脸色惨白的她，一双焦灼期盼的眼睛，等到的却是接生婆发出的无声叹息。犹如临头一声焦雷，她的精神简直就要崩溃了！

童年的小应春很懂事，妈妈忧伤的时候，她总是坐在一边，想办法安慰妈妈。她对妈妈说："我长大后，要像个男孩子一样；男孩能做的事，我都能做！"

妈妈搂紧小应春，仿佛有了一个贴心的依靠。

在彷徨和焦虑中，金氏又怀上了第五胎。也许是上苍终究怜悯这位苦难的母亲，这一次她终于生了个男孩。

葫芦兜东岸的张家红烛高烧，合族欢欣。金氏苍白的嘴角，绽开了久违的一丝微笑。男孩取名祖望，寄予了张家祖辈的冀望。不幸的是，这男孩长大以后，竟有些精神失常。这是后话。

后来，金氏的第六个孩子又是个女孩，出天花早夭。第七个还是女孩，家里人商量，准备将她送人。这时候应春站了出来，执意不允，一定要留下这最小的妹妹。小妹留了下来，取名留春。

由于当时生活和医疗条件所限，张农夫妇生育了七个孩子，只有老大应春、老三秀春、老五祖望、老七留春四个长大成人。

应春成年后，有件事让她对父母一直心存感激：父母没有硬逼她从小裹足。所以她才拥有一双天足，才有机会走进学堂，走出乡村，走向外面的世界。毕竟，那个时代，男人蓄辫，女子从小裹足，是天经地义的礼义，是老祖宗的规矩，谁敢违抗？

"大足之女，遭人齿冷，将来何以事人？"

应春六岁那年，祖父母曾叮嘱金氏，要她给小应春裹足。面对六七尺长、三四寸宽的裹足布，小应春头一次与慈母抗争，又哭又闹地抵制，两只小脚还是被强行缠上。但母亲一转身，她就偷偷地把该死的裹足布拆下。结果又被缠上，再拆下。缠缠拆拆对峙了几天，母亲只好与父亲商量对策。

父亲叹了口气，说，听说外地已经有了天足会，抗议裹足，倡导放足。应春这孩子性子烈，这件事就随她的愿吧。

母亲自己饱受裹足之苦，从心底里并不愿给女儿再套上这副枷锁，只是长辈的意愿难以违背。丈夫既然松了口，来自长辈的压力便由他撑着，她也就不再坚持，并深为女儿感到庆幸。

小应春破天荒地成了胜利者，她的一双"解放脚"，在葫芦兜的张家内外成了一件新鲜事。她开心地笑了，脸上还留着泪痕。小应春给张家的女儿们树立了榜样，后来，她的妹妹们没有一个裹足的。她迈着天足，大踏步地走上人生之路。

…………

第六章　厦门海边遥望北方　柳氏诗人热忱引领

农历四月，布谷声声中，枝繁叶茂的江南孟夏已然到来。二十一岁的张应春从上海中国女子体育学校毕业。她毅然辞别父母弟妹，远赴福建厦门厦岭学校担任体育教师。

厦岭学校在厦门的鼓浪屿。早在第一次鸦片战争时期，英国舰队攻占鼓浪屿，在山顶设炮台控制厦门，清政府和英国签订了不平等的《南京条约》，厦门成为五个通商口岸之一。后来，鼓浪屿被西方列强正式明确为公共租界，陆续有十三个国家在此设立领事馆，各国传教士、富商在岛上相继建立教堂、学校、医院、公馆、洋行等。

张应春远离家乡，远离上海，来到这东南一隅，可以说是举目无亲、倍感孤独。特别让她难以忍受的是，在这个西方列强操控下的公共租界，周遭的环境如同一潭死水，让她非常压抑。她经常碰见国人在大街上横遭外国巡捕阻拦、搜查的情形；又见炎炎烈日下，中国苦力们挽着大石滚碾压道路，外国人却佩着手枪在一旁监视。中国的土地上，竟由外国侵略者作威作福，而中国人却备受欺凌，让她深受刺激，痛感民族的耻辱。毕竟，在女子体校上学时，她参加过国民大会，她走上街头抗议游行，接触过反抗帝国主义的民主革命新思潮，那样的情景让她难以忘怀，这一颗激荡的心再也不想被禁锢、被窒息！

在教学之余，张应春常常走到海边，看蔚蓝色的海水追逐着的浪花，一朵谢了，一朵又开了，周而复始，永不停歇；到了涨潮时，海浪一个连着一个向岸边涌来，像一座座滚动的小山撞到海边的礁石上，溅起好几米高的浪花，发出阵阵轰响……每当此时，她的内心就难以平静。她遥望北方，想念亲人，回味学生时代那激情澎湃的火热生活。

当然，作为一名体育教师，张应春一直尽心尽职地发挥自己的特长，在课堂、在操场上传经授业。她的扎实功夫和灵活技巧，她的青春活力，犹如一股清新之风吹皱一池春水，让师生们耳目一新，深受学生的喜爱，也得到了校方的肯定。然而，就在张应春担任教职的第一个学年即将结束阶段，她的右脚突然染上了"丹毒"，病症来势凶猛，不仅疼痛异常，还很快就难以行走和站立，无法进行体育课的示范和教学工作。因此时已经临近暑假，她只好跟学校告假，提前返乡就医。

张应春拖着病足，辗转千里，疲惫不堪地回到家。父母大吃一惊，他们看到女儿的右足及小腿已经红肿得变了形，伤口渗液感染，禁不住心疼得流下泪水。第二天，他们就将女儿送到离家较近的芦墟医院，让她住院诊治。同时，他们暗暗商定，女儿治好足疾后，也不让她再到那么远的地方去教书了。

张应春在芦墟医院住院近两个月，经过治疗和家人的精心照料，终于痊愈出院。回到家，父母就跟她谈心，说让她一个女孩子远离家乡，在偏僻的海岛上教书，他们实在不放心。他们宁愿她不去挣钱，也不打算再让她走了。母亲说着说着，就流下了眼泪。父亲则态度坚决地说："你先安心休养，厦门那边的教职就辞了吧，暑假后不要回去了。至于今后，凭你的本事，不愁找不到教书的地方。"

父母的劝阻，让张应春沉思良久。一年来，在鼓浪屿的孤寂生活的确让她难以忍受，但与学生们建立起来的感情以及校方对她的关照，又让她深为留恋。她没有立即答应父母，打算考虑几天再作决定。

住院期间，柳均权专门去探望过她。现在出了院，脚伤好了，张应春便心情急切地赶往黎里，想跟离别多日的好友聚一聚。在柳家，张应春遇到了几年未曾见面的柳亚子。可以说，这一次见面，是张应春人生之路的新起点。

这些年来，柳亚子一直致力于南社事务，组织南社的多次雅集。1922年，孙中山领导的护法运动在艰难竭蹶中出现转机。桂系军阀被赶出广东，孙中山在广州就任非常大总统，并发表对内对外宣言，积极准备北伐。柳亚子精神为之一振，翘首盼望南师北征，早早结束长夜漫漫的军阀混战局面。

这年9月，柳亚子一家移居本镇的五亩园周氏"赐福堂"。柳亚子在院中的藏书楼专辟了一间"磨剑室书斋"。他"置身草芥"，却"放眼天涯"，会同黎里区教育会等九个团体，成立《新黎里》报社，社址设在本镇庙桥弄县立第四高等小学。由他任总编辑，县立第四高小校长毛啸岑任副总编辑。毛啸吟是个二十四岁的有志青年，从此追随柳亚子投身革命。

张应春与柳亚子的这次见面就在"磨剑室书斋"。那天，均权把她带到书斋，对正在埋头笔耕的柳亚子说："哥哥，你看谁来了？"

柳亚子放下笔，转身打量眼前这位端庄健美的女孩。他笑了："这不是你的应春姐姐嘛，稀客稀客！"

张应春说："我哪是稀客，每次放假我都到府上来的，只是亚子先生太忙，不便过来打扰。"

柳亚子说："你和均权是好姐妹，到这里就跟家里一样，不必拘泥哟。"

均权告诉哥哥，应春最近足疾刚痊愈，却又遇到了难题，有些拿不定主意，她建议应春跟哥哥聊一聊，或许能有些帮助。

"哦？"柳亚子应了一声，关切地询问应春足疾的康复情况，让应春坐下来聊。他身上有种诗人特有的气质，向来说话爽快又不失风趣幽默。他说女大十八变，应春这几年长高了，更健美了，自己站起来跟她一比，显得还没有她高，这让他"相形见绌"，很有些压力。

他这一句话就把应春逗笑了。她感觉还跟当年见到他一样，仍是邻家大哥一般，让她心情放松，不再拘谨。

他们的交谈从应春当下面临的选择开始，是留在家乡，还是去遥远的鼓浪屿？追忆到她在上海女子体校的求学经历，她参加国民大会和抗议游行的激情时刻，她在鼓浪屿的孤单和压抑……

柳亚子则从书桌上的几本《新黎里》，谈到陈独秀创办的《新青年》，从五四运动谈到俄国的十月革命，从领导护法运动的孙中山谈到他推崇的李宁（列宁）和马克思学说……

他们谈到了当下中国社会的黑暗，谈到了对封建军阀及其背后帝国主义列强的憎恨，他们找到了共同的话题和兴奋点。柳亚子广博而深邃的学识和他追求革命的豪情，把张应春的视野引领到了一片广阔而崭新的天地。

最后，柳亚子说倾向于她父亲鼎斋先生的意见，建议张应春辞去厦门的教职，留在家乡或离家乡较近的上海等地，肯定能找到适合她的工作。他说比如编辑《新黎里》，目前就需要一名像她这样思想进步的青年助手。不过，他觉得应春更应该发挥体育特长，从事教育事业。他说最近刚去了一趟松江，受邀参加那里的一所学校——"景贤女子中学"的暑期演讲会，给师生们作了一场演讲。景贤女中应该非常需要她这样的体育教师，他可以负责推荐。

张应春非常感激，当即表示，如果有这个机会，她愿意到松江的景贤女中任教。

柳亚子说，景贤女中的两位创办人与他有师生之谊，两人都还年轻，你们都是志同道合的进步青年。到那里，你一定能够有用武之地，能够做一番事业。

临走时，柳亚子还赠送了几期《新黎里》给张应春，欢迎她给这份半月刊撰稿。

…………

第十六章　冲破阻力奔赴广州　国共合作受益匪浅

中国国民党第二次全国代表大会，将于 1926 年年初在广州召开。在上海执行部的女同志会议上，张应春被推选为国民党二大江苏女代表。她积极吸收各方面的意见，准备了拟向大会报告的三个问题：一、经费问题；二、妇女部独立，不要由男子任部长；三、注重劳动妇女工作。

当天，张应春写信给在黎里的柳亚子先生，通报情况，征求意见。她写道："其余的要求，还有哪些可以增加？我一时想不出，你可以代我想出几个么？这次全国代表大会，我们省部也是要派人出席的，我们也可以先考虑好一些意见和要求带到会上，你看如何？"

在随后又一封给柳亚子的信中，她仍是通报了省党部的一些情况，并请他对妇女部的工作给予指导。在这封信中，她还对好友柳均权对待革命事业的消极态度表示忧虑，并希望亚子先生能够予以批评说服：均权今天来（省党）部里了。我正在参加一个会议，没法陪她，她坐了一会就离开了。我觉得很对不起她，约她下星期再来，她说来看我是可以的，但不愿来开会，而且她说永远不愿出席无论什么会议了。我想她这样消极，大概是被教会麻醉的吧？还是被教会学校那些大小姐色彩的学生感化了？您能够去说说她吗？

这时，她的家庭也出现了阻力。"西山会议派"的猖獗，连葫芦兜这样偏僻的乡间也深深震惊了，其中还夹杂着不少骇人听闻的谣传。一天，张应春接到父亲的来信，一定要她回家。父亲认为当前的时局很是凶险，生怕女儿遭受意外。

那天，窗外的冷雨凄凄，尖削的寒风从窗缝中吹进来，让人陡感彻骨的寒意。举目看看窗外，只见一片烟雾迷蒙，整个上海仿佛沉沦于灰白色的死寂的空气中。透过那薄薄的信纸，张应春似乎看到父母那忧心忡忡焦虑万分的神情，她的心里涌起一阵涟漪。是的，他们是那样的疼爱自己，他们的担忧不是没有缘由。她不想责怪他们添乱，但回去一趟，跟他们作一些沟通和解释，给他们一些安慰是必要的。

恰巧，这时江苏丹阳妇女界邀请张应春前往讲演。她准备先作丹阳之行，回上海时顺路返家一趟，做做家庭工作。但是，由于上海执行部妇女运动委员会被解散引发了激烈斗争，她的丹阳之行只好一再延期，回家一趟的打算也就迟迟未能实现。

直到 12 月 21 日，张应春不得不提前于丹阳之行之前，从上海直接回到葫芦兜家里。

关于出席国民党二大的广州之行，家里出于对女儿的忧心，竭力反对。张应春和父亲之间发生了争执。

父亲说："那南粤之地，极不太平！他们连廖先生都敢暗杀，你非要去那里折腾什么？"

应春说："爸，你当年可不是这样啊！记得你跟我说过，广东是辛亥革命的摇篮，也是孙中山先生的革命发源地。其实那里现在是最革命、最平安的地方。"

父亲"哼"了一声，说："这世道，还有什么平安的地方？闺女，你就别再折腾了，老实在家待着吧，要么还是回黎里教书。爸不是为难你，你也老大不小了，在家歇一歇，也该考虑自己的个人大事了。"

应春急了，说："爸，你烦我了是不是，这么急着想把我嫁出去呀？这个家我可没待够，我还没想考虑这个事。"

父亲的态度坚决："你回家来，我不催你嫁人，可广州你不能去，上海我看你也别再去了！"

母亲从来没见过这父女俩如此对峙，不依不饶。她赶紧过来打圆场，说："应春，听说你要回家，你爸特意让人送了些大闸蟹过来，这时节蟹子透肥，我已经煮好了，这就给你端来，趁热吃。"

这时，弟弟祖望小妹留春都围了过来。两个月了，他们才见到大姐一面。他们知道大姐在外边做大事，心里很是羡慕，为姐姐感到自豪，但父母的焦虑和外界的谣言传导给他们，让他们也时时为姐姐的安全担忧。

应春让弟弟妹妹一起吃蟹，谁知他俩都连连摆手。留春说："姐，我们在家常吃的，我都吃腻了。"

应春笑了："小馋猫，我还不知道你，还吃腻了，快一起吃吧！"

一时间，张应春被家的温馨包围着，她的心里又一次荡起涟漪。但是，她知道，家的安详平和只是暂时的，军阀混战，小小葫芦兜照样被卷进战祸的漩涡，颠沛流离的日子也不是没有过；父亲自己都叹息，这世道哪里还有平安的地方？她现在所投身的事业，到广州去，不就是为了这个国家，为普天下的民众争取民主自由、争取幸福生活的权利吗？

她相信，父亲总有一天会理解她的。

这一次，父亲虽然进行了劝阻，但仍没有硬拦。他知道，就是把女儿拦在家里，锁在房里，也拴不住女儿的心。当年，是自己给小应春讲秋瑾的故事，让她以秋瑾为榜样的呀。他真的没有料到女儿会义无反顾地走上这条布满荆棘的革命之路。

张应春在家只住了一天，就匆匆回到上海。本来，她定于二十四日和侯绍裘、朱季恂、刘重民等五人，一起出发前往广州，但考虑到这一去将要一个多月的时间，丹阳之行不能再拖那么久了，于是，她不得不独自推迟了行期，于二十四日前往丹阳，为丹阳妇女界作了《妇女与革命的关系》的讲演。

张应春作为国民党江苏省党部的代表，专门给丹阳妇女界上课，发表演说，这在丹阳还是有史以来第一次。张应春说："女子地位的低下，家庭束缚是因素，但归根结底还是社会制度的问题。只有进行国民革命，改革不合理的社会制度，才能推翻压在妇女身上的大山！"

丹阳的女同胞听了张应春的演说，既感到新鲜、钦佩，又懂得了"国家兴亡，女子有责"的道理，认识到推进国民革命是妇女解放的先决条件。

告辞丹阳的姐妹们，张应春毅然风尘仆仆地赶往广州。

1926年元旦，国民党二大在广州召开。代表们听取报告，议事发言，并参加了数次盛大的祭礼。祭黄花岗七十二烈士墓，祭廖仲恺墓，祭沙基死难烈士墓。张应春聆听了中央代理宣传部长毛泽东所做的宣传报告，邓颖超代中央妇女部长何香凝所做的妇女运动报告，以及何香凝在公祭廖仲恺，公祭沙基惨案死难烈士大会上的演说。她认真撰写并递交了江苏妇女运动书面汇报，提出了关于妇女运动的两项议案：一、中央各省党部组织妇女运动讲习所函授班案；二、中央各省各县党部附设平民妇女学校案。

会议上，张应春及侯绍裘、朱季恂等多次发言，揭露"西山会议派"控制的伪中央执行部的种种劣迹，提案严惩"西山会议派"等右派分子。期间，张应春见到了她一向钦佩的孙夫人宋庆龄。她是那样的端庄美丽，温文而严肃，充满革命的热忱，坚守孙中山先生的理想和主张，和中国共产党真诚合作。张应春怀着激动的心情，走到宋庆龄面前，向她问好致意。宋庆龄见她不仅年轻还精明能干，更是参加大会的江苏省唯一女代表，感到欣慰并给予了张应春充分肯定。

张应春还结识了广东妇女运动的领导人邓颖超。她是国民党广东省党部妇女部秘书，也是中共广东区委委员兼妇女部长。广东是国民革命的策源地，在何香凝、邓颖超的领导下，妇女运动和妇女团体都较其他省份活跃。张应春通过与邓颖超真诚交流，学习经验，受益匪浅。

张应春和侯绍裘、朱季恂、刘重民等人出席了江苏旅粤同志欢迎会，并合影留念。她特地买了一只精美的漆盒，作为参加这次大会的纪念。

置身于这样一个云飞浪卷的大革命中心，张应春深深感到自己还很稚嫩。她萌生了进入上海大学社会科学系学习的念头，想多学些革命理论，以便更好地领导全省妇女运动。

1月7日深夜，她在灯下给柳亚子写信："在此，我觉得我的能力实在薄弱，学问实在不够，明年想进上海大学新社会学系求学。不知做得到么？你以同志的角度来切实地评论一句好吗？我之所以要读书原因如下：一、想得些知识上的进步而领导妇女们做革命工作；二、我的脚至今未愈，教员当然不能做了；三、我现在住在上海，省部方面党证仍由长林发或由省部交给我，妇女部事情仍旧可以顾到。你看如何？"

她还写道："何香凝同志见识实在不错，她在五日那天公祭廖先生时发表的意见和祭沙基惨死烈士时的报告都令人钦佩。我想要和她详细谈一次调查妇女运动，但我的计划尚未做好，故不能即日要求，况且这几天她很忙吧。大会至15号闭幕。现在一个问题也没讨论过，时间已过了七天了，您道糟糕不糟糕呢！"

张应春特地向大会发刊处登记，要求给没有参加大会的柳亚子直接寄二百份大会日刊。

这次大会，通过了有关继续坚持孙中山三大政策、加强国共合作、扩大反帝反军阀运动、联合被压迫民族、加强农民运动等重要决议。柳亚子当选为国民党第二届中央监察委员，朱季恂当选为中央执行委员。两人仍兼江苏省党部常务委员，负责江苏党务。

…………

第二十四章　血花红染长歌当哭　英烈精神万古流芳

4月11日清晨，张应春从上海风尘仆仆地抵达南京。她先找到陈君起的家。

陈君起此时任中共南京市委委员兼妇委书记，亦是国民党南京市党部执行委员兼妇女部长。她出生在嘉定县（今嘉定区）南翔镇一个封建官僚家庭，曾求学于上海务本女塾师范科；1924年春加入改组后的国民党，当年底加入中国共产党。她参加过江苏省党部在上海举办的各市县党部联席会议与全省干部寒假训练班，又与张应春一起参加过中山陵奠基典礼。她曾遭反动军阀逮捕，被冠以所谓"革命党"的罪名，关在军阀当局的警察厅，后被中共党组织营救出狱。

作为战友，张应春与她多有交往。虽然两人的年纪相差十六岁，但是却有着类似的人生经历：两人从小进私塾读书，拥有一定的文化基础；青少年时期进入女校接受现代教育，受到民主革命思想的熏陶，有着进步的价值取向。她们性格独立刚强，有着鲜明的女性自我意识，同时对广大社会各阶层的妇女报以同情，对于妇女解放运动有着热忱的关注与积极的参与。后期，在周围进步人士的影响下，开始接触马克思主义，最终确立共产主义信仰，并将之视为妇女解放的思想指引。

同时，作为妇女解放运动共同的实践者，张应春和陈君起有着共同的理想、抱负和社会责任感，她们也在工作交流中互相鼓励和帮助。南京居安里二十号，陈君起的家，实际上是中共党员经常聚会活动的场所。张应春到南京调查研究工作时，都住在她家中。她们互称"同志"，以示对彼此的尊敬和赞赏；她们一起探讨社会问题，探讨中国的未来，探讨党组织的发展，探讨中国妇女的未来出路，在工作交流中加深对于彼此的认知，也切磋出更多的思想共鸣。

但是，陈君起并不知道当天凌晨的情况突变。张应春到她家后，来不及休息，两人便一起前往大纱帽巷十号联络站。潜伏在那里的侦缉队特务，当场将她俩逮捕。

张应春、陈君起、侯绍裘等十余人，都被秘密关押在南京市公安局看守所。

陈君起被捕后，在狱中给儿子曾鼎乾写了一封信，托人送出，邮寄到儿子读书的钟英中学。据曾鼎乾追忆，这封信的内容如下：

阿宝：

　　我又被捕了，这次我不会再出狱了。

　　我和张应春两人仍住在我上次被关的那间小房子里，很挤，但我们很相安。这次上面很凶，但下面对我们很同情。我和张偷偷去看过侯绍裘、刘重民他们男同志，他们的处境更苦。

　　这件事说明我们还很幼稚。你接信后就回家，把我的房门锁好，谁都不要进去住。有可能给我送几件换洗的衣服来，张应春也要。

　　你自己要慎重，不多嘱。

母字。

陈君起首先向儿子传达了自己的目前处境及相关信息。面对即将来临的残酷屠杀，陈君起首先想到的是党的机密。因为她的突然被捕，家中还留有未来得及销毁的党内文件和资料。"把我的门锁好，谁都不要进去住"，暗示儿子要牢牢做好保密措施，不要让敌人发现这些文件资料。其次，她深刻地总结了南京党组织遭受破坏的主要经验教训，这就是当时南京党组织"还很幼稚"，缺乏同强大敌人进行斗争的经验。

曾鼎乾按照母亲的吩咐，在家收拾了一些母亲的衣物，第二天前往市公安局看守所探监。此时的看守所已然被国民党新军阀占领，戒备森严，军警林立，曾鼎乾未能见到母亲和张应春。

南京"四一〇"事件发生后，中共上海（江浙）区委领导十分焦急，紧急派人到南京济难会，嘱咐尽一切办法打听失踪人员的下落，千方百计进行营救。

在狱中，敌人软硬兼施，威逼利诱。张应春等同志坚贞不屈，坚持斗争。张应春被吊打了一天一夜，昏死过去，又被冷水泼醒，可是除了"我是共产党员"（1925年后加入中国共产党）一句话外，敌人一无所得。她威武不屈，视死如归，表现出了一个共产党员崇高的革命气节。

侯绍裘面对蒋介石以江苏省政府主席的职位收买，严词拒绝，没有丝毫动摇。陈君起在严刑前，公开承认自己是共产党员，信仰共产主义，当敌人问到其他同志情况时，她斩钉截铁地说"不知道"。刘重民大骂蒋介石背叛革命，屠杀人民，被残酷地割去了舌头。

大约在张应春等人被捕后三四天的一个黑夜，敌人下了毁尸灭迹的毒手。公安局长温建刚、特务头子陈葆元奉蒋介石密令，亲自指挥侦缉队进行残杀。赵笏臣等刽子手用刀把张应春活活戳死，装入麻袋。黑夜中，偷偷用汽车运到南京通济门外九龙桥，投入秦淮河，毁尸灭迹。烈士的鲜血染红了秦淮河水。与张应春一起被害的，还有与她一同被捕的共产党员陈君起及侯绍裘、刘重民、谢文锦、许金元等十余位同志。

殉难南京，张应春年仅二十六岁。

"革命的事业，没有流血是不会成功的，但是只流男子的血，不流女子的血还是不够的，……我们誓死要从红色的血泊里，找着光明的途路，建设起光华灿烂的社会来。"

张应春的英勇牺牲，实践了她的铮铮誓言！

张应春遇害的噩耗辗转传到家乡，一家人惊惶不已，疑信参半，痛苦万分。父亲张农悲恸欲绝，寝食俱废，两度亲赴南京，到处探询女儿的消息，却终究得不到确切音讯。他过度伤心，忧忿成疾，数月后便呕血而逝，终年五十岁。

弟弟祖望因姐姐的惨死与父亲的亡故，深受刺激，神志失常，只几年后亦英年早逝。

妹妹留春一直想着大姐临去南京时那句话，"大姐会回来的"，总觉得她还活在人间，二十余年，朝思暮念，盼她回来。直到1950年4月，读到纪念张应春、侯绍裘烈士的特刊，才相信大姐应春确在23年前英勇牺牲。

除了家人外，无论是同乡交际，还是革命交往，柳亚子绝对是最为悲痛的人。

张应春牺牲时，柳亚子正逃亡日本。但他的心却留在了国内，时刻关注着国内的形势，牵挂着张应春的安危。

得知张应春不幸牺牲的消息后，柳亚子挥泪吟就一绝：

血花红染好胭脂，英绝眉痕入梦时。

挥手人天成永诀，可怜南八是男儿。

1928年，柳亚子结束了在日本的流亡生活，以中央监察委员的身份来到南京出席国民党二届五中全会。在南京期间，他不惧白色恐怖，四处探寻张应春的遗骸，终无结果。

因为寻不到张应春的遗骸，柳亚子与其挚友沈昌眉及张氏亲属，在家乡为张应春营建衣冠墓，并请国民党元老于右任先生题写碑文："呜呼，秋石女士纪念之碑！"这一年冬，墓筑成。入葬时，以梳妆盒代首，还有帽子、衣裤、鞋袜等遗物一起入葬。墓茔位于汾湖之畔的葫芦兜村北莲荡滩，与明末才女叶小鸾墓一水相望，坐南朝北，以示向着张应春牺牲之地——南京。

柳亚子与张应春从相识到相知，肝胆相照，结下了深厚的友情。1950年，年过花甲的柳亚子从"思旧庐"的书橱里拿出一张珍贵的照片，让人去王府井的照相馆洗印。这是张应春的照片，他要将洗出的照片赠送给邓颖超。柳亚子说，张应春与邓颖超都是中国妇女运动的先驱，都是第一次国共合作期间的跨党党员，也都是国民党第二次全国代表大会的代表，都曾去广州开会，共商妇女运动的大计，她们俩有着深厚的同志情谊。

1950年4月，《解放日报》《新民晚报》特辟专栏，发表陆定一等人的文章，纪念张应春、侯绍裘等烈士殉难23周年。1955年1月，中央人民政府主席毛泽东向张应春烈士的家属颁发了《革命牺牲军人家属光荣纪念证》。

张应春，这位从20世纪初走来的女性，一生凭借着自身顽强的意志和毅力，拨开层层纷扰，挣脱社会桎梏，奋而跃身时代浪潮，勾勒出一幅浓墨重彩的人生画图。

历史无言，河水无声，然而岁月不曾遗忘。以张应春为代表的革命女性，勇敢挣开命运的束缚，寻求光明；在国家、民族沉重危难的时刻，她们挺身而出，迎难而上，用顽强博弈展现出一个时代女性的刚毅属性和精神魅力。她们对于理想和信仰的奋力呼唤，依旧贯彻新世纪的天地，震慑人心。

江苏凤凰文艺出版社 2018 年 10 月出版

山坳里的团队

苏学文 江苏连云港人。1993年毕业于中国人民解放军艺术学院文
学系。1995年加入中国作家协会。其作品曾获第五、六届
全军文艺新作品奖，并获全国电影评论奖和全军报告文学
征文奖多次。

一位作家说过，一名军人不能没有不屈不挠的灵魂；一个团队不能没有勇
猛顽强、奋勇向前的精神。驻守在太行山下、易水河畔一座山坳里的某机械化
步兵团，用她五十五年辉煌的历史印证了这位作家的话。

日月交替，时光如梭。当新世纪的钟声敲响之后，虽然历史的画卷匆匆地
翻过了一页，但是，昨天的记忆在共和国军人的脑海中依然很难忘却。著名作
家魏巍在报告文学《谁是最可爱的人》中记述的这个团队抗美援朝松骨峰战斗
场面的文字仍然历历在目：

还是在第二次战役的时候，有一支志愿军的部队向敌后猛插，去
切断军隅里敌人的逃路。当他们赶到书堂站时，逃敌也恰恰赶到那
里，眼看就要从汽车路上开过去。这支部队的先头连——三连就匆匆
占领了汽车路边一个很低的光秃的小山岗，阻住敌人，一场壮烈的搏
斗就开始了。敌人为了逃命，用三十二架飞机、十多辆坦克和集团冲
锋向这个连的阵地汹涌卷来，整个山顶都被打翻了，汽油弹的火焰把

这个阵地烧红了，但勇士们在这烟与火的山岗上，高喊着口号，一次又一次地把敌人消灭在阵地前面。

……最后，勇士们的子弹打光了。蜂拥上来的敌人，占领了山头，把他们压到山脚。飞机掷下的汽油弹在他们的身上燃起了火。这时候，勇士们仍然没有后退，他们把枪一摔，身上、帽子冒着噌噌的火苗向敌人扑去，把敌人抱住，让燃烧自己的火，也要把占领阵地的敌人毁灭……

这就是朝鲜战场上一次最壮烈的战斗——松骨峰战斗，或者叫书堂站战斗。假若需要立纪念碑的话，让我把带火扑敌和用刺刀跟敌人拼死在一起的烈士们的名字记下吧。他们的名字是："王金传、邢玉堂、井玉琢、王文英、熊官全、王金侯、赵锡杰、隋金山、李玉安、丁振岱、张贵生、崔玉亮、李树国。还有一些战士，已经不可能知道他们的名字了。让我们的烈士们千载万世永垂不朽吧！"

文中提到的烈士名单中的李玉安、井玉琢却没有牺牲，三十多年后，他们又来到了老连队，一时"活着的烈士"通过新闻媒体，又传遍了千家万户，这支在朝鲜二次战役中为赢得"万岁军"美名立下赫赫战功的英雄团队，再次照亮了人们的眼睛。追溯历史，这支组建于1935年红军时期的团队，在抗日战争中转战苏鲁豫，至今，当地人民群众还忘记不了她的前身"老十三团"的勇士们；解放战争中，这支部队由山东挺进东北，"三下江南，四战四平"，足迹踏遍了白山黑水；南下入关，平津战役中率先攻入天津城，抢占了金汤桥。在历次战斗中，先后涌现出了"拉法山战斗夜老虎连""四平战斗模范连""天津战役三好连""踏破长江英雄连""松骨峰战斗特功连"等英模连队。

面对这支部队灿烂的昨天，虽然令人骄傲和自豪。但是，辉煌已成为历史长河中的一朵浪花，当岁月的步伐走出战火硝烟，踏入和平时期后，这支部队却从吉林通化千里跋涉进驻到了太行山脉的一个山坳里，二十多年来，一茬茬官兵在这座山坳里，又用他们的青春与热血续写了新的篇章。

一

团队刚移防来华北时，一个团队分在五个山坳里，与周边的村庄毗邻相连，绿色的军营给沉寂的山坳增添了一道绚丽的风景，也给驻地周围的村庄带来了许多生机。特别是进入 20 世纪 90 年代后，在市场经济大潮的冲击下，周围村庄对军营逐渐形成包围之势，在营门前马路两边，商店、饭店和各种娱乐场所，一时间拥拥挤挤，排成了一条长巷，无形之中给部队的管理出了一道不大不小的难题。虽然门前的一条长街比不了上海的南京路，但是，大门外彻夜不眠的灯光，对长期驻守在山坳里的年轻军人来说，还是带来了一种不可名状的诱惑。

就在这个时候，一直是团队基层建设一面旗帜的三连，在战争年代有着敢打硬仗、善打恶仗、不畏强敌、勇猛顽强的过硬作风的英雄连队，由于只重视了抓强项、保牌子，经常性教育和管理工作一度放松下来。

政治处调查组进驻三连，两天后，一份调查报告送到时任政委宋毅的办公桌上，报告中说，连队一名城市兵从小娇生惯养，入伍前在家里衣来伸手，饭来张口，入伍后在连队过不惯"苦日子"，晚饭后经常约同乡到门前一条街上吃吃喝喝，一年时间就花费了三千多元，津贴费花光了，就打电话让母亲坐飞机来还欠账。

一名农村入伍的战士，刚从汽训队学会驾驶回到连队，听说在地方开车一月能挣几千元，服役期没有满，就压床板、闹情绪要退伍。

连队一名年轻干部，感到整天和战士在一起摸爬滚打，已经够辛苦了，课余时间不能委屈自己，一有时间就到门前一条街上溜达，时常进饭店喝两杯，到卡拉 OK 厅喊两嗓子。

报告中还提到其他连队或多或少也有类似问题。"三连现象"让团党委警觉起来，团里决定立即在全团进行一次艰苦奋斗教育。教育开始后，不少官兵不以为然，现在什么年代了，还搞艰苦奋斗教育？有的则认为，在山沟里当兵已经够艰苦了，还用得着搞教育吗？

台上讲，台下听，效果不理想。于是，又换了一种形式，让全团官兵观看

《霓虹灯下的哨兵》这部影片，而后在全团官兵中展开大讨论。

在讨论中，团党委适时引导官兵根据江主席提出的"五句话"总要求，联系部队建设和个人思想实际，进行认真的讨论辨析。通过这次教育，大家终于达成了共识，全面落实江主席"五句话"指示精神，首先必须在思想政治上过硬，才能够永葆人民军队的本色，实现基层建设全面过硬。为了丰富官兵的业余文化生活，团里投资十几万元，先后建起了图书阅览室、卡拉 OK 厅、健身房等学习、娱乐场所。同时，为了提高官兵的文化素质和鉴赏水平，团政治处还组织开展了读书演讲比赛、影视评论、军营一日征文等活动。

三连开始痛定思痛，连队指导员深有感触地说，过去，三连之所以是全团的一面旗帜，就是因为连队建设方方面面都过硬。现在三连教育管理工作走了下坡路，是仅靠工作"一招鲜"造成的，抓强漏弱就会两头冒尖。

教训使三连党支部一班人惊醒过来，他们在抓好以军事训练为中心工作的同时，坚持把官兵的思想政治教育放在首位，把经常性管理工作摆上了议事日程。他们抱着在哪里跌倒就在哪里爬起来的决心和勇气，在连队深入开展了"双争"活动。从此，营门外的一条街逐渐萧条冷落下来，许多饭店，商店都关了门。而三连的兵从门前一条街上走过，都是两人成伍、三人成行，昂首挺胸目不斜视。当地的商贩看见了都说"挺机灵的小伙子，怎么出了营门都'傻'了。"功夫不负苦心人，很快，连队的全面建设有了新的进步，1996 年三连被评为先进连队；1997 年连队荣立了集体二等功，被誉为"松骨峰连"的旗帜又在全团官兵的心中飘扬起来。

二

当回顾这个团近几年来的发展变化时，不能不提到 1982 年那个夏季。驻守在山坳里的摩托化步兵团率先被中央军委改编为机械化步兵团，当时那是在中国人民解放军的序列里被改编的为数不多的一个机械化步兵团。那天，全团官兵看着一辆辆装甲输送车隆隆地驶进营门的时候，一个个都显得异常激动，有了机械化装备，官兵们就感到如虎添翼了。装甲车在车场停下后，一个老兵围着它转了两圈，摸了摸被太阳烤得烫手的装甲车铁壳说："伙计，你姗姗来迟啦！三十年前咱们要是有这家伙，也就不用两条腿和美国的汽车轮子赛跑了。"

三十年前，中国人民志愿军在朝鲜战场上，用两只铁脚板赛过了美国兵的汽车轮子。三十年后，当我们有了机械化装备，还有什么样的敌人不能战胜呢？

四年后的 1986 年，也是一个炎热的夏季，北京军区对某机械化师进行全师拉动，并在内蒙古草原进行实车实弹检验性大演习。这个团在师的序列里千里开进大草原，二百多辆履带、轮式车辆和一千多名官兵，人不掉皮，车不掉漆，圆满完成了拉动、演习任务。

又时隔五年，到了 1991 年 12 月，走马上任不久的军委副主席刘华清上将，来到某机械化师视察武器装备管理和军事训练工作。当刘华清副主席和陪同来的军区、集团军首长在招待所听完机械化师师长的汇报，他扫了大家一眼后说，耳闻不如目睹，能不能让我亲眼看看？

当时已下了一天的雪，天寒地冻，四野白茫茫一片。陪同的工作人员看了看窗外，对刘华清副主席说，首长，现在天气不好，路也不好走。刘华清副主席说，越是天气不好，路不好走，越是要去看看他们的战备情况。我就去他们那个在山沟里的团。老将军说走就走，半个小时后，一行车队开进了这个团的营区大院。

由于营区分散，车库还没有建好，一辆辆装甲车披着车衣停在露天车场，车衣上覆盖着一层厚厚的积雪。刘华清副主席提出对全团进行全员全装备紧急拉动。

团司令部接到命令后，40 分钟内，全团二百多辆装甲输送车抖掉身上的白雪，喷着浓浓的黑烟，轰隆隆地驶出营门，向集结地域开进。老将军听着履带碾轧冰碴的声音，望着山路上滚滚车流，脸上终于露出了欣慰的笑容。

自此以后，这个团年年有大的任务，年年有高规格的考核比武，年年有军区、集团军以上的检查，他们都以此为契机，全面摔打锻炼部队。1998 年，这个团代表师接受军区实兵演习考核。时值三九，室外气温达零下二十多度，全团叫响了"唯冠必夺，唯一是争，让松骨峰团队再展雄风"的口号。广大官兵战严寒，斗风雪，顽强拼搏，始终保持了昂扬的精神状态。当时已确定复员的 610 名老战士自觉服从大局，甘愿推迟离队时间，投入到演习之中。步兵五连接受建制连五公里武装越野考核，班长陈立新擎着"飞虎山特功连"的荣誉旗，跑在最前面，在跑出不到 1000 米的时候，不慎跌倒，肘部、膝部、脸部多处受伤，鲜血直流。当时，连队干部命令他下去休息，他执意不肯。凭着顽强的作风，过硬的素质，手举大旗第二个冲到了终点。见到连长，陈立新有些惭愧地说："对不起，连长，我没有拿到第一。"

在新的形势下，团党委着眼培养官兵过硬的军事素质，把军事训练成绩当作战士考学、提干、入党的重要依据，实行"一票否决"；叫响了"不抓训练的领导不是好领导，训练不过硬的干部不是好干部"的口号，在全团营造了习武光荣，精武吃香的浓厚氛围；他们还把高科技知识学习与新装备训练结合起来，促进了战备训练水平的提高，团队连续 5 年在集团军年度军事训练考核中保持领先地位。

为适应未来战争的需要，他们还结合机械化部队的实际，大胆进行训练改革。上级多次在这个团召开会议，推广经验。团司令部针对夜训这一课题，从战斗编组、进攻样式和攻击方法等多侧面摸索试验夜战新法，把过去那种"高抬腿、低猫腰、轻落脚"的夜战方法，改革成了适应机械化部队的"近靠快攻、穿插分割、多法并举、各个歼敌"的现代夜战方法，并总结编写了 69 份夜训教案，解决了夜间进攻战斗中"靠得上、插得进、歼得了"的问题，为机械化步兵夜训趟出了路子。参谋长刘晓光，被官兵誉为"科技迷""军事通"，他刻苦学习高科技知识，结合工作实践，先后撰写了 7 篇学术论文，在《中国军事科学》《现代兵种》等刊物上发表，其中，《炮火延伸时间应为"C"》一文入选中国军事文库。在他的带领下，当时司令部的 29 名干部，个个胜任本职工作，人人达到了"六会"要求，较好地发挥了职能作用，因此，刘晓光被军区树为"抓基层先进旅团机关标兵"，并荣立集体二等功。

三

部队分散驻守在几个山坳里，由于交通运输不方便，给连队的供用带来很多困难。晴天还好，给养员骑自行车或赶着毛驴车到十几公里外的县城采购，遇到阴雨天，买不到肉菜，只好凑合着吃咸菜。当时任政治处主任的郭志刚到连队蹲点，正巧遇上连阴雨，郭主任发现连队饭桌上每餐都摆着罐头，就问连队干部为什么每餐都吃罐头，连队干部说是改善伙食。再问才知道，连队没有买到蔬菜。正值蔬菜旺季，连队战士却吃不上蔬菜，这使郭主任感到，思想政治工作不仅要解决怎样对待吃不上蔬菜的问题，而且还要解决如何能吃上蔬菜的问题。于是，在团常委会上，郭主任提出要自力更生，解决好连队伙食问题。经过讨论，团常委决定在山坡上开垦一片荒地作为"常委试验田"，把在平原上种植的瓜果蔬菜移植到山坡上来。团里请来了地方农业大学的专家给常委们讲课，从而在营区的山坡上出现了第一块种类多样的"蔬菜基地"。

一天晚饭后，八连指导员袁学科和连长张文强在一起散步时听到两名战士在议论连队伙食，一个说："咱们连的菜怎么不是辣就是咸？"另一个不无揶揄地回答："不辣不咸能叫有特色吗。"战士的牢骚对他们触动很大，就以"战士的牢骚说明了什么"为题召开支委会，组织大家一起分析连队建设形势，查找弱项和不足，大家感到，这几年连队建设虽然有了长足进步，但后勤建设相对来说还是比较薄弱，伙食连着战士心，"菜盘子"事关战斗力，为此，连队开始从扭转后勤建设被动局面入手。

连长是四川涪陵人，家乡人心灵手巧，有一套独特的手艺，能把非常普通的榨菜制作成口味各异、种类繁多的风味小吃。他就利用探家的机会，特意到榨菜厂学习小菜腌制工艺，并千里迢迢的带回了八个家乡独有的泡菜坛子。在连长的精心传授和指导下，炊事员很快掌握了五十余种小菜的腌制技术。为了丰实连队的伙食，他们还与河北农大的同学联系，送两名战士前去学习种养技术，让樱桃、西红柿、太空椒等营养价值高的水果蔬菜在连队"安家落户"，并发动全连官兵在房前屋后种上了1.5亩的庭院蔬菜，在营房后山养了20多只山羊和两头奶牛。1999年，八连仅业余生产就收入两万多元。现在，连队不仅做到了营养配餐，而且火锅、烧烤也上了餐桌，还添置了34英寸彩电，购买了两台电脑，建起了"绿色书屋"，给官兵创造了良好的物质文化生活环境。

面对市场经济的挑战和山区地域环境的影响，这个团还积极探求发展团队创收，改善部队生活条件的路子。团家属工厂以生产铵锑炸药为主，长期以来，生产经营不景气，他们努力扭转被动局面，先后自筹资金1000多万元，征用100亩土地，新建了标准的生产车间，购置了8台新设备，积极开发了适销对路、有竞争实力的10余种新产品，使年产量由原来的300吨跃升为6000余吨，所创利润200万元以上，在激烈的市场竞争中站稳了脚跟。先后被军区评为先进企业和思想政治工作先进单位。为改变种菜无地、养猪无圈的状况，他们发动官兵劈山造田，开垦荒地，建起了占地70多亩的蔬菜生产基地。当时的副团长王跃、后勤处处长杨志峰带领机关先后到天津、山东、山西等友军单位见学取经，连续奋战两个月，修建了10个温室大棚，建成了一个集养猪、养鸡、养鸭、养兔于一体的现代化养殖场。几年来，他们依靠自创自收，先后拿出近400万元投入部队建设，安排了家属就业，购买两台大轿车送子女进城上学，解决了干部的后顾之忧。

四

2000年农历八月十五，是一个很普通的日子。但是，中秋节这一天，对于已经转业的政委宋毅来说，却是一个很不平静的日子。这天，他在财务部结完转业费，从办公楼出来，望了眼明晃晃的阳光，眼睛就有些潮湿，他想，从今天开始就真正脱离了部队，成为一个老百姓了。

在欢送宋毅的晚宴上，政委张才修代表团常委讲话。张才修政委是山东人，他用地道的山东粗嗓门说："今天是中秋节，我们备了一桌酒菜，一是欢送老政委，二是陪老政委过一个团圆节。老政委在我们团工作了五年，五年来，为我们团队做出了突出贡献……"。

听到这儿，一向从不在人前流泪的宋毅就感觉两行泪不知不觉地流了出来。他连忙打断张政委的话："现在，我虽然不是这个'班子'的班长了，可你们听我一句，今晚咱们只喝酒，不说一句带感情的话。"说着，他端起杯就干了。

宋毅虽然只是喝酒，但他的内心却很难平静。1995年年初，他从师干部科科长的位置来到这个团任团政委，一干就是五年多。五年时间，团队建设一年一个台阶，1998年团队被军区评为"基层全面建设先进单位"，荣立集体二等功；炮兵营导弹连团支部 1998 年底荣立集体一等功，1999 年 4 月被总政授予"基层优秀团支部"荣誉称号。1999 年全团有 4 个连队立功，其中一个荣立一等功，两个荣立二等功，一个荣立三等功，还有一个连队被集团军评为标兵连队，全团有 9 名干部战士荣立二等功。

面对荣誉和奖章，宋毅没有沾沾自喜。回顾 25 年的军旅生涯，从班长、排长，一步一个脚印干到团政委。在团常委班子中，他先后与三任团长、两任副政委、四任参谋长、三任政治处主任一起共过职。在常委班子中可谓"元老"了。到临转业的时候，他是全师团队主官中任现职最早、时间最长的一个。

1998 年，宋毅荣立二等功后，团里有的同志跟他开玩笑说："政委，你现在要资历有资历，要成绩有成绩，看来是前途光明、调职有望了。"但是，宋毅明白，自己绝不能把资历和成绩当作向上级伸手要官的筹码，他仍以一颗平常心兢兢业业地在自己的岗位上工作。

1999 年底，随着新兵役法的正式实行，干部转业思想摸底即将展开的时候，不少干部思想波动很大，特别是团职干部对转业安置存在种种顾虑。这时，宋毅毅然向组织提出了转业申请。

一些熟人和朋友得知宋毅准备转业的消息，感到不太理解，有的说，立了二等功的团政委不多，走了不合适，应该向上级汇报汇报想法。有的说，即使提不了职，等一等到军分区、武装部干也行。可是，宋毅却说，作为一名团政委、党委书记，在前几年大家转业想走的多、想留的少时，需带头做留的工作；这两年大家想留的多、想走的少时，需带头做走的工作。

当宋毅的爱人听说宋毅准备转业后，有些着急地说："既然要转业，你也该回家里来准备准备，现在还一天到晚不归家，哪个像你？"

宋毅平静地说："走留都很正常，不需要准备什么，一切听从组织安排吧！"

当师首长找宋毅谈话时，师首长告诉宋毅说："宋毅同志，虽然你提出了转业申请，但师党委对你的工作和能力是给予肯定的，现在可以告诉你，早在前两年，组织上就把你作为优秀正团职干部，列入了推荐的预提拔对象。"

虽然，组织对宋毅表示了挽留的意见，但是，宋毅觉得自己年龄越来越大，留下一年就压住了下面年轻同志一年，为了团队的建设，为了年轻同志的成长进步，他还是决定脱下这身穿了25年的军装，去迎接地方经济大潮的挑战。

铁打的营盘，流水的兵。像宋毅这样为这个团默默奉献的团职领导又何止他一人。虽然他们告别了这座他们恋恋不舍的军营，但他们仍和继任者一样，对这座山坳里的团队充满着无限的热爱。

十五的月亮，照着地方也照着军营，当一轮满月照耀着这座山坳里的营区时，令人激动的酒宴已进入了尾声，宋毅对在座的团常委说了一些肺腑之言后，张才修政委缓缓举起了酒杯："为了咱们团的发展，为了老政委到地方再展宏途，干杯！"

选自2001年解放军文艺出版社报告文学集《长城放歌唱大风》

钟慧娟——构筑蓝图绘新篇

魏　虹　供职于连云港报业传媒集团，《苍梧晚报》资深记者、编辑；江苏省作家协会会员，连云港市作家协会副主席，多篇小说、散文见诸省市报刊。

身为一名事业有成的女性，钟慧娟不喜欢刻意标榜自己为"女强人"。的确这个词太过武断，而且笼统，很难涵盖多元化发展背景中知性与感性并存的时代女性。

作为豪森药业股份有限公司总经理，省"三八红旗手"，连云港市"富民强市、快速崛起"杰出人物，钟慧娟驾驭着一个日益壮大的企业，很多时候，她忽略了自己的性别。职场上比拼的是智慧、意志等综合实力，机遇和幸运不会因男女之别而另有偏颇。

尽管如此，秀外慧中的钟慧娟含蓄内敛，不乏魄力和远见。工作是她释放能量和激情的场地，是她显示个人素养和职业风范的舞台。时光及阅历，将一个专心致志的女子打磨得愈发细致润泽，炉火纯青。面对机遇和挑战，她运筹帷幄、当仁不让；置身于赞誉和掌声中，钟慧娟自有一份淡定和从容。

跨越9个年头，豪森制药股份有限公司从零起步，从无到有，一幅以理想和激情绘制而成的平面蓝图，在开拓者的手中，化为栋栋高楼，片片厂房；化为层出不穷的新产品；化为豪森人脸上由衷的笑容……

1995年7月26日，连云港豪森制药公司正式成立。公司组建之初，身为执行副总经理的钟慧娟，带领十几个骨干员工，在经济技术开发区租了几间厂房，开始创业。

虽然条件艰苦，创业者的目标却宏伟远大——创建国际国内一流医药企业。这不是天方夜谭吧？不！创业者的目标有着坚实的基础：豪森公司是由连云港恒瑞医药公司和港方合资成立的企业，其明显优势在于具备雄厚的技术力量做后盾，资金到位非常及时，内部管理摆脱了传统企业政企不分的局限，采用现代企业股份制法人治理结构。清晰的产权，明确的职责，领导权集中，机制灵活。

从某种意义上来说，豪森是从巨人的肩膀上起步的。正像一句名言所说的那样，只有站在巨人的肩上，你才能看得更远！所以创业伊始，豪森药业的发展规划便显现出高起点高品质的大家风范。

因为处于创业初期，为了节约成本，公司因陋就简，将有限的资金用到最紧要的关口——大力搞新产品科研开发。作为一个企业的当家人，钟慧娟恪守合资企业规范化、制度化模式，同时有机地融入了人性化管理的理念。在她看来，一个刚刚起步的企业，可以没有响当当的品牌，没有像样的工作环境，没有可观的经济效益，但对员工而言，创业的激情和对前景的希望与憧憬是必须要具备的，这有赖于管理者的决策和指引。

本着公正公开、唯才是用的原则，豪森制药广纳各路优秀人才，钟慧娟与大家同甘共苦，并肩作战。宽松的工作环境，严格的规章制度，切实可行的方法策略，稳打稳扎的务实作风……公司的一系列举措让员工们看到了一个新企业远大的发展空间和辉煌的前景，置身其中，每个心怀梦想的创业者都可以找到用武之地，尽情发挥才能，实现人生理想和自我价值。

1998年8月，公司的拳头产品"美丰"（头孢氨苄缓释片）被认定为是省高新技术产品。

紧接着9月份捷报再次传来，该药被国家经贸委认定为国家级新产品。此独家生产的高科技产品投入市场之后，在全国范围内快速形成较高的市场占有率，为企业的进一步发展奠定稳固的基础。

2000年春夏之交，在连云港市经济技术开发区内，一个崭新的集办公大楼与生产车间于一体的现代化企业拔地而起，豪森药业初具规模。

良好的开端鼓舞人心，大振士气；良好的开端让豪森制药步入了良性发展的轨道。凭着创业激情以及对市场清醒的把握和认识，创业者在简陋之地描绘出的美丽蓝图已逐步形成立体的现实，钟慧娟带着不断壮大的队伍，往更高的目标进发。

2000年年底，豪森公司被确定为江苏省高新技术企业。

2001年12月，豪森公司被确定为国家火炬计划连云港新医药产业基地骨干企业。同年，公司成为全市工业企业利税前八强。

2002年3月，豪森公司成为国家重点高新技术企业，进入全国百强医药企业行列……

面对中国加入世贸组织后激烈的市场竞争，钟慧娟深深意识到，只有将企业做大做强，才能在竞争中立于不败之地。在她主持下，公司领导班子及广大员工集思广益，经过多次论证，最终决定对企业进行重组改制。

2002年7月18日，连云港豪森制药公司成功地实现了股份制改造，江苏豪森药业股份有限公司正式成立，公司注册资金为3780万元人民币。改制之初，公司制定下一步工作计划，力争两年内成功上市，步入国际化发展大环境中，充分利用国内外资源，争取五年内把公司发展成为国内一流制药企业。改制之后，目前企业运行发展已顺利度过过渡期，不久将在证券市场公开发行公司股票并上市流通，豪森药业将驶入资本运营的快车道，为公司二次创业、再度腾飞奠定了基础。

多年实践经验及文化素养的积淀，钟慧娟具备了优秀企业家良好的综合能力，其表现之一就是对市场的极高敏感性和认知度。

2002年10月，钟慧娟获悉国家有关新政策：至2002年年底，全国范围内医药企业大容量注射剂车间必须通过国家CMP标准认证，才能具备相关生产资质。当时企业正酝酿生产"恒奥"（盐酸左氧氟沙星注射液）这一新产品，要想在三个月内通过CMP资质认证，无异于凭空建一座大厦。是急流勇退，还是迎难而上？

面对何去何从的重大选择，决策者的判断力显得尤其重要。一个决策要么让企业生机勃发，飞跃发展；要么就是招致极大的损失。紧急情况下，钟慧娟迅速召集组建了一支精干的专家队伍，经过连续两天全面缜密的考察认证，她当机立断拍板决定——干！

令钟慧娟倍感欣慰的是，豪森公司不仅拥有团结务实的领导集体，同时还有一支爱岗敬业、敢打硬仗的年轻队伍。负责工程建设的副总经理武文，带领工程组同志抢时间、赶进度，从筛选定夺地点，到车间设计施工改造以及设备安装调试，各路人马有条不紊同心协力，各项工作按部就班同步进行，各个环节紧密相连，形成了一环紧扣一环的高效工作链。

整整用了88天，2002年12月底，一个面积两千多平方米、日生产量达5万瓶的输液制剂流水线车间建成了，并顺利通过国家GMP资质认证，钟慧娟带着她的队伍打了一场漂亮的硬仗，在同行业中创造了一个令人赞叹的奇迹。

优秀的企业家必须具备远见卓识，所以钟慧娟的目光总是望得很远。随着中国加入WTO，为企业带来了机智与挑战，要想进一步扩大企业的发展空间，必须同时抓住国内和国际两大市场，实现基础市场在国内、目标市场在国外的市场战略转移。所以在加速新药研发和严把质量关的同时，豪森公司制定了新的发展目标，那就是加大营销力度，抢占国内国际市场，快速拓展市场份额，把企业的生存和发展延伸进整个国际市场。

北美和欧共体是国际市场上两个最重要、最活跃的区域，美国市场更是重中之重，蕴藏巨大的商机，向来是众多制药厂家高度重视和激烈竞争之地。按照美国政府的管理要求，进入美国市场的医药产品必须通过FDA的认证程序，也就是说，谁取得了FDA认证，谁就获得了进入美国市场的"通行证"。

2002年5月份，公司正式成立FDA认证小组，钟慧娟亲任组长，带领小组成员加班加点，做好每一项细节工作，争取尽快通过严格的检验。

其实早在2000年年底，豪森公司就开始着手准备美国FDA认证检查，这是一项庞大繁杂的工程，其间的辛苦和艰难只有深入其中的人，方能真正领略体会。

经历长达三年的历练和最后的加速冲刺，钟慧娟和她的队伍沐风浴雨不懈努力，终于迎来彩虹——公司原料药于2003年10月以"0"缺陷的成绩，顺利通过美国FDA认证。

难怪在那激动人心的时刻，许多员工情不自禁欢呼雀跃，相拥而泣；难怪回首往事，沉静稳重的总经理钟慧娟因此而动容，在豪森公司采访，通过一个个当事人的讲述，再现了那段艰苦卓绝而又光辉灿烂的日子。豪森在建立一套完善的国际生产检验硬件设施和软件体系的同时，成功地培养打造了一支任何时候都能扛起重任的队伍。

2003 年是不平凡的一年，全国上下遭受 SARS 病毒的侵害。在这极为不利的大环境下，钟慧娟率领员工知难而上，执着追求，公司销售收入和利润分别比 2002 年增长了 78% 和 63%，豪森公司创全市工业企业利税前 6 强，综合利润指标在全国 6000 多家医药企业中排名第 57 位……更值得一提的是，在通过 FDA 认证之后，公司相关产品走出国门，逐鹿欧美市场，2003 年当年实现销售额度 1000 万元左右。

一连串的荣誉，一系列的成功，钟慧娟保持着更为清醒的头脑，正像她在 2004 年企业工作重点报告会上所说的那样，检验一个企业成功与否的最佳标准，不是 CMP 模式，也不是 FDA 认证，而是市场！只有被市场接受，被患者选择，才能实现企业的经济效益，才能实现"服务社会，营造健康"的价值追求。

为了实现终极目标，钟慧娟带着豪森人一步一个脚印往前进发。

医药企业发展的命脉是科研，只有具备独家高科技含量的产品，才能把握市场，在竞争中占领优势。柔中有韧的钟慧娟一旦认准了目标，便埋头苦干，不说大话不唱高调。

除了对医药行业具备很高的认知度和市场把握能力外，看似文弱的钟慧娟做事却果断干练，极具工作魄力和开拓创新精神。对企业来说，技术创新是关键，市场呼唤高品质的产品。国内一些医药企业在创办初期红红火火，口号喊得很响，目标定得很高，但很快就出现滑坡，最终难以为继，其主要原因就是好大喜功，缺乏持续性科技开发及优良产品。

为了企业战略性持续发展，钟慧娟奔波往返于全国各地，与国内著名院校及研究机构建立良好的合作关系，签订多项合作协议，保证公司每年有 3 至 5 个新产品上市。

在她和科研人员的共同努力下，豪森公司目前已成功开发生产出抗生素类、抗肿瘤类、精神类、内分泌类、消化系统类等国家新药 30 多项，其中国家一类新药 1 个，二类新药 6 个，四类新药 20 多个；还有 4 项产品被国家科技部等五部委联合认定为"国家重点新产品"，6项产品分别被江苏省科技厅认定为"高新技术产品"。另外，在钟慧娟的主持下，豪森公司完成了国家火炬计划项目1项，省级火炬计划3项，星火计划1项，省重点技术改造项目1项；另有近10项各类省市级以上重点技术改造、科技开发等项目正在顺利实施。

为了进一步营造优良的科研环境，强化科研设施，豪森公司在开发区现有厂房对面购置大块土地，投资3000万元，建造豪森药业研发中心，目前该中心完工在即，不久将投入使用。

科研是企业发展的核心动力。致力于产品开发，鼓励创新，是豪森创建以来的大政方针。公司自步入稳定运营轨道，每年用于科研的费用占销售收入的50%以上。在钟慧娟看来，医药企业发展的命脉是科研，只有具备独家科技含量高的产品，才能把握市场，在竞争中占领优势。为此公司坚持以市场为导向，围绕科技创新这一主线，瞄准世界最新的药物研究方向和先进技术，不断加大研发力度，开发更多高效、低毒、适销对路的产品，并加强自主创新产品的研制，实现产品由仿制向创新的转变。目前，许多产品的科技含量和技术指标不断完善提高，如今"盖诺"等产品的质量已经超过原发明商生产制造水平，"美丰"作为头孢氨苄类国内唯一的缓释剂，质量也是日趋稳定。

科研开发人才是关键。公司重奖在科研创新方面取得突出贡献的科研人员，并与国内外一流的大专院校及科研单位紧密合作，密切关注国内外新药研发动向，加快新药开发进程，加速科研成果的产业化。

为了有效获取科技信息，开阔视野，豪森一直积极赞助国内各类有关健康及医疗方面的讨论会、座谈会，如消化道年会、抗肿瘤会议等。在此期间，企业有关人员传递、搜集对临床有用的最新方案及治疗动向等信息，为源源不断推出高安全性、高疗效的新药打下坚实的基础，也为企业的持续发展提供了有力保障。

在钟慧娟领导下，豪森公司的科研工作者及相关人员正在进行一类创新药的研制，在产业化生产过程中提高收率、降低成本，稳定工艺，锐意创新，攻克了一个个技术难关。

负责新药开发的副总经理孙辉，深知肩上担子的分量。科技创新是公司发展的根本，人才开发又是科技创新的关键。他带领一群年轻技术人员不断探索，勇于创新，开发出一个又一个新产品。迄今为止，豪森共获得新药证书 30 余个，国内独家推出的产品有"美丰"（头孢氨苄缓释片）、"盖诺"（重酒石酸长春瑞滨注射液）、"瑞琪"（枸橼酸莫沙必利片）、"孚来迪"（瑞格列奈片）等。

2003 年，在研发人员共同努力下，豪森药业全年共获得 10 个新药生产批件，是历年来获批件最多的一年；与此同时，正在研发的新药有十几个品种，保证了公司的发展后劲。

出于一个优秀领导者的开明和宽宏，当新招聘来的大学生心怀忐忑地敲响钟慧娟办公室房门，局促不安地提出想换一个部门时，她明确和蔼地答复对方：你有权利要求一个更适合发挥自我才能的岗位。

自 2000 年以后，豪森公司度过创业初期，每年以翻番的速度递进发展，各个部门业务量越来越大。为适应公司快速发展的需要，豪森逐年加大人才引进力度，在立足本地人力资源的基础上，从全国范围内招聘应届专业人才。钟慧娟从发展战略和省市人才市场的实际情况出发，在用人机制上打破国内企业沿袭多年的习惯思维，不唯学历、资历，而是注重人才的综合素质，吸纳国内知名大学毕业生、各地专业技术人员和中层管理人才充实自己的队伍，为公司带来新知识新理念，为企业发展注入新鲜血液。

仅 2003 年，公司共招聘录用 300 余人，是公司历年净增人员最多的一年。各类技术人才、管理人才、营销人才的加入，为公司注入新的生机。年轻人有冲劲，可塑性强，成为公司可贵的人力资源，公司力量得到了进一步加强。

在钟慧娟看来，爱护人才，坚持以人为本不是空洞的口号，在要求员工爱岗敬业，以公司为家的同时，一个优秀的企业当家人必须让员工感觉到大家庭的温暖和包容，看到企业的远大前景，寻找到适合自身能力发展的空间。

出于女性细致入微的本能，钟慧娟授意公司有关部门为每一个新来的技术人员配备住房，衣食住行各项生活设施及用品一应俱全。电器、厨具、自行车自不必说，打开房间里的衣橱，你甚至能看到摆放整齐的衣架，微小之处可见企业对员工的一番真情。

在豪森工作的大学生，一般三年之内都能在市区买下商品房，面积最大的可达 150 多平方米，这也是公司优待人才的策略：员工自身具备较高的工作工资待遇，公司再补助一部分，另外借贷一部分，三种力量凑到一起，结婚安家的新居就置办好了，免除了员工的后顾之忧。

总之，企业是一个大家庭，员工对企业的归属感和认同感取决于诸多因素。除了正常的生产运转之外，员工小到过生日，大到找对象、结婚、生孩子，公司都会积极为其创造条件，并适时送上祝福和礼品。

当然，对于有事业心、想做事情的技术人才来说，仅仅提供一定的物质条件还远远不够，同时还必须具备让其发挥才能的空间。在这一点上，钟慧娟表现出企业家的雄才大略。用她的话来说，在豪森，只有想不到，没有做不到的事情。任何员工提出对企业发展有益的建议，公司领导层都会积极对待并认真论证，提供广阔空间和平台，让有识之士施展才华，力争将设想变成现实。

凭着女性与生俱来的细腻和宽厚，钟慧娟把握着自成一体的管理之道：制度是铁面无情的，而与人打交道不能缺少人性化的关怀。只要有可能，她愿意为每个员工提供更多更好的发展机会，愿意看到每个豪森人与企业共同进步，实现人生价值和理想。她甚至可以容忍失误，但同样的错误绝不能犯两次，这便是她的原则。

管理上的张弛有度形成了良好的人际氛围和宽松的工作环境，公司上下沟通渠道畅通无阻，始终把人放在核心位置，把员工看作企业的主人和重要资源，强调一切依靠人，着眼于充分调动所有员工的积极性，实现人力资源的优化与合理配置。

公司对聘用的高级专业知识人才制定责任制和目标管理达标考核办法，采用优胜劣汰的动态管理措施，使公司一直保持着一支战斗力强，精力旺盛的专业队伍。

35 岁的吴羽岚原在上海工作，学的是精细化工专业，是个技术人才。2000 年，公司组建质保部门，吴羽岚被推上了质保经理的位置。这个担子的分量不言而喻，娇小的吴羽岚却把它担起来了。在豪森公司接受 FDA 认证检查中，她作为主要组织者和参与者，出色地完成了工作任务，使公司经营管理和产品质量保证体系进一步与国际接轨。

新药发展部经理吕爱峰，1998 年从南大毕业来到豪森时只有 22 岁，在为豪森公司奉献青春和智慧的同时，个人能力也得到了发展和锻炼。2000年他就担起了原料开发的担子，2003年又负责研发部门的领导工作。他领导的部门为豪森公司"生产一代，储备一代，研制一代，构思一代"的良性阶梯发展作出了举足轻重的贡献，多次受到公司的表彰。

王统林是公司一名普通的操作工。他说，要想把活干好，必须动脑筋。压片工作的技术要求很高，要想做到片重、厚度、硬度各个指标都符合要求，很不容易。可是王统林爱动脑筋，每种产品的压力要求他都摸得清清楚楚，在他手里从未出现过不合格的产品。王统林说，一个合格的操作工，不仅要会使用机器，还要懂得机器的基本原理，爱护机器，维修机器。他平时除了专心钻研生产技术外，还认真研究设备结构，学习机械知识，对机器性能了如指掌；既是一名出色的操作工，又称得上一名优秀的维修工。

强将手下无弱兵。钟慧娟以她的才干和抱负组建了干练、高效的决策层，同时也打造了一支富有生机、充满活力的队伍。目前豪森拥有一千多名员工，平均年龄只有二十七八岁，其中大专以上学历占70%以上，中层管理人员学历都在大学本科以上。

针对"人尽其才，才尽其能"的用人方针，豪森建立了多元化的分配机制，率先试行年薪制，对企业有巨大贡献的特殊岗位的人才享受特殊的分配方法，采取年度工作目标和业绩相挂钩的措施，充分体现按劳分配原则，极大调动员工的积极性与创造性。

科技创新，铸就了豪森魂；品牌营销，造就了豪森人。正像钟慧娟所说，检验企业及产品的试金石是市场。品牌营销是豪森公司又一支强有力的推动桨。

自2002年开始，医药销售市场由传统销售模式转为招投标销售。负责销售的副总经理徐传合从宏观上分析把握市场形势，帮助销售人员尽快适应新情况，转换思路解决问题。

一直以来，市场上抗生素类药品竞争激烈，几乎达到了白热化程度。面对现实情况，许多销售人员甚至准备放弃这块阵地，公司通过董事会决策，进行详尽的市场调研，分析弊端和优势，发挥独家产品的高附加值和高技术含量的优势，增加销售力度，提高中标率。副总经理徐传合率领销售人员各路出击，抗生素类品牌药"美丰"以独家产品的优势迅速占领市场，当年销售额达三千万元，后来一举突破亿元大关。另外一系列胃动力药、抗肿瘤药，精神类药品、内分泌类药源不断涌向市场，产品种类齐全，技术含量高，适用人群广泛，企业已经发展成为我国重要的肿瘤药物研发、生产基地。作为内分泌药物和消化道药物的后起之秀，在强手如林的医药企业行列中，豪森已经具备一定的竞争能力和优势。

正像钟慧娟所说的那样，检验企业及产品的试金石是市场。产品再好，也要通过营销服务最终实现其价值。公司销售部自1997年成立以来，经过几年的快速发展，如今销售网络遍及全国各大中城市，销售办事处已达40多个，主管区50多个，形成了遍布全国、高效有序的营销网络。营销人员通过种种先进的营销理念和策略，在销售药品同时，努力提高医患各方对企业产品的认同感和企业的美誉度，专业性的专家网络系统已渐形成。

说起常年奔波在外辛勤工作的营销队伍，钟慧娟颇有一番感慨。营销人员大多二十几岁，很年轻，为了工作经常在陌生环境里奔走，长时间远离家乡和亲人。"铁鞋踏破路还长，健康使者走四方。风雨无阻整日忙，思念痛苦心里藏。神圣职责记心上，企业美名四海扬。"这是豪森营销人员生活和工作的真实写照。为了缓解营销人员身处异地的寂寞和孤独，公司专门开辟了员工网站，建立互动论坛；设在全国各地的办事处也经常开展联谊活动，从生活上关心爱护员工。公司人力资源部派发的"营销人员跟踪单"，在更好地督促办事处为前方队伍做好服务的同时，将企业的关怀和爱护传送给置身大江南北的每一位销售人员。

利用拜访专家，参加各类专业会议之便，钟慧娟每到一个地方，都会和各个层面的销售人员及负责人直接沟通，了解市场信息及员工生活状况，向营销人员传达真诚的问候——你永远不孤单，企业的关爱与你同在！

面对不断变化的市场和激烈的市场竞争，企业的营销策略不可能固定不变，必须时刻根据需要做出相应的调整，为此公司每年都定期对销售人员进行业务培训，各办事处每个季度都会根据市场情况及时为营销人员安排销售技能和技巧的培训。

如果说营销队伍是实现销售的具体实施者，作为企业当家人，独具慧眼的钟慧娟极为重视市场调研。在她看来，市场调研的最主要目的就是让企业了解并把握影响市场的各种因素，从而迎合市场需求，寻求市场机会，获取拓展市场的决策依据，真正做到有的放矢。

实施有效的市场调研是一项综合性工作，需要企业各个部门共同配合执行，为此公司全体上下树立全员营销思想，转变态度，为一线做好服务，为营销工作提供强有力的保障。

以"服务社会、营销健康"为宗旨，公司决策层采取各种行之有效的方法，充分调动营销人员的积极性，建成了一支素质高，经验丰富，战斗能力强的专业营销队伍。

如今豪森的品牌已深入医疗界与患者之中，营销额连续多年以超过 70% 的速度递增。

推进先进的企业文化建设，既是现代企业管理的需要，也是促进企业发展的重要组成部分。钟慧娟深深意识到，企业文化是一个企业在成长过程中最持久的决定因素，是企业与员工共有的价值体系。要做大做强企业，需要凝聚强大的内聚力和推动力，而企业文化正是这两种力量的根基。

"要进步就必须求变，要完美则更需不断求变。"豪森公司的企业文化是广大员工在公司发展过程中创造出来的，具有深厚的内涵，它指导着公司及全体员工的行动方向。

在前不久召开的公司经理研讨会上，钟慧娟再次将企业文化建设提高到事关企业兴衰的高度。在她的主持下，企业各层管理人员针对公司企业文化专题展开了深入探讨，确定了公司发展过程中形成的企业文化核心内容：（1）豪森的核心理念：奉献、诚信、拼搏、创新；以人为本、团队合作、适应形势、追求卓越。（2）企业宗旨：服务社会、营造健康。（3）豪在大志、森在伟业、精在管理、神在创新。（4）企业核心价值观：以人为本、以市场为导向、以创新谋发展。（5）企业责任：为医患提供满意服务；为员工提供良好的个人发展空间；为社会作出应有的贡献。

豪森公司在经济发展的同时，把思想政治工作和企业文化建设融为一体，逐步形成"以共同的价值观念和行为规范"为核心的优秀企业文化，造就高素质员工队伍，在实现企业战略目标中充分发挥员工的主人翁作用，形成坚强的团队合作能力、人际沟通能力和员工的执行能力。

在严格的管理制度中注入严爱相济的管理哲学："严"字当头，"爱"在其中，在管理中注入深厚的情感，以激发员工的工作热情和生活激情。在豪森公司，相关部门每年都要为员工举行各种各样的娱乐活动。无论是高层领导还是普通员工，无论在什么岗位，政治上一律平等，人格受到尊重，劳动受到肯定。公司自上而下提倡相互关心、相互信任，建立和谐的人际关系和人文环境，使员工以更加饱满的热情投入到各项工作中去。

作为一名豪森人，如果在工作中遇到问题，出现纠葛，首先要做的，就是与班组长或者部门主管沟通交流，化解矛盾、解决问题。如果部门主管的作为不能令人感到公正，可以越级向分管部门工作的副总经理申诉；假如结果还不满意，可以再次越级申诉，直到总经理。当然一般情况下，训练有素的各级管理人员不会让这样的情况发生，但管理层决意要为处于不同岗位的每个豪森人，提供一个相对宽松均衡的发展空间。

豪森副总经理葛蓓介绍说，公司每年在对各级管理人员进行业绩评定时，采取的是"360度考核法"。也就是说，任何一个管理者的工作能力和态度，时刻置于公开透明的大众监督之中。除此之外，公司还将培养人才、储蓄后备力量作为考察管理人员业绩的重要组成部分，各个岗位的管理者除了做好本职工作以外，还必须有计划、分步骤地发现培养本部门员工，搭建人才梯队。

对外广纳人才的同时，钟慧娟长期以来一直坚持对公司不同岗位和职位的员工进行定期培训，在用人和培养人才方面做了大量工作。公司每年都投入大量资金，采用各种灵活多变的方式对员工进行集中培训；每年出资送科技人员到南大、药大接受研究生在职学习，定期派出高层管理人员参加 MBA 学习。人力资源部门制定详细培训计划，各部门针对员工情况，分别进行管理技能、操作技能、销售技能等专业知识培训。高层及中层管理人员就如何做好成功经理人、在管理工作中团结合作有效沟通、合理开发利用人力资源等内容进行培训和研讨。通过培训，规范企业内部管理体系，提高员工整体素质，优化员工队伍。

前不久，钟慧娟亲自率公司中高层管理人员在天目湖畔野外拓展训练基地进行了一场别开生面的培训。培训内容分为地面和高空两大类，包括"信任背挥""穿越沼泽""生死电网"等九个项目。参加培训的全体人员打破年龄性别及职位界限,重新整合分组,形成团队。

在过"生死电网"的时候,网眼数量有限,且大小不一,每个队员只能有一次选择。第一组首当其冲,仗着人多,体格强壮,大家七嘴八舌,各自为政,结果一连被电网"电死"三个人。无谓的牺牲让队员们受到了教训,"幸存者"们马上冷静下来,并推选出一名队长担当指挥。队长很快进入角色,对全局情况重新分析定位,根据每名队员不同的体型特征选择合适的网眼,一个人过网时,其余队员鼎力相助。领导具备了全局意识,队员们服从指挥。因为方法得当,通力合作等积极因素,这支队伍终于顺利过网,看似不可能完成的事情变成现实……通过诸如此类生动形象的现场培训,大家充分感受到团队的力量;领会了在完成某项艰巨任务时,集中力量和团队精神是多么的重要,同时进一步理解团队作战的诸多要素:聆听、组织、领导、配合、沟通等。正像钟慧娟所说,高效的团队需要每一位成员充分发挥才能,找到合适的角色定位,相互协作相互配合,这样才能紧密结合成一个强大的整体。

在加强企业内部各项思想建设的同时,豪森倡导员工向社会奉献爱心。2003年"非典"期间,公司组织员工积极捐款3万元送交红十字总会;党支部组织党员捐款救助失学儿童5名;2003年年底,公司为新浦区一位19岁的白血病患者捐款2万元……这些公益活动充分体现了豪森人的核心价值观——奉献,以爱心和责任感为社会作出应有的贡献。

豪森8周年庆典正逢盛夏之际,这是一年中最热的季节,同时也是最具有蓬勃旺盛的生命力的季节。钟慧娟带领员工组织了丰富多彩的庆祝活动。征文、书画、摄影比赛以及登山、跳绳、排球、篮球等多项体育活动,充分展现豪森人热爱生活、多才多艺的才情和壮志,也体现出企业精诚合作、力争上游的团队精神。

在员工自编自导的大型文艺庆典上,钟慧娟亲自上任指挥百人大合唱《长江之歌》。和着气势恢宏的歌声,钟慧娟检阅意气风发、士气旺盛的队伍,心中万千感慨化为激情和力量,融汇在她挥舞起落的手臂间。

"豪在大志,森在伟业,精在管理、神在创新"。这是企业精神,是豪森人的品格,同时也是钟慧娟的努力方向和人生理想。每一个豪森人的生活梦想都和豪森的未来紧紧联系在一起。钟慧娟带领她的队伍一如既往，努力拼搏，打造制药航母，跻身世界制药先锋队伍，振兴中华民族药业。

豪森人，满怀壮志和豪情往理想进发，一路汗水一路凯歌。

载于《港城骄子——连云港快速崛起十大杰出人物》2004 年 6 月

爱，给了我飞翔的翅膀

——"中国版的霍金"王甦菁的成长故事

徐继东 二级作家，灌云县作家协会主席。有留守儿童系列小说《那油菜花开的日子》《乡下孩子与城里娃》《山村小学的纸足球》；短篇小说集《扇动花香的翅膀》《魔仙堡的妖精们》《亲亲守护我的梦》《星星泪水是露珠》等。

有人称他是"脑瘫博士"。

有人称他是"学术超男"。

有人说他是"中国版的霍金"。

而更多的朋友则喜欢亲切地叫他"阳光大男孩"！

无论你怎么称呼，他的目光和笑容都像露珠一样，纯净而透明。

他，就是王甦菁，在4月20日揭晓的由新华社发起的"中国网事·感动2012"第一季度网络人物评选中，他以第二名的得票数光荣入选，成为全国网民心中的一位草根英雄。

许多网民看了王甦菁的情况介绍都是赞叹不已！

一个连说话发音都不太清楚，双腿不能直立，双手不能持物，写字和操纵鼠标全部依赖于左手的脑瘫患者，怎么能够与"最有培养前途的博士生"画上等号呢？

王甦菁的经历，确实充满了传奇色彩，他在荆棘丛生的人生路上，风雨坎坷，百折不挠，攻读硕士、攻读博士，他以超乎人们想象的执着与坚韧一路攀登。22 岁那年，他以自学的方式高分通过国家级高级程序员资格考试，成为国内年轻的工程师；2000 年，他被全国总工会、教育部、科技部、人事部等五部门评为"全国职工自学成才者"；他还是"2009 中国大学生年度人物"候选人……2011 年 10 月，国际生物识别大会在美国华盛顿召开，大会博士生论坛在全球范围内邀请了 10 位该领域最具培养前途的博士研究生参会，王甦菁作为中国国内唯一的受邀者，参加了这次令人瞩目的盛会。

面对众多好奇费解的目光，王甦菁饱含深情地说——是爱，给了我飞翔的翅膀！

王甦菁父亲王洪黎和母亲陈晓玲都在灌云县教育系统工作，王甦菁的外公外婆居住在淮安市。1976 年 5 月，为了迎接这个小生命的诞生，一家人几经磋商，决定让陈晓玲到淮安待产。然而人生无常祸福难测，陈晓玲满怀期待地从医护人员手里接过新生儿时，同时也接过了一个令人战栗的事实：新生儿因难产引起的"脑缺氧后遗症"成了一个脑瘫儿！

命运的恶毒魔咒怎么会偏偏降临在这个无辜的新生儿的身上呢？一位医生神色凝重地告诉王洪黎，"这个孩子可能有严重的后遗症，也许终身都有残疾，甚至是完全的痴傻！"

一时间，亲戚朋友们全都忧心忡忡，有人说，长痛不如短痛，放弃这个孩子吧！可孩子是父母的心头肉啊！王洪黎和妻子陈晓玲毫不迟疑地做出了自己的选择，"只要还有一口气在，我们就要全力以赴留住这个孩子！"

人生常常就是这样，一句话的承诺，需要你用一生来付出！

王甦菁说：我的童年，很多时间都是在四处奔波中度过的。

从妇产科出院开始，陈晓玲夫妇俩就带着王甦菁四处奔波，辗转求医。南京、上海、北京、山西……父亲王洪黎和母亲陈晓玲当时都是普通的小学教师，收入微薄，但是为了给孩子治病，即便是债台高筑也绝不放弃一线希望。只要有一听到治疗信息，一家三口就会立马赶过去求医问药。

为了给王甦菁积攒治病的钱，陈晓玲和王洪黎尽可能地从自己的嘴里省下每一分钱的开支，家里买一点荤菜两人从不伸筷子，都是留给孩子增加营养。晚上，夫妻俩拉上窗帘替人家糊纸盒、缝电热毯，常常一忙就到了后半夜。陈晓玲说，那时候接点手工活贴补家用本来就不容易，还要防止人家说闲话，就跟地下工作者差不多！

陈晓玲自豪地说：缝一条电热毯只有一毛五分钱，可是我一夜就赶出来20条，而且质量特别好，老板说我的业务比熟练工还要熟练。别人哪里知道我的心思啊？当时我们家债务累累，好不容易找到一条财路，比做自家的事情还要用心，不敢有半点瑕疵哩。

王甦菁回忆，我的一生是从苦难开始的，苦涩难咽的药片，是我儿时最多的零食，头敷冰块的记忆更是刻骨铭心。真是不敢想象，如果没有爸爸妈妈的一路扶持、鼓舞和激励，我还能不能走到今天。

转眼之间，王甦菁已经五岁了，可是他嘴不能说话，腿不能走路，手不能拿东西。寸步难行的小甦菁看着小伙伴们四处奔跑嬉闹满眼羡慕，父母看在眼里，疼在心里。

有一次，陈晓玲陪着王甦菁看电视，王甦菁被《动物世界》里那些小动物神奇的本领深深吸引——小壁虎的尾巴断了可以重新生长出来；一条蚯蚓在中间切成两段，它不但不会死去，反而能长成两条完整的蚯蚓；再看那海星就更神奇了，你就是把它撕成几块抛入海中，每一片碎块会很快会重新长出失去的部分，从而长成几个完整的新海星来。

"妈妈，我要是一个小海星该有多好啊，那样我也许就能够长出两条健全的新腿来了，我就能和小朋友们一样，可以开开心心地四处奔跑了！"在王甦菁的眼里，羡慕与惆怅重重交织。

陈晓玲把王甦菁紧紧地搂在自己的怀里，满怀信心地说："孩子！只要你不怕吃苦，小海星能够做到的，我们也一定能够做到。爸爸妈妈时时刻刻都会陪着你，我们一起努力好不好？"

"好！甦菁不怕吃苦，妈妈，我一定要好好训练，我一定要站起来！"小甦菁大声地应答。

为了能够帮助王甦菁进行持续性的康复训练，陈晓玲和丈夫每天4点多就起床，利用到上班之前这一段时间，扶着孩子一步一步艰难地挪动，春夏秋冬风雨无阻。王甦菁摔倒了，陈晓玲总是含着眼泪鼓励他，王甦菁也总是忍着痛，继续爬，一直向前！

为了锻炼王甦菁手指的灵活性，父亲王洪黎还找来五颜六色的豆粒，还有玉米和围棋子儿，他以极大的耐心趴在床上陪儿子做游戏，逗引小甦菁一个一个往小碗里捡，常常一练就是一两个小时。

　　在王甦菁五岁那年，陈晓玲又生下一个男孩王冬菁，为了给王甦菁更大的心灵空间和更多的关爱，陈晓玲早早就给王冬菁断了奶，含泪把孩子寄养在爷爷奶奶家里。

　　持之以恒的付出终于有了回报，王甦菁可以扶着墙一点一点挪动了，说话虽然口齿不清楚，却也能让你大概听懂了他的意思。1993年5月，美国残疾人基金会的4位康复专家看到王甦菁时啧啧称奇，都说即使在美国，也很少有脑瘫患者恢复得这样。

　　陈晓玲夫妇俩没有因此而满足和稍稍懈怠，他们知道，王甦菁需要的不仅是体质上的康复，更需要心灵的滋润和智力上的培养。陈晓玲夫妇俩自制了一套汉字卡片，一个一个不厌其烦地教王甦菁认、读、拼、写。脑瘫使小甦菁右半身麻痹僵硬，身体很难平衡，坐在那儿身子会不由自主地摇晃。父亲王洪黎苦思冥想做了一个小小的沙袋，系在王甦菁的右腿上先帮他稳住身体，然后才能静下心来教他写字。

　　由于王甦菁右手不受大脑指挥，左手也很僵拙，无法像常人那样用手指握笔，他手中的铅笔用力不匀，不是划破纸张就是折断笔芯。执着的小甦菁毫不气馁，他日复一日反反复复地练习，终于闯过了握笔写字这道关。

　　陈晓玲夫妇都是教师，他们心里明白，小甦菁的身体状况很糟糕，很容易留下自卑自闭的阴影，在康复训练的同时，一定要让孩子阳光起来，让孩子的心灵强大起来。为此，夫妻俩郑重约定，遇到再大的困难也不许退缩，遇到再多的挫折也不在孩子面前叹气！两人一定要齐心协力，给他信心，给他勇气，给他前进的动力！

　　陈晓玲从报纸上剪辑了许多自强不息的故事，有保尔柯察金和张海迪奋斗史，有坐在轮椅上只有三根手指可以活动的世界著名物理学家霍金的传奇经历，有日本作家（天生就没有双手和双脚）乙武洋匡的成长故事……陈晓玲声情并茂地讲，王甦菁津津有味地听。陈晓玲从儿子那稚气的眸子里，看到了闪闪烁烁的亮光。

7 岁那年，小甦菁看到院子里同龄的小朋友都背着书包上学了，事事要强的他向父母提出了请求，"我也要去上学！"

望着说话口齿不清、双腿迈不开步子的儿子，陈晓玲和丈夫再三合计，最终决定还是满足孩子的要求。

孩子那执拗的目光给了陈晓玲莫大的勇气，她来到灌云县实验小学，流着泪水向校长恳求，让这个要强的孩子入学。校长听了介绍很受感动，可是内心又颇有几分担心，就现场出了几道题目考考他。小甦菁虽然口齿不清，但是几道题目答得又快又准确，那只小手动作虽然别别扭扭，可写出的字一点也不比别的孩子差。看着眼前这个不幸却很坚强的孩子，校长毅然决定破格录取王甦菁。

王甦菁终于如愿以偿地上学了，可是许多困难却也接踵而来。王甦菁在县城实验小学读书，当时父母都还在下面乡镇小学教书，小甦菁上学放学都需要母亲接送。看着身材瘦弱的母亲天天气喘吁吁地背着自己，懂事的小甦菁心里很是不安，在他的强烈要求下，母亲求人焊了一辆三轮车，父亲手把手地教他学习骑车。

对于一个四肢有三肢不听使唤的孩子，要想驾驭三轮车真不是一件轻松的活儿。王甦菁一次一次摔倒，又一次一次倔强地爬了起来，常常是身上的旧伤还没有好又添了新伤，在父母的赞扬和激励声中，小甦菁硬是坚持了下来。

苦难，磨砺了小甦菁坚韧不拔永不言败的性格。

王甦菁说：父母的微笑、赏识和鼓励，对于我的成长非常重要！这是我战胜苦难的力量源泉。

10 岁那年，王甦菁去上海动手术。住院期间，王甦菁在电视里第一次看到了神奇无比的电脑。那是一档少儿节目，孩子们在用电脑绘画。老天！那是一种多么神奇的机器啊，只需要动动鼠标，就能够画出色彩绚丽的图画。这对于因为肢体不便而禁锢了行动的王甦菁来说，真是充满了诱惑。

小甦菁迫不及待地把自己发现的新大陆告诉了妈妈，"妈妈，我也要电脑！我也要学习画画！"

陈晓玲说，当时她还不知道电脑是什么东西，以为顶多也就是一种新的学习用具罢了。她到南京路上的商场里一打听，真是吓了一大跳。在 20 世纪 80

年代中期，一台电脑两三万，对于月薪只有一百多元的乡村教师来说，那真是昂贵的奢侈品。更何况家里为孩子看病的借债还没有还哩！

"孩子，现在咱们家买不起，等钱攒够了妈妈一定帮你买！"做母亲的，万般无奈，当时也只能这样许诺了。

陈晓玲说，对孩子许下的诺言，我一时一刻也没有忘记。

懂事的王甦菁从此再也不提买电脑的事，而是请妈妈买一些电脑方面的书，一页一页如饥似渴地阅读起来。

王甦菁说：记得是读初三那年，父母和外婆倾其所有为他买了一台286电脑，16000元钱在当时可不是一个小数额。

王甦菁自豪地说：那是我们灌云县城家庭购买的第一台电脑，后来，我们家又是全县第一家使用因特网的用户！电脑，让我的梦想有了翅膀！让我有了和正常人竞争的工具。

拥有了自己梦寐以求的电脑，王甦菁琢磨起来更是如痴如醉。

陈晓玲说，记不清有多少个清晨，推开门，看到的是儿子和衣躺在床上，手里的书掉在床边。有时候甚至是手里握着鼠标趴在电脑桌上就睡着了。

一分耕耘一分收获，王甦菁用短短一年时间，自学了大学计算机专业的全部课程。

1994年，连云港市举办第一次微机编程大赛，200多名参赛选手多为计算机专业的大学生。谁也没有想到，王甦菁这位重度残疾的"业余选手"，却成了名列三甲的一匹黑马。

1996年，王甦菁以优异的成绩通过了《中华人民共和国程序员》等级水平测试。

1997年，王甦菁参加"首届中国大学生电脑大赛"，是唯一一位以优异成绩闯入决赛的残疾选手，受到时任国务院副总理邹家华的亲切接见。

1998年，22岁的王甦菁通过国家高级程序员资格考试，成了国内年轻的电脑专家。他设计制作的"CASL汇编语言编译器"软件受到我国第一代计算机软件教学专家、南京大学教授钱士钧的高度评价。

1999年，王甦菁被评为连云港市十大杰出青年。

2000年，王甦菁被全国总工会、教育部、科技部、人事部等五部门评为

"全国职工自学成才者"。

2001 年，王甦菁被评为江苏省精神文明建设新人新事。

2008 年，王甦菁获得江苏省人事厅高级工程师资格认证。

2009 年，王甦菁名列"中国大学生年度人物"候选人。

2011 年，王甦菁光荣地出席国际生物特征识别大会。

读本科、读硕士、读博士，雨雪风霜马不停蹄，王甦菁凭借拼命三郎坚韧与执着，辛勤耕耘，收获了丰硕的成果。如今正在吉林大学读博的王甦菁，在导师周春光教授的指导下，已经发表了 30 余篇论文，其中以第一作者发表了 5 篇 SCI 期刊文章。同时，他还担任了 7 个 SCI 期刊的审稿工作，他的科研成果也得到了国际学术界的认可。

王甦菁的导师周春光教授说，以王甦菁的学术能力看，"在国内青年里是非常出色的。"尽管他的身体状况不好，也做不了各类休闲运动，但王甦菁一直很乐观。

目前，王甦菁正在雄心勃勃地冲刺"全国百篇优秀博士论文"的评选。瞄准目标，王甦菁信心百倍，"我要用自己浸润汗水和泪水的心灵之笔，将顶天立地的'人'撰写在辽阔的天地之间。"

王甦菁说："我的人生是幸福的，因为我在用我的生命奋斗！"

王甦菁说："我不知道山有多高，但我知道山总会有顶，我的目标就是山顶！"

回顾自己走过的路，王甦菁感慨良多，王甦菁说：在求学和求职的过程中，我经常碰壁，经常遭受冷嘲热讽，但同时我也遇到了很多很多热心人，给我鼓励、信心和温暖！我的爸爸妈妈是世上最有耐心、最有爱心的父母！他们为我的成长付出了太多太多，所以我一定要更加努力，我要用最好的成绩回报他们。

谁道春光唤不回，人间真爱是东风

——记"东海好人"张培干

王文岩　东海县作家协会主席，先后在《东海日报》《苍梧晚报》《连云港日报》，《东海文艺》《连云港文学》及省国家级刊物上发表散文、小说、纪实文学、诗歌等数百篇，还参与编写微电影《寸草春晖》等剧本。

我们至今还记得，张培干在江苏电视台城市频道《德行天下》栏目，向全省广大观众讲述他 11 年来无怨无悔照料"植物人"妻子的真情故事。他那朴素的诉说，流淌的是夫妻情爱和人间真情，打动了台下及电视前的千万观众。

张培干被老百姓誉为"东海好人"。他是"东海首届道德模范标兵""连云港市第三届道德模范"，被推荐为"江苏省道德模范"候选人。《江苏好人榜》《中国好人榜》《精神文明报》《现代快报》等 20 多家媒体曾多次采访报道过他的事迹。

张培干出生于 1952 年，今年 63 岁。他曾是 20 世纪共和国援助巴基斯坦喀喇昆仑公路工程建设的军人，身体 3 处负伤，回国复员后自食其力至今；他以至爱无声的真情"唤醒"沉睡 11 年之久的"植物人"妻子；义务做了 11 年的社区党支部书记，拥有义务调解员、城市志愿者、义务巡逻员等 7 个社区"老义工"的"头衔"。在社区，在东海，对于张培干，可以说是有口皆碑。

他身材瘦小，一副文弱书生的模样。可他硬是扛起了家庭和社会的道义重担。

真爱坚守十二年载，唤醒妻子许士花

2015 年 7 月，东海县城四中路 48-11 号。

盛夏时节天空细雨飘飘，暑气仍笼罩着小四合院的墙面上，感觉天气有了些许凉意，一大早就起床做好饭菜的张培干，此时小心地将妻子胸前嘴角流出的痰液用吸管清除干净，把靠背松松，帮妻子捏捏腰，妻子含混地咕噜着，此时还不能清晰地和他言语，但张培干仍期盼着妻子能长久地陪伴着他，能同他拉呱。

十五个春秋风雨过去，5400 多个日夜陪伴守候在妻子左右，他很少有合上眼睛睡上一个好觉的时候，多年严重的缺眠导致了他的身体越来越清瘦。如今，63 岁年龄的他看上去就像 70 多岁的老人。然而，十五年来，张培干心里始终燃烧着一个不灭的希望，为把瘫痪在床、已成为"植物人"的妻子许士花从"鬼门关"前给拉回来，这十多年里他苦苦支撑着、坚持着，终于没有白熬：2012 年 3 月的一天，他用针管给妻子的胃里打完果汁营养液后，妻子的眼里突然涌出了几滴泪水。他惊喜不已，自己把沉睡十一年之久的"植物人"妻子给"唤醒"了。看见妻子十一年来呆滞无神的眼睛里有了泪水的流出，张培干"哇——"的一声哭起来！十一年的真情呼唤，十一年的漫长期待，让他终于看见爱人生命回归的奇迹，虽然妻子现在还不能说话，但目光有神的转动已有了意识，他怎么能不激动？直到现在，他仍为之相信，有了意识的妻子总有一天一定会开口与他讲话的。

2001 年春天的一个早上，东海县牛山镇贯庄小学 51 岁的高级教师许士花，在骑车上班的路上突然摔倒，昏迷不醒，经送县人民医院抢救，被诊断为轻微脑梗死，住院 20 多天后出院，然而回家之后不久，病情反复加重。2002 年，许士花又住进县人民医院治疗，随着左右两个大脑血管梗死的加重，许士花再也没有醒过来，医生诊断她为"植物人"。那时候，刚辞去工作不久的张培干一下子傻住了：好端端的妻子怎么会昏迷不再醒来？怎么会成为植物人了呢？他抱着最后的希望将妻子转送到市第一人民医院住院治疗。然而，一个星期的住院观察治疗，医生给出的结论还是一样：植物人。"出院回家吧，准备后事，把你家房子全卖掉也治不好她的病了，回去就是活也活不过三年。"听到医生在妻子病床前给出如此的话，张培干火了："你们医生甭在她面前说这些话，让她听见了多难过。"在张培干心里，妻子不是个"植物人"，只是她睡觉的时间长了一些，不久还会醒过来的。在他的再三请求下，医院延长许士花住院一个月。前后住院两个月，先后花去医疗费20多万元，医生下达了五次病危通知书。实在没有办法了，张培干只好把妻子接回家，在家开了个"家庭病房"来维持妻子的生命。

没有了知觉的"植物人"不能进食，只能靠鼻孔里插一条直通胃器官的鼻胃管打进营养液来维持奄奄一息的生命，尿道里也要靠插入的输尿管来排尿，大便更需要人工用手来一点点掏。开始，还有医护人员上门帮助更换鼻胃管，后来看到病人不堪折磨的样子，没有护士再敢上门为病人换插鼻胃管了。没办法，张培干就自己学着干，一年要为妻子更换五次鼻胃管，一个月要为妻子更换一次输尿管，十一年来他为妻子更换了近200根鼻胃管和输尿管，每天晚上还要用手为妻子掏一次大便，十一年来从未间断过。

在许士花昏迷的十一年时间里，张培干访遍东海、临沭、新沂、徐州等周边知名的民间医疗机构和名医，只要能有治疗许士花病的"土方子"全都用尽了，他说，他此生最大的愿望就是看到"妻子能重新开口说话"。

为了早日唤醒"植物人"妻子，张培干每顿省吃俭用，吃点老咸菜，省下钱来给妻子购买空调和电热器，一年四季打开空调，保持妻子住的房间有舒适的温度。医生告诉他，"植物人"随时都会出现"肺部感染、骨质疏松、卧疮"等并发症，为服侍好病人，避免出现并发症，张培干每天用针管按时给妻子"喂"5次稀饭或营养液，早上还冲上一个鸡蛋汤，下午增加一斤水果、一袋牛奶，每天还要保证病人"喝"上一顿骨头汤，这些都靠张培干一个人日夜小心侍候着。每一次喂饭前，张培干先给妻子梳好头、洗好脸、刷好牙，再用针管从鼻孔里打进650克左右有营养的稀液之后，再每隔两小时往病人口腔里喷洒一次400克的消炎水，每两小时给病人翻身一次，每天早晚给病人按摩两次，每次从脚到头全身按摩一遍后，张培干身穿的毛衣全被汗水湿透，而妻子的身体还很冰凉，他就用热毛巾再给焐一遍。有一次，妻子发高烧15天不退，张培干没办法了，每天只好用冰块来给她降温，最后终于将体温降下来了。

在张培干一天天的精心照顾下，许士花的脸色开始红润起来，原本呆滞无神上翻的眼睛也开始转动起来，他喜不自禁地跑去县医院给妻子买药，所有认识他的医生和护士当听说他的"植物人"妻子竟然还活着，都认为是个了不起的奇迹。

张培干清楚记得，那是2012年春节前的一天上午，他在给妻子挂完两瓶"丹红"药水后，发觉妻子的眼里有了泪花涌出，嘴里还微微发出"喔喔"的声音，他感觉妻子的病情一天天有了好转，现在终于有了些意识。当时，他高兴得像个小孩子一样哭起来。

男儿有泪不轻弹，只缘未到伤心处。张培干，这位年纪63岁的汉子，第一次流下了欣慰的泪水。

2014年底，妻子许士花肺部感染有衰竭症状，到县医院住院仍高烧不退。徐州医学院专家建议紧急送到连云港市第一人民医院抢救，6个科室专家会诊，住院9天高烧未退，又拉回了家。张培干不甘心呐！听从县医院冯主任建议，抽痰化验，治疗一周后高烧清退。经常用热水捂、按摩，又用双氧水清洗身上褥疮。先后多次去赣榆区拿化痰止咳药服用，妻子许士花经过他的精心照顾及治疗，身体得到了较好恢复。

十五年来，为唤醒"植物人"妻子并照顾好，张培干带着他的三个儿女花费了40多万元医药费，直到2012年春节前才把家里所欠的9万元外债还清。张培干的老家在安峰镇郏庄村，父亲是八路军里的游击队员，一次为运送安峰山伏击战中受伤的八路军伤员转移沭阳县，途中累得肺部大出血不治而病逝，当时只有40多岁。现在老家还有88岁的老母亲健在，住在县城的张培干除了每月按时回去给母亲送上500元生活费外，十五年来无微不至照顾妻子的模范言行，都在深深影响着他的儿女们，儿子张磊在县公安局工作出色，年前荣立了三等功，大女儿和二女儿都远在外地打工，她们也经常打电话问寒问暖，在他们的心中，父亲虽然是一介平民，但却是最伟大的父亲。

大爱无疆报国家，淡薄功勋保本色

作为一名共和国的老兵，他最难忘的是援助巴基斯坦喀喇昆仑公路工程建设的经历。

1970 年 11 月，年轻的张培干参军到新疆部队。20 世纪 70 年代初期，中国应巴基斯坦要求，调遣 1 万多名中国兵力及地方技术员工到巴基斯坦无偿援助该国喀喇昆仑公路工程建设，其中就有一支数千人的中国基建工程兵部队开赴巴基斯坦喀喇昆仑山脉。当年，张培干、翟成高等 400 多位东海籍军人参与了援助巴基斯坦喀喇昆仑 600 多公里长的公路工程建设，修筑了一条穿越"世界屋脊"帕米尔高原，被世界舆论称之为"二十世纪一道奇迹"的喀喇昆仑公路。

就在那一场用鲜血与生命铸就"世界第八大奇迹"的跨国援助工程中，中国和巴基斯坦两国用牺牲 600 多名筑路军人和技术员工宝贵生命的代价，硬是在巴基斯坦的印度河谷与洪扎河谷的悬崖峭壁上开辟出一条 6 米多宽的全天候"天路"，沿途还修建 90 多座桥梁及 1700 多个涵洞。为此，中国有 168 位援助巴基斯坦的筑路军人及技术人员牺牲在喀喇昆仑公路建设工地，至今还有 88 位中国烈士的遗骨永远长眠在巴基斯坦的山河土地上。当年，为了那场震惊世界的"中巴友谊"工程，东海共有 400 多位军人投身喀喇昆仑公路工程的"主战场"，写下了一段至今仍震撼世界的筑路传奇。

张培干记得，在 1975 年 6 月的一次大塌方中，中国援巴军队一次就有 25 名军人牺牲，21 人受伤。当时，世界上有 28 个国家的专家去勘探考察巴基斯坦喀喇昆仑公路工程，日本 5 名专家在考察中当场牺牲，之后没有任何一个国家敢接手巴基斯坦这项世界性的工程。为了巩固建立起来的中巴两国友谊，以张培干等为代表的中国军人勇敢接过了这一世界上艰巨而伟大的无偿援助工程。

张培干参加的援巴喀喇昆仑公路建设工程，修筑的是一条"天路"，每天都能看见飞机从自己的脚底下飞过，每时每刻都会有山石塌方的危险，塌方的石头就像小燕子一样飞落头顶，山风一吹，悬崖风化的山石就会哗啦啦滚落下来。有一次，他在一个叫"老虎口"的施工段，腰系保险带悬挂在半山腰上撬石头排除险情，突然，头顶上飞落的石块一阵猛砸下来，他无法躲避，头部、腰部、腿部全被石头砸伤，头上砸出了一个洞，满头是血，殷红的鲜血染红了全身的绿军装，张培干的腿部和腰部都被砸伤，住进医院 27 天才得以出院。也就是那次的身体负伤，让他在以后的 30 多年里，每逢阴雨天，就得承受难以忍受的头疼和腰痛，然而，30 多年来他默默忍受着这样的痛苦。

1977 年 6 月，病愈后的张培干从巴基斯坦回国探亲，并与身为教师的妻子许士花结了婚，两个月后又返回部队继续援助工程，直到 1978 年 4 月 21 日，张培干回国复员回到家乡。复员前，他想起很多牺牲后连遗体还留在异国的战友，啥要求也没提就回到家乡东海，先后做过东海县外贸部门的企业负责人、驻外地油料销售员、水产公司的饲料推销员、综合贸易公司的法人代表等工作。后来企业倒闭，几经周折做了一辈子"临时工"的张培干，最后下岗回家。这么多年来，即使妻子患病成了瘫痪在床的"植物人"，家里欠债累累，张培干也没有伸手找有关部门要过一分钱的救济。当年援巴的共和国英雄，在长达近 40 年的时间里，始终缄默不去宣扬自己当年与众多东海籍战友一起为国争荣、跨国"征战"的英雄功勋。

退伍不褪军人本色。如今，在和平岁月里，作为一名普通的老百姓，张培干依然保持着当年军人刚强坚毅的本色，演绎着一段段"平民英雄"的好人故事。

十年奉献等闲过，甘做社区"老义工"

十几年来，张培干不仅不离不弃"植物人"妻子，还义务担任长达 11 年的社区党支部书记，拥有义务执勤员、社区志愿者、城管志愿者等 7 个社区义工的"头衔"，他把好事做满了整个社区。

张培干记得那是 2005 年，也许是他无微不至服侍"植物人"妻子的事迹，感动了所在社区党总支书记孙传路、居委会主任杨玉荣；也许是他们听到社区居民反映张培干是个热心助人的复员老军人，还有着长达 30 多年的党龄，孙传路、杨玉荣上门找到了张培干，让他出任东海县牛山镇北辰社区第三党支部书记，条件是没有职务薪金，完全是义务的。听说让自己做社区里的义务党支部书记，张培干爽快地答应了。做了社区里的党支部书记和居委会委员，就得为居民办事解忧。那个时候，只要居委会有活动，张培干都是第一个赶到，对社区居民反映的问题，他都想方设法解决。为邻里排忧解难。如社区里有一位患脑血栓留下后遗症的60多岁老太太，上门找到张培干，哭诉丈夫不出钱给她看病，也不过问她生活起居，导致她现在生活很困难。张培干边做她丈夫工作，边向上级反映争取，最后县民政部门把这位老人列为低保帮扶对象，逢年过节还送去慰问金和慰问品等。

张培干家附近有初、高中两所学校，经常有学生在街道打架斗殴。从2006年起，他戴起"义务巡逻员"红袖章，经常到学校周边巡逻，一发现有学生打架斗殴，他就及时上前制止调解。在社区，只要有义务劳动等活动，张培干一个"号召"就带领党员第一个赶到现场。去年，全县争创省级文明城市，他每天都带领社区居民和党员上街义务清扫垃圾，协助城管维护社区环境。

这么多年来，"老义工"张培干为老百姓到底做了多少看似"闲事"或"小事"的好事，他自己也说不清。老战友翟成高、王如芝说，老张的确是个最热心肠，最富正义感的好人，就冲他十年如一日照顾"植物人"妻子，他就是一个了不起的楷模。

居功不自傲，真情不褪色，乐于助人，甘于奉献，几十年如一日，无怨无悔，这就是张培干。谁道春光唤不回，人间真爱是东风。心存真爱，便会时时春意满人间。

发表于 2015 年 7 月 27 日《连云港文学》

凯达的商业浪漫

赵士祥 作家。1979 年在市报发表作品，在国内外数百家报刊发表各类文学作品两千余次，获各类文学征文奖一百五十次。

2005 年 7 月，备受全国货代行业人士关注的中国国际货运代理 100 强排名榜新鲜出炉，江苏连云港凯达国际货运有限公司榜上有名，以总营业 21798.00 万位列第 76 名。

中国国际货运代理 100 强排行榜有中国货代业金榜之称，排名在前的是中外运、中远等实力雄厚的央企。事实上，全国现有货运代理企业一万余家，参加申报的企业就有 1200 多家，连云港凯达公司何以能在强手如林的竞争中脱颖而出，又如何在短短一年的时间里，从 2003 年第 95 名跃升到 76 名。

带着这个问题，我走进了凯达公司，分享了凯达公司的浪漫和喜悦……

一个企业和一个人一样，总会有一种姿态和气度。凯达公司的浪漫，体现在运筹帷幄、决胜千里的信心之中。连云港凯达国际货运有限公司是以货运代理为主业的专业性公司。公司位于江苏省连云港市东部城区，背依苍翠欲滴风景绝美的后云台山，面对碧波千顷浩瀚无垠的滔滔黄海，这种大气的氛围也吻合了凯达人的浪漫。

货运代理是市场经济孕育出的一个新行业，是现代物流业的一个重要环节。1993 年，连云港凯达国际货运有限公司成立之时，既无成功的经验可以借鉴，又无确定的市场份额，更缺乏精干成熟的业务队伍。在市场竞争十分激烈的大环境下，企业发展面临极大的困难和挑战。凯达公司领导班子清醒地认识到：市场经济条件下的企业永远都是处于竞争的激流之中，而货运代理企业的性质决定企业必须在不断循环的竞争中，才能得以生存和发展。迎难而上，不进则退。凯达公司在对货运市场进行调查分析后制定了详细的发展目标和市场定位。即迅速发展货运代理业，创造凯达代理品牌，借助品牌效应，发展船代、仓储、贸易业，形成自己的贸易、代理、海运、仓储、陆运的一条龙服务特色。

专注于一个强大的核心业务，从各个方面和层面开发其最大潜力，并选择适合时机不断重新界定自己。凯达公司以连云港口岸为依托，先后在郑州、成都、西安、兰州、合肥、菏泽、淮安（阴）等地设立办事处，以开发市场、扩大宣传。通过上下一心的努力，凯达公司市场占有份额像滚动的雪球一样年年扩大、像升温的热气球一样年年上升，货运代理量年年递增，1997年公司代运量为54.5万吨，2000年为155万吨，2003年为235万吨。

实力的增强使得凯达公司具有了轻松自如、临危不惧、处变不惊的从容自信。1998年，东南亚经济危机使我国的进出口贸易受到很大影响，连云港港口吞吐量也和其他港口一样急骤下滑，货运代理更是面临困境。凯达公司不慌不乱，沉着应对，开始对货运代理的流程环节进行大胆的改革和创新。一方面从参与货主的贸易洽谈开始，到对进口发运的全过程进行跟踪，另一方面也改变了过去只从事港口报关、报检，代办发运等传统做法。山西省有很多民营钢铁厂，虽然有着一定的资金实力，但由于多年都使用国内矿石、矿砂，加之受资质、知识（贸易知识）等因素的影响，想使用进口矿石、矿砂，但又不知如何操作。凯达公司积极参与并采取有效方法，使200余万吨进口铁矿砂从连云港靠泊成功。其具体操作方法，一是直接帮助大型钢铁厂联系贸易商，以贸易商。钢铁厂、凯达三方共同开证，明确各自责任，使进口矿到港口直接发往厂家。二是在港口建立矿砂市场，1999年开始，凯达公司和香港某公司合作，由香港公司直接进矿到港口，由凯达公司作为中间担保，并联系用户，代办销售环节的各种手续，因此深受一些用量少，资金周转紧、没有进口资质的中小型企业的欢迎。仅2000年进口量就达100多万吨。这些措施不仅使公司的代运量上升，更受到货主的称赞，凯达的品牌也随之而形成。

近几年，内资、外资建起的油脂加工厂不仅数量增加，而且原料用量也不断加大，国产大豆仅占 30% 左右的用量，需要大量的进口。凯达公司抓住这一市场信息，积极做工作，先后到北京、上海、济南联系洽谈，从 2001 年开始终于成功地将进口大豆引到连云港靠泊。对大豆的代理工作如何做，港口从没有先例，代理也是从零开始，凯达人和货主、码头公司一道，研究制订出流程，具体操作方法，明确各环节的责任分工。凯达公司代理从开证前各种口岸证明，到进口靠泊后的水尺、报关、保检、灌包监重、划关发运直到厂家的全过程跟踪，2002 年代运量达 60 万吨，2003 年达 75 万吨，凯达公司代理的进口大豆占连云港口岸的 90% 以上。

从 2002 年开始，由于港口吞吐量的迅速增加，铁路发运量难以满足货主需求的矛盾日益突出，凯达公司意识到，今后铁路发运将是港口乃至代理上规模的瓶颈。于是从 2002 年年初开始，凯达就在徐州铁路分局设立办事处，联系协调解决铁路发运中的诸多矛盾和困难，2003 年发运量达 220 万吨，居连云港口岸之首。2004 年，铁路发运的矛盾更加突出，凯达公司多次去济南铁路分局，并联系铁道部，成功开通了从连云港直达钢厂的五定班列，保证了发运工作的顺利畅通，赢得了货主的称赞。从 2002 年开始，凯达公司还先后在上海、青岛、日照等市设立分公司，把货运代理的市场做大做强。

就在这种浪漫氛围中，凯达公司得到了进一步壮大。于是，我们远隔重洋看到了凯达公司的事业在日、韩等国的延伸，随之我们在贸易市场也看到了凯达人自信的微笑……

随着货运市场的扩大，凯达公司被越来越多的客户了解和信任。公司按照制定的目标计划。从 1999 年开始作船舶代理业务，2000 年 6 月获交通部甲级船代资质。几年来先后和山东海丰公司、烟台海运公司合作，代理连云港至日本、韩国的集装箱班轮航线，目前，月班轮达 24 艘次。同时开展国内、国际散杂货租船业务，大到 17 万吨级，小到 1000 吨级都认真对待，从而赢得了众多船舶公司的信赖。2004 年，公司积极协助连云港市、连云港港口集团，共同成立了连云港中韩有限公司，直接参与该客户班轮的经营工作，在船舶代理的职能上又迈进了一大步。

连云港口岸集装箱的增长，使凯达人看到了集装箱仓储的商机和前景。从

2000年开始，凯达公司把仅有的8000平方米货场由原来的散杂货仓储改为集装箱仓储，开展集装箱拆装箱、仓储、运输等业务，2002年投资300万元，将货场扩大到20000平方米，并获海关查验中心资质，2004年又和连云港中远物流公司合作将原建华货场改制，成立连云港凯远国际集装箱储运有限公司，并争取了以凯达单方承包经营该公司。又将查验中心和该货场合并，使场地面积扩大到60000平方米，并投入800万元增添正面吊、各种叉车等机械。

2001年，凯达公司潇洒地迈出重要的一步：开始涉及国内煤炭贸易业务。2003年又跟着迈出另一步：开始涉及贸易矿砂的进口业务，并成立了百事达贸易有限公司，在确保零风险的前提下，通过合作解决资金紧张、风险较大等诸多问题，获得了较好的经济效益。船代、集装箱仓储、贸易业务的全面开展使公司的实力大幅度增强，年营业额、利润年年上升，并在2003年被中国货运代理协会评定为货运代理百强单位（排名第95位）。

其实凯达公司给人的直观印象就是非常有浪漫的意味。自信礼貌的员工、明亮洁净的办公场所，甚至于办公大楼上书法家题写的公司名称，诸如此类，都给人一种温馨的浪漫情怀。当然，这一切都源自具有浪漫情怀的凯达人。

凯达公司成立初期，职工人数只有60余人，只有货运代理一个专业，而且代运量又较低，但通过健全制度，加强管理，在保证业务工作的顺利开展的前提下，使公司的业务稳步推进。

在管理工作上，公司首先从制度入手，从签订合同、收入进账、成本支出程序、应收账款考核都制定了详细的、完整的制度，同时长年聘请法律顾问，及时指导解决业务工作中的一些问题，从而使管理工作迈向制度化、法制化的轨道。凯达公司从1999年下半年开始开展ISO9000-1994质量体系贯标工作。2000年6月份通过CQC江苏评审中心现场认证，当时成为江苏省货运代理企业第一家，受到江苏评审中心的高度重视和推广。2002年8月又成功实现了由ISO9000-1994版向2000版的转换工作。贯标工作3年多来，在多次进行的内部审核和监督审核、换证审核中，均未出现大的不符合项。体系覆盖率达80%以上。贯标工作的实施，不仅提高业务管理的水平档次，也在很多方面体现了满足顾客需求的质量和水平，对代理业务及管理水平的提高起到了十分重要的作用。可以这样说，是制度让凯达人变得更加潇洒自如。

凯达的浪漫，不是海市蜃楼的虚无缥缈，而是一种实实在在的架构。也许有人会说，只有在传统商业缓慢的节奏中，以一种"乡土"的心态来关照商业，才会有浪漫的情志。而现代商业，大鱼吃小鱼，快鱼吃慢鱼，物欲横流，哪有多少浪漫可言？凯达公司却以实践证明，现代商业中，更能产生终极意义上的浪漫。

凯达人都还记得两年前的年终总结会，年轻的老总孟宪牛神情激昂地站在一幅宽大的世界地图面前，他有力地挥动手臂指点着不同的地域："把我们的服务延伸到这里的每一个角落，市场就是我们的家园。"

千帆竞发，百舸争流，在充满创造力的货代市场中，作为连云港口岸的主要物流企业，凯达公司有一种浪漫的美，看起来沉闷、机械的货代在凯达人的眼中有无限的想象空间，那翩翩起舞的是一种本质意义上的商业的浪漫。因此，不管世界如何瞬息千变万化，营商环境如何日新月异，把工作当成浪漫之旅的凯达人总是懂得该如何去创新，如何去抓紧商机，取得成功。

载《大陆桥视野》2005 年 8 期

报告文学现实的声音 （代后记）

李炳银 陕西临潼人。中国作家协会创作研究部副研究员，研究
员。中国报告文学学会常务副会长，《中国报告文学》杂
志主编，著名报告文学评论家。

现实的中国报告文学创作，虽然不能够使我感到振奋和满意，但其实际的存在也绝对不是像有些人盲目感受判断的那样糟糕、那样缺乏高贵的尊严和价值。像近年来不少报告文学作品，就足以表现报告文学创作的良好存在状态和出色的成果。如今，几乎所有的文学表达，都存在着芜杂和迷离的现象，如果不是认真地去阅读感受，就很容易出现误判和错觉。报告文学的存在和力量，被误会是一种不幸。

报告文学是作家立足于社会生活现实的一种真实理性和文学的表达，它的核心价值力量在于对现实社会矛盾生活的及时理性参与。报告文学的现实作用是在纷乱的社会真实事实现象面前有一种行动的能力，有一种独立准确的解释力。优秀的报告文学，时常可以使读者在阅读的时候，感受现实的社会人生事实现象所来的缘由和所往的前景，为人们现实的选择提供积极的参照。所以，失去了对现实社会生活主流矛盾话题的关注和表达自觉，报告文学就很容易简单地变成对真实事实的描摹与跟随。这些描摹和跟随，尽管会因为真实的记述存在文献立证的价值，但对于社会现实生活的影响却显得乏力，显得边缘。不能人为地消解报告文学这种时代文体的核心品质和价值体系，简单地将缺少与

社会大局紧密联系，与人们普遍关注和积极建设或批判地影响推动社会向文明发展较少关联的纪实写作等同于报告文学，或因此而故意地贬损排斥报告文学。

日益纷纭的时代和现实的社会生活，为报告文学这种可以直接参与和可能影响社会生活的文体提供了丰厚的生长发展土壤，即使在新闻传媒手段多样快速的当下，因为新闻记者的匆匆应对和镜头亦无法抵达事实的背后深层和人们思想感情的内在现场，报告文学仍然有很阔大的行动表现空间。一切的未来，都决定于报告文学作家的现实生活和创作的态度，决定于作家在现实的活动空间表现出自己的智慧，胆识，把握的能力。对于真正的表达高手来说，所有的约束都将成为他出色精彩的机会。

现实的报告文学创作需要认真地检讨自己，但却没有消极泄气的必要。为者常成，行者常至。成功者永远是那些选择了正确的前沿观念方式和坚韧不拔努力奋斗的人。

图书在版编目（CIP）数据

　　山顶阳光 / 王成章主编. — 北京：中国书籍出版
社, 2019.11
　　ISBN 978-7-5068-7590-5

　　Ⅰ. ①山… Ⅱ. ①王… Ⅲ. ①报告文学—作品集—中
国—当代 Ⅳ. ①I25

中国版本图书馆CIP数据核字（2019）第269181号

山顶阳光

王成章　主编

图书策划	武　斌　崔付建	
责任编辑	杨铠瑞	
责任印制	孙马飞　马　芝	
封面设计	琥珀视觉	
出版发行	中国书籍出版社	
地　　址	北京市丰台区三路居路 97 号（邮编：100073）	
电　　话	（010）52257143（总编室）　（010）52257140（发行部）	
电子邮箱	eo@chinabp.com.cn	
经　　销	全国新华书店	
印　　刷	三河市华东印刷有限公司	
开　　本	710 毫米 ×1000 毫米　1/16	
字　　数	240 千字	
印　　张	17.25	
版　　次	2020 年 2 月第 1 版　　2020 年 2 月第 1 次印刷	
书　　号	ISBN 978-7-5068-7590-5	
定　　价	68.00 元	